Achtung

Die in dem Buch beschriebenen und alle anderen Techniken der Kampfkünste sind naturgemäß gefährlich. Das Training sollte nur unter Anweisung und Aufsicht eines geeigneten Experten in dieser Kampfkunst erfolgen. Seien sie bitte vorsichtig beim Üben der Techniken, die in diesem Buch beschrieben werden, und richten sie sich nach den Anweisungen eines qualifizierten Lehrers. Weder die Autoren noch die Verleger sind für jedwede Schäden verantwortlich, die durch mangende Vorsicht entstehen. Bitte folgen sie dem Gesetz und den Verordnungen ihres Landes.

Aus Gründen der Lesbarkeit haben wir uns entschlossen, konsequent die männliche (neutrale) Anrede zu verwenden, zu der natürlich auch die weibliche gehört.

Impressum

Okinawa Goju Ryu Kata

Bunkai, Elemente aus dem Bubishi, Band II

2020 by Self-Publishing Lippstadt

Prof.Dr.med.Helmut Kogel

Grafiken: H.Kogel

Buch Entwurf und Design: H.Kogel

Portraits: Elvira Kogel

Druck und Bindung: Blurb.de Selfpublishing

Okinawan and International Goju-Ryu Kenshi-Kai Karate-Do, Kobu-Do Association
President Kaicho Tetsuhiro Hokama

Vorwort:

Glückwunsch an Professor Dr.med.Helmut Kogel !

Er hat zum Thema „Okinawa Goju-Ryu Kata Bunkai, Elemente des Bubishi" aktuell insgesamt drei Bände verfasst. Professor Helmut Kogel und ich sind seit ungefähr 15 Jahren durch das Karate freundschaftlich verbunden. Seit dieser Zeit haben wir zusammen viele Bücher über Karate und Kobudo geschrieben. Er ist ein Großmeister im Shotokan Karate Stil. Dennoch war er außerordentlich interessiert an der ursprünglichen Kampfkunst Okinawas. Daher hat er darüber hinaus Okinawa Goju Ryu und Kobudo trainiert und intensiv zu diesen Themen geforscht. Er ist in meinen Augen eine Autorität in der Interpretation des „Bubishi" und der Definition und Kultivierung des Qi, eine fundamentale Energie, die nicht nur im Qigong sondern auch im Okinawa Karate eine herausragende Bedeutung hat. Auch über Kyusho und Okinawa Torite hat er grundlegende Erkenntnisse gewonnen. Seine zahlreichen anerkannten Bücher und DVD`s zu diesen Themen sind ein Zeugnis seiner umfangreichen Aktivitäten. Er hat zusammen mit seinem Sohn Marc intensiv jahrzehntelang Forschungen betrieben, die dem Okinawa Karate und Kobudo in der westlichen Welt zu weiterer Aufmerksamkeit verhelfen sollten. Daher kann ich jedem diese Bücher zur Lektüre wärmstens empfehlen. Vielen Dank an Professor Kogel für die fundierte Arbeit!

Tetsuhiro Hokama, Honory PhD in Karate, PhD in P.E. Martial Arts
10.Dan Goju-Ryu Karate, Kobudo Hanshi

Nishihara Okinawa, 25.April 2020

The International Ryukyu Karate Research Group

琉球唐手術國際研究會

Vorwort

Ich habe Helmut Kogel kennengelernt, als er 2014 an meinem Seminar in Dresden, Deutschland teilnahm. Wir sprachen über unsere gemeinsame Freundschaft mit dem Karate-Ausbilder von Okinawa, Hokama Tetsuhiro, einem geschätzten Kollegen, den ich seit über vierzig Jahren kenne. Helmut war sehr interessiert an meiner Interpretation des Koryu Uchinadi und insbesondere an der Kata-Anwendung. Ich war sehr erfreut zu erfahren, wie sehr meine Recherchen und die japanisch-englische Übersetzung des „ Bubishi" ihn von Anfang an dazu inspiriert hatten, seine eigene Forschung zu dieser Arbeit zu beginnen.

Dr. Kogel reiste 2004 zum ersten Mal nach Okinawa, um an einem internationalen Kongress für Herz- und Gefäßchirurgie teilzunehmen, einer Gesellschaft zu der auch er gehört. Dort konnte er Hokama Tetsuhiro besuchen und mit ihm trainieren. Als Arzt, Chirurg und Universitätsprofessor mit einem tiefen Verständnis für den menschlichen Körper ermutigte ihn Hokama, Kyusho-Jutsu zu erforschen, um ein tieferes Verständnis der Neurologie hinter dieser Kunst zu erlangen. Obgleich er eigentlich den Schwerpunkt im Shotokan Karate hatte, konnte Dr. Kogel sich nicht die Gelegenheit entgehen lassen, direkt unter der Anleitung von Großmeister Hokama auch Goju Ryu und Okinawa Kobudo zu trainieren.

Zusätzlich zu seiner Karate- und Kobudo-Ausbildung bot ihm sein medizinisches Fachwissen die Möglichkeit, sich zur Erforschung des Kyusho-Jutsu eingehender mit der TCM zu befassen. Diese verwandten Disziplinen, einschließlich der medizinischen Aspekte und des Werts von Qigong, wurden Schwerpunktthemen, über die Dr. Kogel viel geschrieben hat. Seine vielen Bücher, DVD`s und Seminare sind ein Beweis für dieses Engagement.

Diese neueste Arbeit besteht aus drei Bänden, in denen er sowohl den Hintergrund als auch die Anwendung der fortgeschrittenen Goju Ryu Kata beleuchtet. Interessant sind auch seine einzigartigen Analysen der Kunst, die nirgendwo anders zu finden sind. Diese neue Arbeit enthält außerdem mehr als 1000 computeranimierte Farbgrafiken, mit denen der Leser das ansonsten schwierige Thema besser verstehen kann. Der Fokus dieser individuellen Arbeiten liegt auch darauf, die Verbindung zum „Bubishi" aufzuzeigen und insbesondere, wie viele der Techniken aus dieser alten Originalabschrift in das traditionelle okinawanische Karate übertragen wurden.

Für mich als Jemanden, der über „Bubishi" verantwortlich recherchiert, die Monographie übersetzt und in die westliche Welt eingeführt hat, ist es eine große Freude, dass die Früchte meiner Arbeit andere Enthusiasten inspirieren, wie beispielsweise Helmut san. Ich gratuliere dem Autor und freue mich, meinen Namen zur Unterstützung seiner Arbeit zu geben, und hoffe, dass dies dazu beitragen kann, mehr Aufmerksamkeit auf die Kunst zu lenken, die uns alle zusammenbringt.

Patrick McCarthy

Patrick McCarthy
Hanshi 9th Dan
IRKRS Director

Danksagung:

Mein besonderer Dank gilt Ph.D.Tetsuhiro Hokama, 10.Dan Goju Ryu Karate, Kobudo, Kyusho Hanshi, Präsident der Okinawa Goju Ryu Kenshikai Association, Curator des Okinawa Karate Museums, technischer Leiter der Japan Karate-Do Kenshikai, und Mitglied verschiedener Okinawa Steuerungsgremien. Er war möglicherweise der erste, der aus der chinesischen Originalversion des "Bubishi" übersetzte und 1984 im Alter von 40 Jahren zu diesem Thema in japanischer Sprache veröffentlichte (Okinawa Karatedo no Ayumi). Er hat mich im Jahre 2005 animiert über die medizinischen Grundlagen des Kyusho zu forschen. Mein besonderer Dank gilt auch meinem Sohn Marc, der mir 1999 das Buch „Bubishi, the bible of Karate" von Patrick McCarthy schenkte und mich für das Thema erstmals sensibilisierte. Patrick McCarthy ist einer der wichtigsten Pioniere für das Karate, weil er durch Übersetzung des "Bubishi" und seine publizierten Kommentare als erster in der westlichen Welt zum tieferen Verständnis der Kampfkunst Okinawas beigetragen hat. Ich danke Meister Hokama und Meister McCarthy besonders auch für die Vorworte in diesem Buch. Ohne die Impulse von Meister Hokama und meinem Sohn Marc, selbst hochgraduierter Karateka, hätte ich mich wahrscheinlich nicht mit dem Thema so intensiv beschäftigt. Daher danke ich beiden für die Anregungen und die stetige Unterstützung. Auch danke ich den vielen Schülern in meinem Dojo und den Teilnehmern auf Spezialseminaren, die als Partner für die Kata Anwendungen (Bunkai) mit sensiblen Punkten zur Verfügung standen. Ohne diese Partner hätte ich nie erfahren, dass Kyusho Jutsu und die Bunkai der Kata tatsächlich auch in der Praxis funktionieren. Ich möchte all meinen Lehrern für deren Geduld und für ihr Vertrauen, mich über viele Jahre unterrichtet zu haben, danken. Darüber hinaus bin ich froh mit Meister Tetsuhiro Hokama einen gemeinsamen Weg gefunden zu haben um zusammen zu arbeiten und gemeinsam zu forschen und trotz der großen Entfernung zwischen Okinawa, Japan und Lippstadt in Deutschland zu einer internationalen Freundschaft beigetragen zu haben. Auch bin ich glücklich eine so große Gruppe hochgraduierter Meisterschüler zu haben, die mit uns schon seit vielen Jahren zusammenarbeiten. Sie alle haben durch ihre großartige Unterstützung unsere Arbeit ermöglicht. Ich möchte auch meiner Familien für die Geduld danken, denn ich habe einen Großteil meines Lebens mit Karate verbracht, Zeit, die manchmal meiner Familien gefehlt hat. Großen Dank auch an meine Söhne Lutz und Marc für ihre Unterstützung. Ich möchte ihnen und meinen Schülern auch für die Bereitschaft danken für Fotos und für Filme zur Verfügung gestanden zu haben und für die konstruktive Diskussion über Kata Bunkai bei diesem und bei anderen Projekten. Großen Dank auch an meine liebe Frau für die Portrait- Zeichnungen.

Ich möchte auch meinem Freund Kieran Budd, einem Meisterschüler von Sensei Hokama in Nishihara Okinawa, danken, der meine englische Übersetzung Korrektur gelesen und mir wichtige Hinweise gegeben hat. Darüber hinaus danke ich Hokama`s Schüler Hirokazu Narumi für seine Vermittlung beim Austausch von Daten und Ideen mit Meister Hokama.

Vorwort

Der zweite Band beschäftigt sich mit den fortgeschrittenen Goju Ryu Katas Saifa, Seienchin, Shisochin und Seisan. Da in diesen Formen auch Elemente aus dem Okinawa Torite enthalten sind, werden wir etwas näher auf die Historie und die Eigenschaften der speziellen Hebeltechniken eingehen. Einen Teil der Basis Übungen haben wir schon im ersten Band bei der Besprechung der Kata Tensho kennengelernt. Weitere Details zu dem Thema finden sich in dem Buch "Kata Bunkai, Okinawa Torite." Die in diesem Buch dargestellten Anwendungen befassen sich vor allem mit der tieferen Bedeutung der Kata, also weniger mit den Omote- als viel mehr mit den Okuden- und Ura- Waza. Es kam mir in diesem Zusammenhang darauf an zu zeigen wie man aus der Kata verschiedene Anwendungsvarianten entwickeln kann, die man zu Anfang als Schüler oder niedrig graduierter Meister in der Regel nicht ohne weiteres erkennt. Es wurde absichtlich die Darstellungsform mit animierten Figuren gewählt, weil man dadurch in der Lage ist Feinheiten heraus zu arbeiten, die man während einer Aktion im Karate nur schwer in einem Photo festhalten kann. Allerdings haben auch animierte Figuren ihre Grenzen. Man kann nicht alle Feinheiten darstellen, die man im Face to Face Unterricht lehren kann.

Lippstadt, den 24.04.2020

Professor Dr.med.Helmut Kogel
8.DAN Shihan

Die drei Buchbände sind meinem Lehrer Tetsuhiro Hokama gewidmet, dem ich auf diese Weise besonders danken möchte, weil er mir viele Details im Karate gezeigt hat, die sonst meist nicht gelehrt werden. Hier der Stammbaum der Meister:

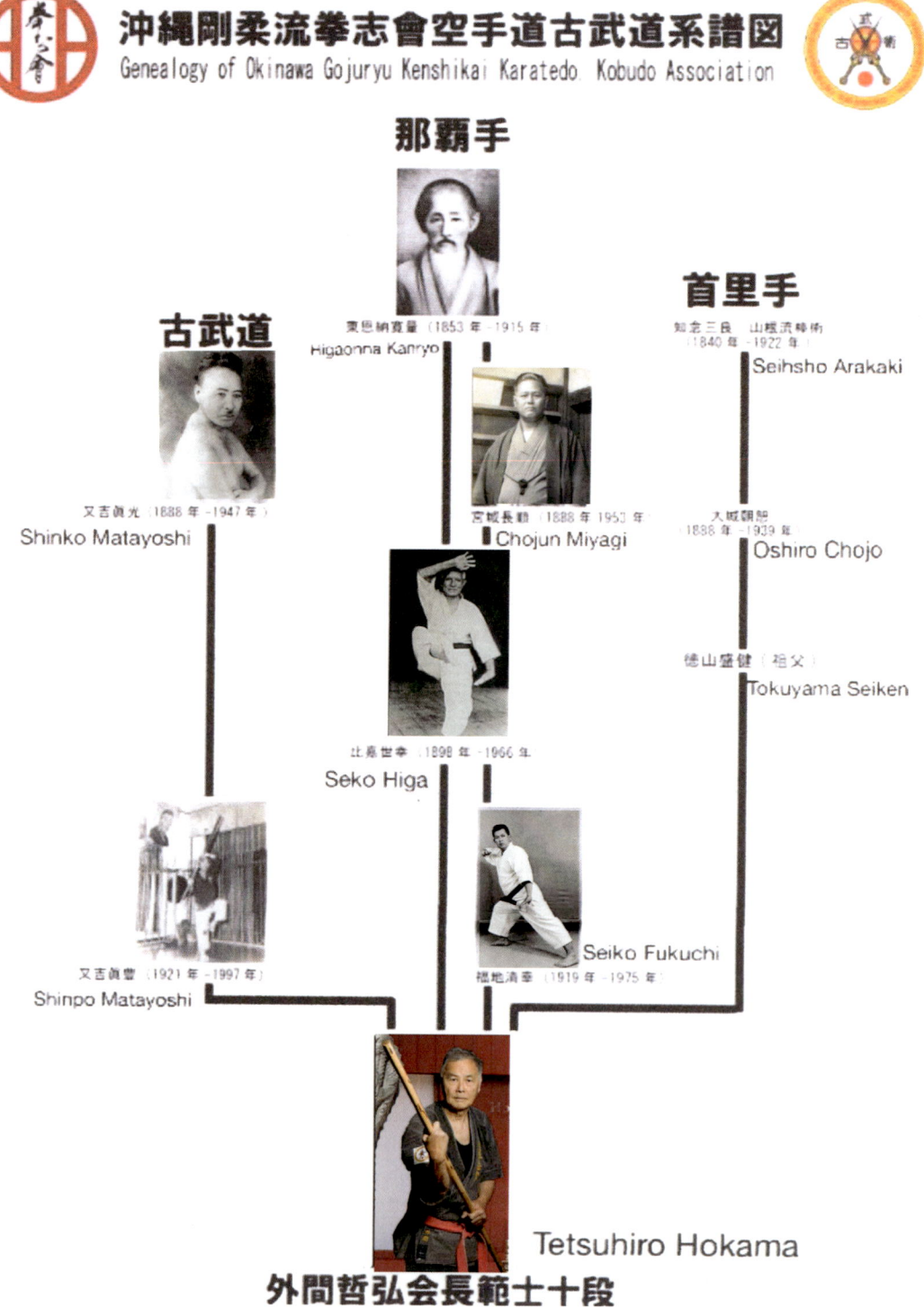

沖縄剛柔流拳志會空手道古武道系譜図

Genealogy of Okinawa Gojuryu Kenshikai Karatedo. Kobudo Association

那覇手

東恩納寛量 (1853 年 -1915 年)
Higaonna Kanryo

首里手

古武道

知念三良 山樋流棒術
(1840 年 -1922 年)
Seihsho Arakaki

又吉真光 (1888 年 -1947 年)
Shinko Matayoshi

宮城長順 (1888 年 1953 年)
Chojun Miyagi

大城朝恕
1888 年 -1939 年
Oshiro Chojo

比嘉世幸 1898 年 -1966 年
Seko Higa

徳山盛健 (祖父)
Tokuyama Seiken

又吉真豊 (1921 年 -1997 年)
Shinpo Matayoshi

Seiko Fukuchi
福地清幸 (1919 年 -1975 年)

Tetsuhiro Hokama

外間哲弘会長範士十段

Inhaltsverzeichnis

Einleitung

Im folgenden soll ein Zusammenhang zwischen klassischen Katas im Goju Ryu und den Ideen aus der Bibel des Karate dem "Bubishi" hergestellt werden. Eine Kata beinhaltet meist ein komplettes Kampfsystem. Daher ist es aus meiner Sicht notwendig sich darüber Gedanken zu machen, warum die Techniken in einer speziellen Kata in der vorliegenden Form genau so zusammen gestellt wurden und was sie im weiteren Sinne bedeuten können. Da das "Bubishi" eine wichtige Quelle von Ideen für das Okinawa-Karate darstellte, liegt der Schluss nahe sich bei der Analyse der Kata-Anwendung speziell damit zu beschäftigen. Nur wenn man die Idee hinter der Kata begreift, kann man den Nutzen der dargestellten Techniken und Sequenzen verstehen. Karate ist ein Verteidigungssystem und nicht für den primären Angriff gedacht:

Karate ni sente nashi

空手に先手 なし

Es gibt keinen Erst-Angriff im Karate

Daher finden wir in den Katas bei der ersten Bewegung nahezu immer eine Verteidigung und keinen Angriff. Dennoch geht man nur selten bei der ersten Bewegung in der Kata zurück. Vielmehr weicht man seitlich aus (45° oder 90° Tai Sabaki) oder geht direkt vor, indem man dem bereits begonnen Angriff zuvorkommt (Go no Sen). Die ursprüngliche Idee der Kata verfolgte das Ziel der Anwendung. Hiervon unterscheidet sich das Verständnis der Kata im Wettkampf. Im folgenden steht die Anwendung im Vordergrund der Interpretation, nicht der Kata-Wettkampf. Es soll versucht werden die Idee hinter einer Kata zu entschlüsseln, gleichwohl wissend, dass die ursprünglichen Katas ständig verändert wurden im Hinblick auf Praktikabilität und besondere Interpretationen des einen oder anderen Meisters aufweisen können. Jeder fortgeschrittene Karate Meister wird seine eigenen Vorstellungen über die Anwendung der Techniken in einer Kata entwickelt haben und so ist es wahrscheinlich ursprünglich auch gewollt. Karate soll nach Ansicht der Okinawa Meister kein starres System sein, sondern es soll sich ständig weiter entwickeln. Dennoch warnte Gichin Funakoshi wie Meister Itosu Anko in der 18. seiner zwanzig Regeln davor den Inhalt der Kata zu verändern. Damit meinte er die ursprüngliche Form, nicht aber die Varianten der Anwendung (Bunkai). Kihon (Grundschule) und Kumite (Kampf) wurden und sind auf Okinawa traditionell aus den Katas entwickelt worden. Okinawa Meister haben eine spezielle Didaktik dazu entwickelt, die einem roten Faden folgt (Yakusoku Kumite). In den Goju Ryu Katas werden wir den Zusammenhang mit sensitiven Kyusho Punkten und den 48 Selbstverteidigungskombinationen aus dem Bubishi analysieren.

Tote Jutsu, Okinawa Te

Ungefähr um 1000 n.Chr. entwickelten sich die ersten systematischen Formen einer Selbstverteidigung auf Okinawa. Im Jahr 1314 n.Chr. entstanden aus zahlreichen rivalisierenden Stämmen auf Okinawa nach scheren Kämpfen drei Staaten nämlich Hokuzan im Norden, Chuzan in der Mitte und Nanzan im Süden. König Satto von Chuzan (1353-1395 n.Chr.) gelang es die Unterstützung von China zu erreichen und 1389 Handelsverträge mit Korea abzuschließen. Dadurch erlangte Satto Einfluss über die gesamte Insel. Unter der Ming Dynastie wurde er von Zhu Yuanzhang (1326-1398 n.Chr.) aufgefordert auf den Thron zu verzichten. Okinawa wurde damit Tribut-pflichtig. Es kam in den folgenden Jahren zu intensivem Austausch von Waren, Bildung und von Kulturgütern. Chinesische Familien ließen sich auf Okinawa nieder und brachten darüber hinaus auch die Chinesische Kampfkunst auf die Insel. 1392 n.Chr. kamen die sogenannten 36 Familien aus Fujian (China) nach Okinawa und siedelten sich in Kume in der Nähe von Naha an. 36 ist nur als symbolische Zahl zu verstehen. In Wirklichkeit wird angenommen, dass 8-9 Familien (Elite-Personen) aus China nach Okinawa kamen. Es wird vermutet, dass die Familie Zheng Yiyi das Chinesische Boxen und eine Kopie des Buchs "Bubishi" nach Okinawa gebracht haben (Tetsuhiro Hokama).

Das Denkmal der 36 Chinesischen Familien auf Okinawa, Naha
Matsuyama Park

1404 kam der erste Chinesische Gesandte (Sappushi) nach Okinawa. 1429 vereinte König Sho Hashi die drei Königreiche, es entstand somit das Ryu Kyu Königreich. Mehrfach kam es in der Geschichte zu Waffenverboten (1432, 1477). Obgleich oft berichtet wird, dass angeblich die Waffenverbote zur Aktivierung des Karate geführt hätten, wird dies von Tetsuhiro Hokama aufgrund seiner historischen Recherchen in Frage gestellt. Aus der Gefolgschaft der sogenannten Sappushi wurden über einen größeren Zeitraum hinweg immer wieder Spezialisten der Chinesischen Kampfkünste aktiv und unterrichteten interessierte Einwohner Okinawas (siehe bei T.Hokama "100 Masters of Okinawa Karate"). Durch Zusammenfügen der Kampfkünste des Okinawa Te und des Chinesischen Quan Fa entstanden unterschiedliche Stilrichtungen auf Okinawa. Schließlich reisten vereinzelt Okinawa Meister selbst nach China um an der Quelle der Chinesischen Kampfkunst zu lernen. Dabei erhielten sie zahlreiche Anregungen, die sie in ihre Kampfkunst mit aufnahmen. Ebenso wurden Formen von Chinesischen Experten nach Okinawa gebracht, oder die Okinawa Meister brachten solche Kampfkunstformen später selbst von ihren Studienreisen von China mit. Diese Formen der Chinesischen Kampfkünste dienten als Muster für die späteren Okinawa Katas. Dabei wurden diese zum Teil nach den Vorstellungen der Okinawa Meister verändert. Vereinfacht dargestellt, brachte z.B. ein Militärattaché namens Kusanku, der mit den Sappushi nach Okinawa kam, seine Kampfkünste 1756 auf die Insel. **Kusanku** überlieferte eine nach ihm benannte Kata. Aus dieser Kata gingen später Kanku Dai und Kanku Sho im Shotokan-Stil hervor. Aber auch andere Leibwächter der Sappushi haben solche Katas überliefert, sie wurden jeweils nach ihnen benannt: Wanshu, Chinkan, Gankei, Passai und andere. Zu den Schülern von Kusanku gehörten Chatan Yara (1740-1812), Sakugawa Kanga (1762-1843, teils unterschiedlich beziffert, siehe Hokama T.). Andere chinesische Lehrer waren **Waichinzan** und **Iwah**, beide Militärattachés und Leibwächter der Sappushi. Es ist sehr schwierig, die Entwicklung des Karate auf Okinawa in einem Stammbaum klar darzustellen. Man läuft Gefahr, dem einen oder anderen Stil oder Abstammungslinie nicht gerecht zu werden. Je weiter man in die Geschichte zurückgeht, desto unsicherer ist die Beziehung zwischen Stilen und Personen. Dies liegt daran, dass sich die Menschen in der Vergangenheit weitgehend auf mündliche Überlieferungen in Bezug auf Okinawa Te stützten und dass nur weniges niedergeschrieben wurden. Darüber hinaus haben alte Meister oft bei verschiedenen Lehrern unterschiedlicher Stile studiert und ihre Lehrer im Laufe ihres Lebens gewechselt, entweder weil sie ihren Wohnsitz geändert haben oder weil die Meister verstorben sind. Dieses Problem trifft zu für die Entwicklung von Tote Jutsu, dem Okinawa-Karate sowie des Naha Te und später für die Linie des Goju Ryu. Jeder Okinawa-Meister versuchte, seine eigene Abstammung zu erforschen und schuf dann seine individuelle Stammbaum der Kampfkunst. Die Richtigkeit solcher Genealogie wird oft mehr oder weniger diskutiert. Daher ist und bleibt das Thema sehr schwierig. Wir haben versucht, einige dieser Abstammungslinien im Folgenden darzustellen. Dennoch sind wir uns bewusst, dass die eine oder andere Frage unter Experten auftauchen wird. Meister Tetsuhiro Hokama brachte sein Wissen als Okinawa-Meister in diese Zusammenstellung ein, wofür ich ihm ich sehr dankbar bin. Er hat die auf den folgenden Seiten gezeigten Genealogien sorgfältig erstellt.

Der Ursprung des Naha Te

Nahate ist eng mit dem Namen **Arakaki** verbunden (auch Niigaki, 1840-1918). Er war in der Position eines "Bushi" am Hof des Okinawa Königreichs tätig. Sein Titel lautete Chikodun Pechin von Kumoji in Naha. Er studierte und trainierte im Stadtteil Kume Kampfkunst. Unter seinen Lehrern waren Yabu Pechin (ursprünglich bekannt als Hokama) und Waishinzan, ein Militärattaché und Kampfkunst-Experte aus China. Er war der erste Lehrer von Higaonna Kanryo. Arakaki lehrte den Kampfstil von Luo Han Quan, auch bekannt als Arhat Boxen. Arakaki musste Okinawa 1870 verlassen, weil er als Übersetzer nach Peking beordert wurde. Er stellte den jungen Higaonna Kanryo Meister Kojo Daitei vor. Daitei war so begeistert von Kanryo`s Fähigkeiten, dass er und Yoshimura Udun Chomei (1830-1898) ihn in das berühmte Kojo Dojo nach Fuzhou (1874) schickten. Es wird angenommen, dass die folgenden Katas von Meister Arakaki stammen: Sanchin, Seisan, Suparinpai (Pechurin) und möglicherweise auch Unsu, Sochin und Niseishi (Nijushiho). Aber vielleicht wurden schon einige Einflüsse über Ason, Yabu Peichin und Kojo Taitai (1837-1917) und eine sogenannte Naha Te-Gruppe mit einigen anderen Experten wirksam.

Higaonna Kanryo (1853-1915), einer der wichtigsten Meister des Naha Te, wurde in Nishi Machi (Naha) geboren. Er lernte zuerst Kampfkunst von Aragaki Seisho, später von Kojo Taitai, von Waishinzan und Ryu Ryu Ko.

Higaonna Kanryo

Er seinerseits unterrichtete viele bedeutende Schüler (Kyoda Juhatsu, Gusukuma Koki, Nakamoto Seibun, Tahara Taizo und viele andere), darunter Chojun Miyagi und Seko Higa. Kanryo ging von 1876 bis 1888 nach Fuzhou, um dort zu trainieren. In der Literatur wurde oft berichtet, dass das sogenannte Naha Te von Kanryo entwickelt und später von Miyagi in Goju Ryu umbenannt wurde und daher auch das ursprüngliche Naha Te darstellt. Laut Hokama Tetsuhiro machen neue Forschungsergebnisse diesen Bericht jedoch unsicher. Obwohl die Weiterentwicklungen von Kanryo und Miyagi prägend und für das Naha Te von großer Bedeutung waren, scheinen Yabu Peichin und Kojo Taitai (1837-1917) zuvor einen signifikanten Einfluss auf das Naha Te gehabt zu haben. Beide waren Schüler von Waishinzan und Aragaki.

Der Ursprung von Goju Ryu

Chojun Miyagi (1888-1953) gilt als Gründer des Goju Ryu. Er wurde in Higashi-Machi (Naha) als Sohn eines Apothekers geboren und hieß Matsu. Als Kind wurde er in eine sogenannten Honke hinein adoptiert und erhielt den Namen Chojun. Honke entspricht der Hauptfamilie, ungefähr den Erben der Eltern, meistens entspricht dies dem erst geborenen Sohn. Alle anderen gehören zu den sogenannten Sekundärfamilien. Die Hauptfamilie war aufgrund des Handels in China wahrscheinlich eine der reichsten Familien in Naha. Er begann sein Karate-Training im Alter von 14 Jahren bei Higaonna Kanryo. Miyagi reiste 1915 geschäftlich nach Fujian und 1936 nach Shanghai. Dort studierte und trainierte er auch südchinesisches Boxen. Während dieser Zeit konnte er verschiedene Arten des "Sanchin" -Training mit anderen Atemtechniken sehen, die er zuvor noch nicht geübt hatte.

1927 fand auf Okinawa eine Demonstration (Embu) für Karate vor einer japanischen Delegation unter der Leitung von Jigoro Kano (damaliger Leiter des Kodokan) statt. Dieses Embu wurde von Chojun Miyagi, Yabe Kenstu, Hanagi Nagashike, Hisaba Kosaku, Kiyabu Chotoku, Mabuni Kenwa und deren Schüler organisiert. Kano ermutigte Miyagi, Karate zu erforschen und weiter zu entwickeln. Im Mai 1928 kam Miyagi zum ersten Mal nach Honshu, dem japanischen Festland, um an den Budokusai (einer jährlichen Budo-Demonstration) teilzunehmen. Es folgten Einladungen zu Präsentationen von Miyagi an die Universitäten in Kyoto und Kansei. In Japan fragte man nach seinem Karate-Stil. Bis dahin war es auf Okinawa üblich, den Stilen die Namen von Orten zu geben, an denen Karate praktiziert wurden. Inspiriert von zwei Kapiteln aus "Kempo Dai Johakku" und "Ho Goju Don To" aus dem "Bubishi" gab er seinem Stil den Namen Goju Ryu (hart und weich). Nach seiner Rückkehr nach Okinawa gründete er den ersten Karate-Verband "Zen Karate Do Shinko Kyokai "vollständig aus eigenen Mitteln.

Hinweis: Ich möchte Meister Hokama und seinen Schüler Hirokazu Narumi besonders dafür danken, dass sie die folgenden Dokumente und historischen Fotos zusammen gestellt und mir zur Veröffentlichung überlassen haben.

剛柔流　宮城長順先生の弟子
Students of Chojun Miyagi sensei

比嘉　世幸
Seko Higa 1898-1966

瀬名波　達徳（崎山）
Tatsutoku Senaha (Sakiyama)

宮城　敬
Takashi Miyagi 1919-2008

神谷　仁清
Jinsei Kamiya 1894-1964

安座間　喜寿（南條）
Kiju Azama (Nanjo)

仲本　清仁
Seijin Nakamoto 1916-1986

真玉橋　景洋
Keiyo Madanbashi 1896-1983

田原　泰造
Taizo Tahara

宮里　栄一
Eiichi Miyazato 1922-1999

新里　仁安
Jinan Shinzato 1901-1945

城間　恒貴
Kouki Shiroma

伊波　康進
Koshin Iha 1925-2012

玉城　友盛
Yusei Tamaki 1905-1979

屋宜　必賀
Hitsuga Yagi

新垣　修一
Shuichi Arakaki 1929-

仲井真　元楷
Genkai Nakaima 1908-1984

喜納　正興
Seiko Kina 1911-1994

備瀬　知信
Chishin Bise 1929-

新垣　謹律
Kinritsu Arakaki

田崎　厚牛
Kougyu Tasaki 1912-1992

外間　守善
Shuzen Hokama 1924-

阿波連　喜栄
Kiei Aharen

八木　明徳（屋宜）
Meitoku Yagi 1912-2003

崎山　宗源
Sougen Sakiyama -

稲嶺　盛松
Seimatsu Inamine

與儀　実栄
Jitsuei Yogi 1912-1997

仲宗根　正侑　※泊手
Seiyu Nakasone 1893-1983

友寄　喜栄
Kiei Tomoyose 1912-1992

古堅　春震
Shunshin Furugen 1913-1995

金城　清吉
Seikichi Kinjo 1933-2018

山城　正樹
Masaki Yamashiro

宮里　栄光
Eiko Miyazato 1915-2003

三上　護恭（正男）
Gokyo Mikami 1915-1997

山川　宗行
Soko Yamagawa

上原　優希徳
Yukinori Uehara 1916-1997

金城　三郎
Saburo Kinjo

Als Meister Miyagi 1952 schwer erkrankte wurde von seinen Meisterschülern eine Konferenz einberufen um über die Weiterentwicklung des Goju Ryu zu beraten (siehe folgendes Dokument der Ausschreibung aus der Tageszeitung"Ryukyu Shimpo).

The Article of Goju-Ryu Establishment Conference 1952

The newspaper article of May 28th 1952 -Goju-Ryu Establishment Conference-

General conference for the establishment of the Goju-ryu Promotion Association
In order to promote Goju-ryu Karate-do, it was decided to hold an inaugural conference for the cooperation of those who are directly or indirectly related to Chojun Miyagi Sensei.
All concerned parties and supporters are asked to come together.

Information
Date and time : Sunday Jun 1st 1952 1:00 p.m.
Location : Kikunoya Hotel in Naha
Fee : JPY 250.-

Establishment founder
Seko Higa
Keiyo Madanbashi
Jinsei Kamiya
Genkai Nakaima

For an application
6-1 Naha city Okinawa
Office Genkai Nakaima

Chojun Miyagi fell sick.
A group of senior students came together to try and unite Goju-Ryu.
There was a promotion article in the newspaper Ryukyu Shimpo on May 28th.
There was an important meeting (Discussing and recommendations for committee) for the future of Goju Ryu.

A few years after Chojun Miyagi Sensei passed away,
each of the teachers established their own dojo, which has continued to this day.

Während dieses wichtigen Treffens in Naha diskutierten die Mitglieder dieses Gremiums Pläne für die Zukunft von Goju Ryu. Leider konnten sie jedoch keine Einigung erzielen.

Goju-Ryu Establishment Conference 1952

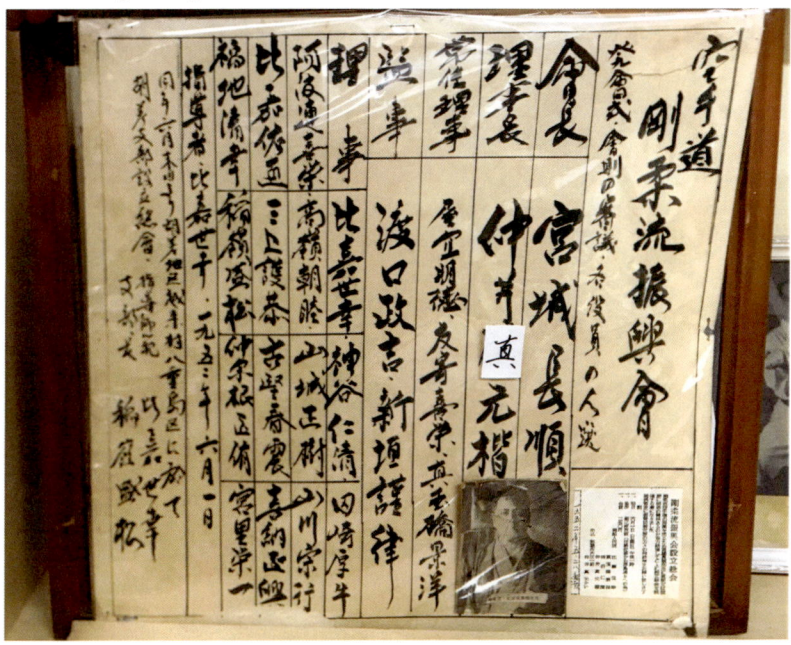

Goju-ryu Promotion Association

Kaicho / Chairperson
Chojun Miyagi 1888-

Rijicho / Chief Director
Genkai Nakaima 1908-

Jonin Riji / Executive Director
Meitoku Yagi 1912-
Kiei Tomoyose 1912-
Keiyo Madanbashi 1896-

Kanji / Auditor
Seikichi Toguchi 1917-
Kinritsu Arakaki

Riji / Director

Seko Higa 1898-	Jinsei Kamiya 1894-	Kougyu Tasaki 1912-	
Kiei Aharen	Chouboku Takamine 1908-	Masaki Yamashiro	Soko Yamagawa
Yuchoku Higa 1910-	Gokyo(Masao) Mikami 1915-	Shunshin Furugen 1912-	Seko Kina 1911-
Seiko Fukuchi 1919-	Seimatsu Inamine	Seiyu Nakasone 1893-	Eiichi Miyazato 1922-

Main Instructor
Seko Higa since June 1st 1952

Koza branch establishment in Kozachiku Goyeku village Yaejima since June 30th 1952
Instructor / Seko Higa
Branch chief / Seimatsu Inamine

Im Folgenden wurden daher verschiedene Karate Dojos gegründet: Z.B. der Shodokan von Higa Sensei, der Jundokan von Eiichi Sensei und der Meibukan von Yagi Sensei. Miyagi Chojun starb 1953. Juhatsu Kyoda, einer von Miyagi`s-Meister-Schülern, begann, den Stil To on Ryu (To = Ost, Ryu = Stil) zu formen. Bis heute zu wurden in Okinawa weitere unterschiedliche Goju Ryu Dojos gegründet.

Seko Higa (1898-1966) war ein Top-Schüler von Higaonna Kanryo und Chojun Miyagi. Seko Higa`s Vater und Higaonna Kanryo waren Verwandte. Es wird berichtet, dass Higa auch mit Itosu Anko (Shurite) verwandt war und zunächst unter seiner Aufsicht ausgebildet wurde. Vor allem trainierte er vier Jahre bei Miyagi unter Kanryo Higaonna, bis Kanryo schließlich starb. Nach dieser Phase studierte er 38 Jahre lang Goju Ryu bei Chojun Miyagi, bis auch Miyagi starb. Er wurde stellvertretender Grundschullehrer, später 1921 Polizist. 1931 zog er sich als Polizist zurück und eröffnete mit Erlaubnis von Miyagi sein erstes Dojo in Shimoizumi, Naha. Unter den Schülern von Higa befanden sich Choboku Takamine, Seikichi Higa, Kanki Izumigawa, Seiichi Akamine, Seikichi Toguchi, Zenshu Toyama, Choyu Kiyuna, Shimpo Matayoshi, Seiko Fukuchi (1919-1975), Eiki Kurashita, Zensei Gushiken, Tamaki Juei und andere (siehe Übersicht). 1956 wurde Seko Higa Vizepräsident der Okinawa Karate Do Federation (zusammen mit Nagamine Shoshin). 1969 wurde in Yogi Naha die Internationale Karate Kobudo Föderation gegründet und Higa zum Präsidenten gewählt.

Seko Higa erklärt die Kata Seipei (Foto mit freundlicher Genehmigung aus dem Museum von Tetsuhiro Hokama)

尚道館　比嘉世幸先生の弟子
Students of Seko Higa sensei
1896-1966

※又吉　真豊（金硬流古武術）
Shinpo Matayoshi 1921-1997

玉城　寿英
Juei Tamaki 1905-1997

外間　哲弘
Tetsuhiro Hokama 1944-

泉川　寛喜
Kanki Izumikawa 1908-1967

長堂　光安
Mitsuyasu Nagado

高嶺　朝睦
Choboku Takamine 1908-2006

親泊　英年
Hidetoshi Oyadomari 1941-

渡口　政吉
Seikichi Toguchi 1917-1998

親泊　英吉
Eikichi Oyadomari 1947-

福地　清幸
Seiko Fukuchi 1919-1975

宜保　成喜
Seiki Gibo 1939-

饒平名　知繁
Tomoshige Yohena 1923-

蔵下　英喜
Eiki Kurashita 1941-

比嘉　世吉
Seikichi Higa 1927-1999

大城　譲
Yuzuru Oshiro 1945-

伊志嶺　朝信
Choshin Ishimine 1931-1996

新川　統正
Tousei Arakawa

喜友名　朝有
Choyu Kiyuna 1931-

天川　昇
Noboru Amakawa

福元　英吉
Eikichi Fukumoto 1936-1995

座安
Zayasu

平良　豊秀
Toyohide Taira

比嘉　清子
Kiyoko Higa

尚道館　比嘉世幸道場にて
Shodokan Seko Higa DOJO

Dokumente aus Seko Higa´s Dojo mit Notizen über Yagi Meitoku, Yagi Meitatsu und Tetsuhiro Hokama. Mit freundlicher Genehmigung von Tetsuhiro Hokama aus seinem Karate Museum

外間 哲弘　　又吉 真豊
Tetsuhiro Hokama　Shinpo Matayoshi

Im Shodokan Dojo

Links: Tetsuhiro Hokama in jungen Jahren im Eingang zu Seko Higa´s Shodo Kan

Mit freundlicher Genehmigung von Meister Hokama, aus seinem Karate Museum

Rechts: Dokument aus dem Okinawa Goju Ryu Kai Karate Do

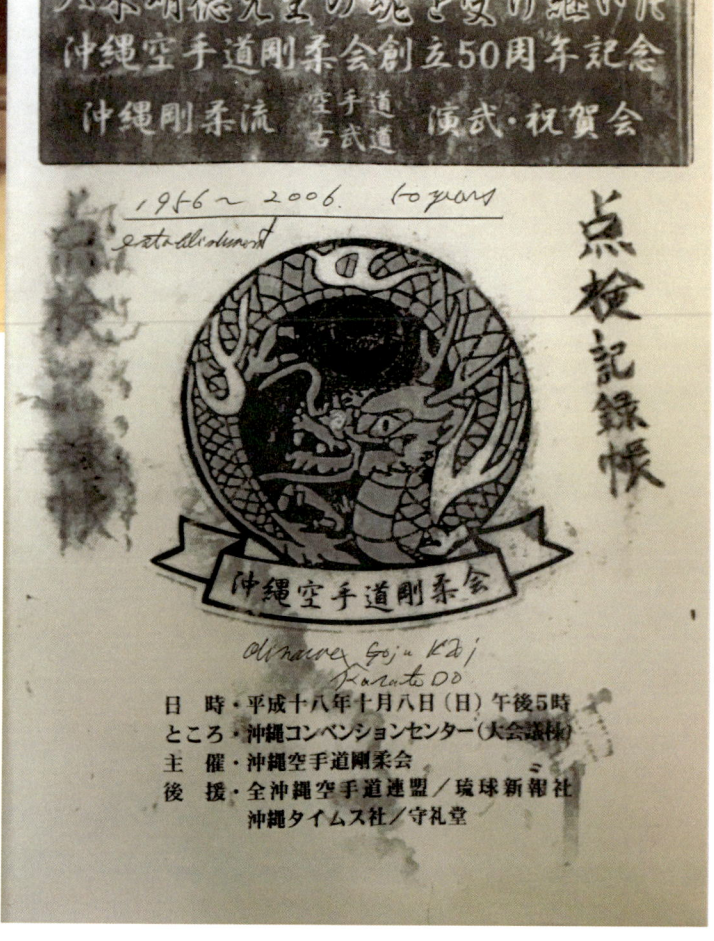

Tetsuhiro Hokama wurde 1944 in Taiwan geboren. In Okinawa begann er 1952 seine Ausbildung zum Karate und Kobudo bei seinem Großvater Seiken Tokuyama (Shuri Te). 1961 begann er bei Seko Higa an der Naha Commercial High School zu trainieren. Sein Freund Shimpo Matayoshi brachte ihm weitere Details im Kobudo bei. Nachdem Seko Higa verstorben war, setzte er das Karate-Training bei Seiko Fukushi fort. 1974 wurde er Direktor der Okinawan High-School Karate-Do Association. Er gründete verschiedene Karate-Clubs und erhielt 1977 den Titel Shihan. Er war technischer Berater des Karate-Do Ken Yu Kai und Sekretär der All Okinawa Karate-Do Association. Er hat zahlreiche Bücher und Artikel über Okinawa Karatedo, Geschichte und Kultur veröffentlicht. Er erhielt den Master-Abschluss in Kalligraphie sowie in der „Okinawan Mineral and Stone Research Association" und war Präsident der Nishihara Machi Cultural Association. Sein einzigartiges Karate-Museum ist auf der ganzen Welt bekannt. Er erhielt ein Stipendium der Okinawan Family Crest Study Group. Im Jahr 2002 wurde er von der IOND University (USA) zum Ehrendoktor im Karate ernannt. 2004 erhielt er den Titel eines Doktors in Sporterziehung von der Mindinao State University auf den Philippinen.

Er ist Präsident der Okinawan Goju Ryu Kenshikai Karatedo Kobudo Organisation mit Hauptsitz in Nishihara Okinawa. Es existieren weltweit Branch Dojos seiner Organisation in Japan, Südafrika, Indien, Kanada, Schweden, der Schweiz, Belgien, den Philippinen, Puerto Rico, Russland und Deutschland.

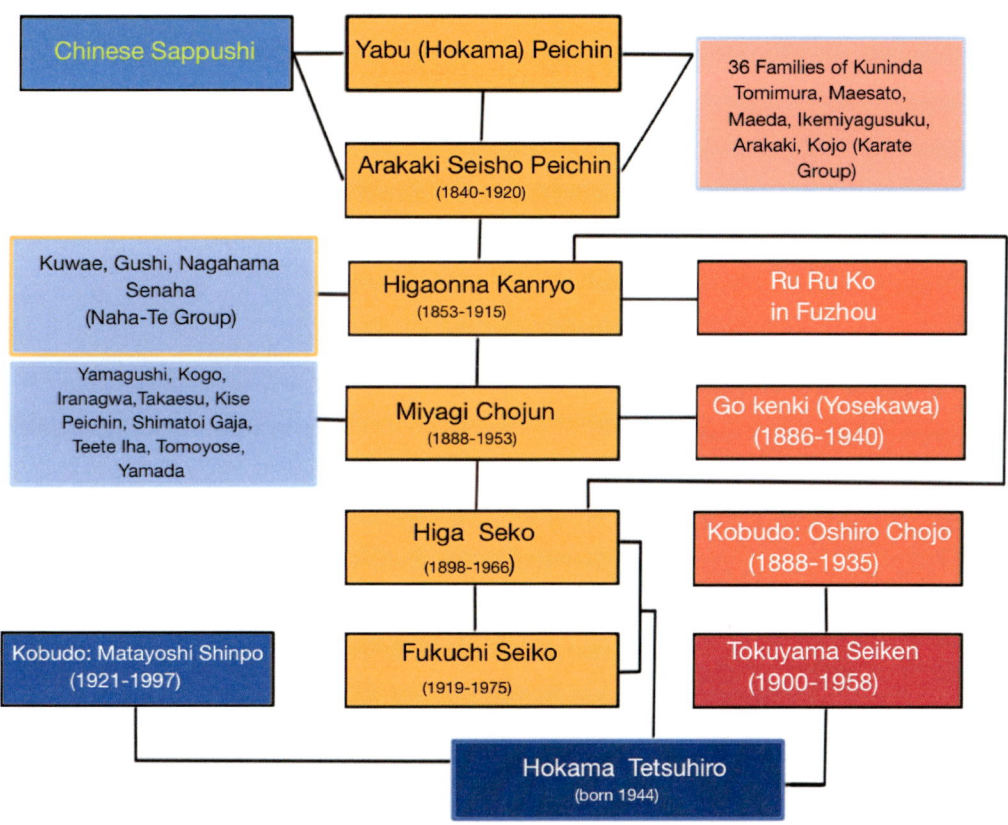

Literatur:

1.Hokama T., (2009), History and traditions of Okinawa Karate, Masters Publ. Canada
2.Hokama T., (2005)), 100 Masters of Okinawa Karate, Ozato Print, Okinawa
3.Hokama T. (2007), Timeline of Karate history, Pre-History to 2000, Ozato Print, Okinawa
4.Kerr G.H. (2000), Okinawa, The History of an Island people, Tuttle Co.
5.Lind W. (1997), Okinawa Karate, Geschichte und Tradition der Stile, Sportverlag Berlin

Denkmal für
Higaonna Kanryu
und Chojun
Miyagi in Naha,
Matsuyama Park

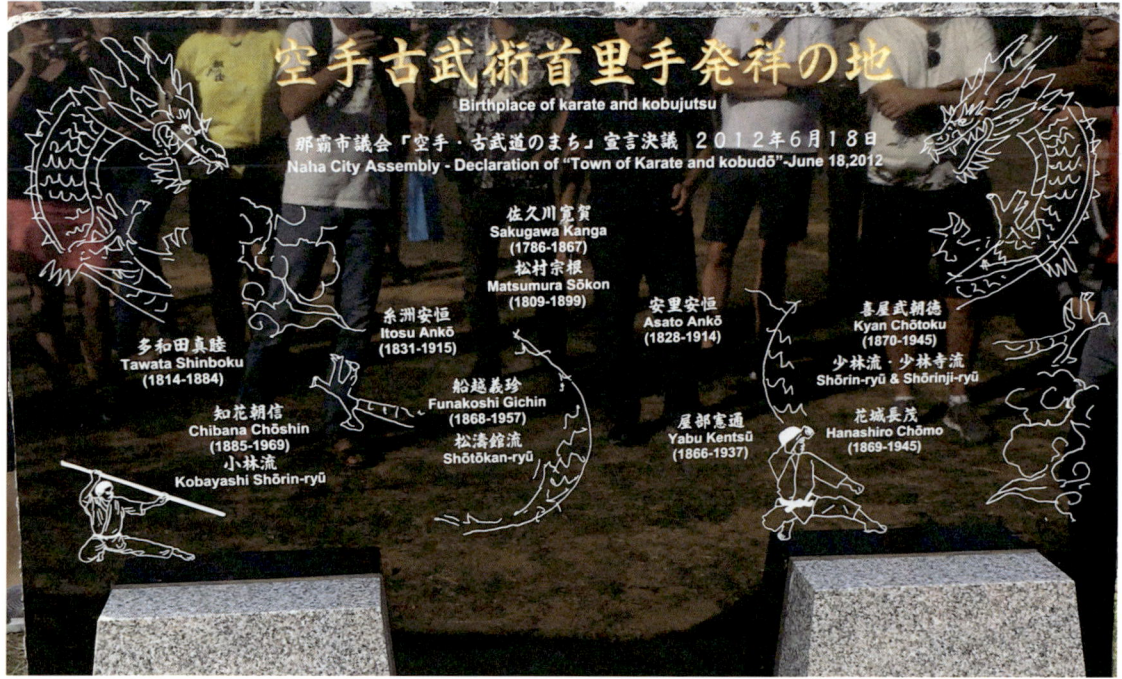

Denkmal der bedeutendsten Karate
Meister in Shuri

Okinawa Torite / Tuite

Tuite (取手術) ist als solches meist nur in der westlichen Literatur bekannt und bedeutet Kontrolle mit der Hand. Javier Martinez, der nach Informationen über Tuite suchte, fand bei den meisten Okinawa Meistern keine detaillierten Antworten auf seine Fragen. Tuite sei, so beschrieben es einzelne Okinawa Meister, eine sehr alte Kunst auf Okinawa und in der Vergangenheit von adligen Familien, den Leibwächtern des Königs und den höheren Offizieren der Armee praktiziert worden. Daher ist die Kunst des Tuite jüngeren Meistern vielleicht unbekannt. Eine genaue Definition von Tuite fehlt wahrscheinlich bis heute. Die Meister von Okinawa kannten das Wort Tuite nicht, wie wir es in der westlichen Welt schreiben und aussprechen. Auf Okinawa war jedoch das sogenannte Torite bekannt. Tuidi und Torite werden in der westlichen Welt teilweise synonym verwendet. Interpretationen des Begriffs erscheinen jedoch in der Literatur sehr unterschiedlich und ungenau. Ob man unter Kansetsu Waza (業業 Gelenkhebel) im japanischen Jujutsu und Judo etwas anderes verstehen kann als unter dem Begriff „Tuite", bleibt unklar. Auch auf Okinawa gibt es nur wenige Dokumente über Tuite oder Torite. Torite (捕捕り / 捕手) gilt als Methode, um einen Gegner mit bloßen Händen oder mit kleinen Waffen (Jutte oder Hanagawa) zu überwältigen. In den früheren geheimen Kampfkünsten der Adelsklasse, dem Undundi, war Tuidi als integraler Bestandteil des Systems bekannt. Da es in Okinawa verschiedene Dialekte und eine alte Sprache gab, ist es wahrscheinlich, dass die Begriffe Tuite, Tuidi, Turite und Torite identisch sind. Tuidi in der aristokratischen Kampfkunst basierte auf den Methoden des Karamidi ((絡る手, fesselnde Hand). Di bedeutet soviel wie Te, also Hand. Karamidi war eine Form von Hojojutsu auf Okinawa und geht auf die Zeit vor der Annexion des Ryu Kyu-Königreichs durch die Japaner zurück. Karamidi wurde während der feudalen Herrschaft des Königtums von der Kaste der Ufuchiku (Polizeichefs) und der Chikusaji (Polizei) im Alltag zur Verhaftung von Tätern eingesetzt. Es war Teil der Schule des Motobu Udundi, einer Adelsfamilie in Okinawa. Im Udundi unterscheidet man unter anderem Tuidi Gaeshi und Tuidi Uragaeshi. Es wurde als Technik gegen unbewaffnete und bewaffnete Angriffe geübt (Tantodori, Iaidodori, Kodachidori, zusammengefasst im Mai no Te. Die Kunst des Udundi wurde der Öffentlichkeit durch den Meister Seikichi Uehara (1904-2004, 12. Generation von Motobu Udundi) bekannt gemacht (siehe in einem Buch von Matsuo Kanenori Sakon). Tuite dient mit seinen Verriegelungstechniken als Werkzeug für die Gelenkmanipulation. Der Eingang zu den Hebeln ist in klassischen Okinawa Katas meist verschlüsselt und ist oft auf den ersten Blick nicht erkennbar.

Das Zusammenfassen von Kyusho und Tuite oder Torite, wie es in Okinawa praktiziert wird, führt zu einer Reihe von Techniken, die wir auch aus dem Chin Na (擒拿) in China kennen. Chin Na bedeutet "greifen (Chin) und kontrollieren (Na)" (Dr. Yang Jwing-Ming).

Im Chin Na verwendet man verschiedene Elemente:

1. Druck auf empfindliche Punkte (Dian Xue, Dim Mak)
2. Blockierung der Arterien oder Venen (Dian Mai oder Duan Mai) und Blockierung des Atmens (Bi Qi). Diese drei Elemente, die durch Drücken sensibler Punkte, durch Blockieren von Arterien und Venen sowie der Atmung erreicht werden, entsprechen dem heutigen japanischen Kyusho Jutsu.
3. Weiterhin gibt es Techniken im Chin Na, um Knochen zu brechen und Gelenke zu verrenken (Cuo Gu)
4. oder um Sehnen von den Knochen zu reißen (Fen Jin oder Zhua Jin).

Auch diese drei zuletzt genannten Techniken (in 3 und 4) sind in verschiedenen asiatischen Kampfkünsten enthalten. Sie bilden wahrscheinlich zusammen das Torite. Das Chin Na enthält angeblich mehr als 700 verschiedene Techniken und es gibt unterschiedliche Stile (wie Eagle Claw, White Crane, Tai Chi Chuan). Tuite und Kyusho sind somit sowohl Teil des Udundi als auch des Okinawa Karate. Tote oder Toudi (China Faust) beeinflusste die Entwicklung des Okinawa Di, der alten Kampfkunst Okinawas. Es scheint, dass die Techniken des Chin Na auf Okinawa im Torite-System vereinfacht und reduziert wurden, um die Techniken praktikabler zu machen. Die Vielfalt verschiedener Techniken aus anderen Kampfkünsten zu vereinfachen, ist eine besondere Vorliebe der Okinawa-Meister, wie wir sie bereits aus dem "Bubishi", der "Bibel des Karate" kennen. Während Hebel an den verschiedenen Gelenken des Körpers hinsichtlich der Biomechanik immer gleich sind, unterscheidet sich der Einstieg in die verschiedenen Gelenkmanipulationen je nach Stil in den verschiedenen Katas des Karate. Ähnliche Gelenkmanipulationen finden sich auch in anderen Kampfkünsten auf der ganzen Welt wie beim Aikido, Jujutsu, Hapkido, Chin Na und vielen anderen in Asien, dem Sambo in Russland oder Wrestling im Westen. Während im Shotokan Karate-Stil Gelenkmanipulationen des Torite dem Shaolin Chin Na entsprechen, sind im Goju Ryu Techniken eher mit dem White Crane Chin Na zu assoziieren. Die Ursache hierfür kann sowohl kulturell als auch geografisch erklärt werden. So hat sich das Goju Ryu (ehemals Naha Te) vorwiegend an den Kampfkünsten Südchinas orientiert, vor allem der Region von Fujian. Die südlichen Kampfkünste haben den Fokus im Nahkampf und beinhalten meist kürzere Kampfstellungen (typisch Sanchin Dachi). Der Stil des "weißen Kranichs" steht im südlichen Kampfstil chinesischer Familien und des südlichen Shaolin Kung Fu (zum Beispiel Hung Ga Kuen) im Vordergrund. Währenddessen stützt sich das Shorinji Ryu (ehemals Shuri Te), aus dem später Stile wie z.B. das Shotokan Karate entstanden, vorwiegend auf die Kampfkunst des Quan Fa (Kung Fu) der Shaolin-Mönche aus Nordchina (Provinz Henan). Es wird oft als System der langen Faust (Langdistanz) bezeichnet.

Was ist Qi

Qi (Chi, 氣, gesprochen Tschi in Mandarin, japanisch Ki) ist eine Universal-Energie, die sich in unserem gesamten Universum befindet und die uns am Leben hält. Vereinfacht erklärt ist es die Energie der Gesamtheit unserer Körperzellen..

In China unterscheidet man drei Kräfte (San Cai), die energetisch miteinander in Interaktion treten und auf das Qi unseres Körpers Einfluss nehmen:

Himmel (Tian, 天), Erde (Tu, 土) und Mensch (Ren, 人).

Die Interaktionen dieser Energiequellen findet man aber auch in Darstellungen anderer Kulturen. Wahrscheinlich gehen die ersten Überlegungen zu solchen Zusammenhängen zwischen Dao, Yin und Yang sogar auf eine Zeit vor 4000 Jahren zurück, in der der Naturglaube eine große Rolle spielte. Leben nach den Regeln der Natur und des Universums beinhaltet im Wesentlichen eine Philosophie, die in China als Dao (道) bezeichnet wird, also als der „natürliche Weg". Qi wird auch erwähnt in den medizinischen Schriften des „Huangdi neijing" (黄帝內經), dem sogenannten „Buch des Gelben Kaisers zur Inneren Medizin", das wahrscheinlich während der Han Dynastie entstand (206 v. Chr. bis 220 n. Chr.). Zum legendären gelben Kaiser gibt es viele Geschichten, seine Existenz und die Zeit seines Wirkens sind in China aber nicht klar definiert. Im weiteren Sinne werden sehr unterschiedliche Dinge mit Qi bezeichnet und führen aufgrund der Mehrdeutigkeit für westlich orientierte Menschen zur Verwirrung. So bezeichnet man die innere Atmung als Nei Qi, die äußere, also Luftatmung, als Wai Qi. Elektrische Energie ist Dian Qi, Hitze heißt Re Qi, menschliche Energie ist Ren Qi, die Energie des Himmels Tian Qi, vitale Energie nennt man Huo Qi und Nahrungsenergie Gu Qi. Quing Qi bedeutet das klare Qi, das mit der Atmung kultiviert wird.

Zhen Qi entspricht dem Abwehr-Qi unseres Körpers. Für die Abwehr an der Körperoberfläche ist das Wei Qi verantwortlich, für das Körperinnere wie Blut und Organe ist das Ying Qi zuständig. Das Ying Qi fließt in den Meridianen. Das Ben Qi ist das Wurzel Qi, welches für die Heilungsprozesse in unserem Körper verantwortlich ist. Im Grunde genommen zeigt uns die Vieldeutigkeit, dass der Begriff Qi unserer westlichen Definition verschiedener Energieformen sehr nahe kommt oder sogar entspricht.

Qi im engeren Sinne bewegt nach chinesischer Ansicht Blut, Flüssigkeiten, Nahrung, Wärme und Schleim. Im Körper gibt es zwei Hauptarten von Qi. Zum einen gibt es das vorgeburtliche Qi (Xian Tian Qi), das in den Nieren gespeichert wird. Es entspringt dem sogenannten Jing, der Essenz, die wir bei der Geburt von den Eltern übertragen bekommen. Jing entspricht wahrscheinlich nach westlichen medizinischen Vorstellungen im Wesentlichen den Nebennieren. Das Wei Qi ist der „äußere Atem", gleichbedeutend mit der körpereigenen Abwehr. Es befindet sich im Unterhaut-Gewebe und entspricht am ehesten dem Lymphsystem. Das Nei Qi ist als der Ur-Atem (Yuan Qi) zu verstehen. Wir würden dies in unserer Kultur als Odem bezeichnen. Die Daoisten sind der Meinung, dass es notwendig ist die Energiespeicher (Qi-Reservoir) des Nei Qi zu erhalten, zu formen und im ursprünglichen Zustand zu bewahren. Hierzu haben sie Atem- und Qigong- Übungen entwickelt, die dies ermöglichen sollen. Bei den Buddhisten existieren ähnliche Vorstellungen. Sie unterscheiden Wai Dan, ein externes Elexir und Nei Dan, ein inneres Elexir. Sie haben ebenfalls Methoden entwickelt, das Qi im Wai Dan zu stärken. Diese Methode bezeichnen sie mit Yi Ging Ching. Dabei werden Muskeln und Sehnen (Faszien) trainiert. Es ist ein Training, das mehr oder weniger von allen asiatischen Kampfkünsten genutzt wird (Wai Dan Chi Kung). Das Nei Dan wird durch die Methoden des Shi Soei Ching trainiert. Diese Trainingsformen wurde lange nicht publiziert und sind daher meist unbekannt. Bei dieser Methode soll das Qi im Körper und in den drei Erwärmern (San Jiao) durch spezielle Übungen verteilt und dann nach außen in die Extremitäten gebracht werden. Hierbei werden Meditation und heilende Kräuter genutzt. Qi wird in die zentralen Meridiane (Konzeptionsgefäß, Ren Mai und Lenker Gefäß, Du Mai) gelenkt und über den sogenannten großen und den kleinen Energie-Kreislauf verteilt. Außerdem wird der Wasser-Zyklus genutzt um das „Feuer" im mittleren Erwärmer (Dan Tian) zu regulieren. Die Methode des Shi Soei Ching wird als das Waschen von Rückenmark und Gehirn bezeichnet. Diese Methode wird im Qigong durch Atmung, Imagination (Vorstellung) Bewegung und Massage realisiert. Nach westlicher Vorstellung könnte bei solchen Atemübungen durch erhöhtes Angebot von Sauerstoff Gehirn und Rückenmark vermehrt durchströmt und das CO_2 sowie andere Abbauprodukte des Stoffwechsels durch Abatmen ausgewaschen werden. Qi entsteht durch Nahrungs- und Flüssigkeitsaufnahme, durch die Luft, die wir atmen und durch die Energieformen, die uns umgeben (weitere Details im Buch zu Thema Qigong des Autors).

Qi ist unserem Körper wahrscheinlich die geballte Energie der gesamten Zellen unseres Körpers und die Energie der Gast-Zellen, die unseren Körper unterstützen (also auch Bakterien, Pilze und Viren und viele andere, die unseren Stoffwechsel unterstützen). Jede Zelle unseres Körpers ist lernfähig und richtet sich sowohl eigenständig als auch im Verbund der Zellfamilien strategisch aus. Wichtig ist jedoch dass man folgendes beherzigt!

Ohne Muskelkraft kein Qi und ohne Qi keine Power.

Man vermeidet Misserfolge und Enttäuschungen, wenn man Kampfkunst nicht zu sehr esotherisch betrachtet.

Literatur

1. Ashley Croft (2003), The hidden Pressure-point Techniques of Kata,The Crowood Press
2. Beissner, Florian (2010), Vital Points in the Martial Arts, VDM Verl.Dr.Müller GmbH & Co.KG, Bilding Strength, Power, and Flexibility in the joints,Destiny Books by North Star Trust,
3. Chia Mantak & Maneewan (1994), Das heilende Tao, Knochenmark Nei Kung, Healing Tao Books
4. Clark, R. (2001). Pressure Point Fighting. A Guide to the Secret Heart of Asian Martial Arts. Boston :Tuttle Publishing
5. Croft, A. (2003). Secret Karate, the Hidden Pressure-Point Techniques of Kata.Ramsburry : Crowood Press Ltd
6. Davidson RJ, Lutz (2007), Buddha's Brain, Neuroplasticity and Meditation, Signal Processing Magazine, IEEE, Volume:25 , Issue: 1
7. Dillman, G., Thomas C. (1992). Kyusho Jitsu. The Dillman Method of Pressure Point Fighting. Reading USA : Dillman Karate Int.Book
8. Dillman, G., Thomas C. (1994). Advanced Pressure Point Fighting of Ryukyyu Kempo. Reading USA:Dillman Karate Int.Book
9. Dillman, G., Thomas C. (1995). Advanced Pressure Point Grappling. Tuite Reading USA: Dillman Karate Int.Book
10. Funakoshi Gichin (2003), The Twenty Guiding Principles of Karate, Kodansha Interntional, Tokyo,New York, London
11. Funakoshi, G. (1922, reprint 1997). To-Te Jitsu. Hamilton : Masters Publication
12. Funakoshi, G. (1981). Karate-Dô: My Way of Life. Tokyo : Kodansha International Ltd.
13. Funakoshi, G. (1984). Karate-Dô Kyohan. The Master Text. Tokyo : Kodansha International Ltd.

14. Funakoshi, G. (1988, reprint 1994). Karate-Dô Nyumon. Tokyo : Kodansha International Ltd.

15. Funakoshi, G. (2001). Karate Jutsu: The Original Teachings of Master Funakoshi. Tokyo : Kodansha International Ltd.

16. Fromm, M. (2003). Vitalpunktstimulation in den Kampfkünsten. Edition Budo Studien Kreis. Norderstedt :Books on Demand

17. Hancock, Irving, Dschiu-Dschitsu (1905), Die Quelle japanischer Kraft. Methodische Körperstählung und Athletische Kunstgriffe der Japaner, Verl. Julius Hoffmann o.J. , Stuttgart

18. Heubeck Alfred (2014), Der Bunkai Code, Schlatt Books Verlags OHG

19. Hokama Tetsuhiro (1984) , Okinawa Karatedo no Ayumi, Okinawa

20. Hokama T. (2007), Timeline of Karate history, Self Publishing

21. Hokama T. (2005), 100 Masters of Okinawan Karate, Self Publishing. Azato Print Co.

22. Hokama T. (2009), Okinawa Karate, Masters Publication Hamilton, Ontario, Canada 1996, Reprint by Rising Sun Productions

23. Keller, G. (2006). Bubishi, Handbuch der Karate-Kampfkunst. Frankfurt : Angkor Verlag

24. Kelly, M. (2001). Death Touch: The Science Behind the Legend of Dim Mac. Boulder, Colorado : Paladin Press

25. Kim S.H. (2008). Vital Point Strike. Turtle Press Santa Fee

26. Kirby, G. (2001). Jujitsu Nerve Techniques, the invisible Weapon of Self-Defence. Lubock, TX : Ohara Publications Inc.

27. Kogel H. (2001), The secret Karate Techniques, Kata Bunkai, Meyer & Meyer Verlag

28. Kogel H. (2018), Kyusho Jutsu, Grundlagen, die wichtigsten Punkte, Blurb

29. Kogel H., Hokama T. (2018), Kata Bunkai, Okinawa Torite, Selbstverlag Lippstadt, Blurb

30. Kogel H. (2019), Qigong, Quelle der Energie, medizinische Aspekte, Blurb

31. Mabuni Kenei (2007), Leere Hand, vom Wesen des Budo-Karate, Hrsg Carlos Molina, Palisander Verlag

32. Martinez Javier (2001), Okinawa Karate, Th secret Art of Tuite, published by J.E.Marinez

33. Matsuo Kanenori Sokon (2005), The secret Royal Martial Arts of Ryukyu. Published by Books on Demand Norderstedt

34. McCarthy, P. (1995). The Bible of Karate. Bubishi. Boston : Tuttle Publishing

35. Montaigue, E. (1993), Dim Mak: Death Point Striking. Boulder, Colorado : Paladin Press

36. Montaigue, E. (1995) , Dim Mak`s 12 Most Deadly Katas. Points of no Return. Boulder, Colorado : Paladin Press

37. Montaigue, E., Simpson, W. (1997), The Encyclopedia of Dim-Mac: The Extra Meridians, Points, and more. Boulder, Colorado : Paladin Press

38. Montaigue, E., Simpson, W. (1997), The Encyclopedia of Dim-Mac: The Main Meridians. Boulder, Colorado : Paladin Press

39. Morris Vince (1995), Trimble Aidian, Karate Kata and Applications, Stanley Paul 48. Putz Reinhard, Pabst Reinhard, Sobotta , (2007), Anatomie des Menschen, Elsevier Verlag

40. Po Minar Chr. (2009), Der Weg des Meisters, das Geheimnis fernöstlicher Heil- und Lebenskunst, Irisiana Verl.

41. Reinisch, St.,Höller J.,Maluschka A. (2009), Kyusho, Angriffspunkte in Selbstverteidigung und Kampfsport. Aachen: Meyer & Meyer Verl.

42. Yang Jwing-Ming (1989), Muscle/ Tendon Changing and Marrow/ Brain Washing Chi Kung-The Secret of Youth-, YMAA Publication Center

43. Dr.Yang, Jwing-Ming (1995), Comprehensive Applications of Shaolin Chin Na, YMAA Publication Center

44. Dr.Yang, Jwing-Ming (2004), Analysis of Shaolin Chin Na, YMMA Publication Center

45 Dr.Yang Jwing-Ming (1989), Muscle/ Tendon Changing and Marrow/ Brain Washing Chi Kung-The Secret of Youth-, YMAA Publication Center

46. Yang Jwing-Ming (1996), The essence of Shaolin White Crane Martial Power and Qigong, YMAA Publication Center

Grundsätzliches zu Bezeichnungen in der Kata

Die Benennung der einzelnen Techniken in jeder Kata kann lediglich als Beschreibung gewertet werden. Man muss sich vorstellen, dass die Bezeichnung wie z.B. Shuto Uke in Nekoashi Dachi, oder Ushiro Ashi Mae Geri ein Versuch ist eine spezielle Position und Technik in einer dynamischen Abfolge von Bewegungen zu beschreiben und zu definieren. Es ist gewissermaßen eine Momentaufnahme wie bei einem Photo. Die Bezeichnung steht jedoch nicht für die verschiedenen Varianten einer Bunkai (Anwendung). So kann Shuto Uke (Schwerthand Abwehr) unter Umständen auch als Shuto Uchi (Schwerthandschlag) in einer Bunkai verstanden und als solches umgesetzt werden. Auch die Bezeichnung Abwehr entspricht nicht der Bedeutung im Japanischen. In Japan bedeutet Uke soviel wie empfangen oder aufnehmen. Auch zielt eine Abwehr darauf ab, wenn möglich, gleichzeitig sensible Kyusho-Punkte zu treffen , stellt also in Wirklichkeit einen Gegenangriff dar. Diese Fakten sind für das Verständnis beim Studium der folgenden Seiten zu berücksichtigen.

Die Kata und deren Anwendung (Bunkai)

Im Goju Ryu werden folgende Katas praktiziert:

Sanchin (3 Schlachten, Kämpfe). Sie ist eine wichtige Basis Kata , in der die Stellung Sanchin Dachi, die korrekten Schritttechniken, das sogenannte "Eisenhemd" und eine besondere Atemtechnik trainiert werden (siehe Atemtechniken im Qigong bei H.Kogel). Die Kata dient beim Training mit Partner der Abhärtung. Während die Ursprungsvariante aus China (Stil der 18 Arhats) wie auch im Pangai Noon und im Uechi Ryu mit offenen Händen praktiziert wird, erfolgt sie im Goju Ryu mit geschlossenen Händen.

Tensho (drehende Hände) gilt als weitere fundamentale Kata, in der wesentliche Handdrehbewegungen aus dem Chin Na erlernt werden sollen. Christopher Doyle, ein Schüler von Tetsuhiro Hokama bezeichnet Sanchin allegorisch als Flasche, Tensho als den Schraubverschluss. Innerhalb dieses Gefäßes sieht er die übrigen Katas des Goju Ryu enthalten. Tensho ist von der chinesischen Kata Tao Rokkishu (Basis Kata der 6 Hände, Schule der Tang Lang) abgeleitet. Sie ergänzt die Kata Sanchin und enthält ebenfalls spezielle Atemtechniken.

Als Grundkatas für Anfänger in Analogie zu den Pinan Katas im Shurite und den Heian Katas im Shotokan Stil können *Fukyu-Gata* und *Kyozai-Gata* verstanden werden. Fukyu-Gata wird auch im Matsubayashi Ryu geübt.

Gekisai Dai 1+ 2 (Angreifen und Zerstören) sind Grundkatas für Anfänger. Sie entsprechen in etwa dem Konzept der Taikyuku Kata aus dem Shotokan. Die Gekisai Katas wurden von Chojun Miyagi entwickelt. Als höhere traditionelle Katas gelten:

> *Saifa* (zerschlagen und zerreißen)
>
> *Seienchin* oder Seiyunchin (kontrollieren und ziehen)
>
> *Sanseiryu* (36 Hände)
>
> *Seipai* (18 Hände)
>
> *Shisochin* (Kampf in 4 Richtungen)
>
> *Seisan* (13 Hände)
>
> *Kururunfa* (festhalten und sofort schlagen)
>
> *Suparinpei* (Petshurin) (108 Hände)

In den folgenden Beschreibungen der höheren Katas sind einige Bespiele der Interpretation dargestellt, die zum Teil über die sonst gelehrten Techniken hinaus gehen. Es können jedoch nicht annähernd alle möglichen Anwendungen diskutiert werden, weil dies den Umfang eines jeden Buchs sprengen würde. Auch stellen die Beispiele nur Interpretationsmöglichkeiten dar und sollten nicht als bindende Anwendung verstanden werden. Beispiele für Chin Na und Kyusho Techniken sollen ebenso wie die 48 Darstellungen von Selbstverteidigungssituationen aus dem

Bubishi die Beziehung zu den Ideen herstellen, die in der "Bibel des Karate" dargestellt sind. Um das Verständnis dieses Buchs zu vertiefen wird an dieser Stelle auf die Bücher über "Kata Bunkai, Okinawa Torite" und "Kyusho Jutsu, die wichtigsten Punkte" des gleichen Autors hingewiesen. Wie bereits beschrieben, enthält jede Kata ein großes Repertoire von Techniken, das gewissermaßen die Handschrift eines oder mehrerer Meister enthält. Die Kata beinhaltet alle wichtigen Details einer erfolgreiche Taktik für die Selbstverteidigung, die jedoch aus den einzelnen Sequenzen erarbeitet werden müssen. Die für jeden offensichtlichen Anwendungsmöglichkeiten reichen bei Weitem nicht aus. Erst die tiefere Analyse und die intensive Beschäftigung mit der Kata ermöglichen es dem Fortgeschrittenen z.B. Kyusho und Tuite Techniken zu verstehen und richtig zu erlernen. Der Vorteil liegt darin, dass man nach korrektem Studium der Kata die Vielzahl der Angriffspunkte automatisch verinnerlichen kann und nicht mehr darüber nachdenken muss was genau zu tun ist. Die erlernten Drills führen zu einem schnellen Flow. Wichtig ist, dass man die Techniken erlernt, die einem auch liegen. Noch wichtiger ist es aber, nur die Techniken zu verinnerlichen, die im Ernstfall auch tatsächlich funktionieren. Daraus ergibt sich, dass Techniken, die wir aus einer Kata lernen, einfach und schnell durchführbar sein müssen. Außerdem ist es zwingend notwendig, dass sie effektiv sind. Beim Gift macht die Dosis die Wirkung. Genauso verhält es sich mit der vergifteten Hand (Dian Xue) im Kyusho. Die Entscheidung liegt bei uns wie weit wir mit einer Kontertechnik gehen. Die so definierte "Dosis des Gifts" im Karate, also die zerstörerische Wirkung, sollte immer von der Gefährlichkeit einer Selbstverteidigungssituation abhängen, in der wir uns befinden. Dabei müssen in jedem Land die dort gültigen rechtlichen Vorschriften der Notwehr beachtet werden. Nochmals genauer definiert: Karate ist keine Kampfkunst um einen Kampf anzuzetteln, Karate ist eine reine Kunst der Selbstverteidigung oder des Schutzes anderer Menschen, sofern diese bedroht werden. Funakoshi Gichin formuliert hierzu eindeutig in seiner Regel 3:

Karate befindet sich auf der Seite des Gesetzes

In den folgenden Darstellungen der Kata-Anwendungen (Bunkai) werden wir, wie eingangs erwähnt, einen Bezug zur Bibel des Karate, dem "Bubishi", herstellen, indem wir genauer analysieren welche Kombinationen zur Selbstverteidigung (48 Formen) aus dem Bubishi in die Kata übertragen wurden, welche der 6 beschriebenen Handformen (Rokkishu) wieder zu finden sind und welche vitalen Punkte attackiert werden können. Auf die detaillierte Darstellung des Kata-Ablaufs wird in diesem Buch verzichtet, weil wir der Meinung sind, dass die Bunkai unabhängig vom Kampfstil universell einsetzbar ist und weil zahlreiche Bücher verfügbar sind, die sich schwerpunktmäßig mit der genauen Beschreibung des Ablaufs jeder Kata befassen (s. bei Tetsuhiro Hokama, Horst Espeloer, Morio Higoanna, Gerd Hahnemann u.v.a.). Wir werden versuchen insbesondere die Kyusho Anwendungen heraus zu stellen, damit der tiefere Sinn der

Kata auch in dieser Hinsicht erkannt werden kann. Denn die Anwendung sensibler Punkte ist ein herausragendes Merkmal des Okinawa Karate. Die Kenntnis der Kata ermöglicht es nach intensivem Training instinktiv geeignete Kyusho-Punkte anzugreifen, deren Teffer besonders durch die Reihenfolge und durch die Vielzahl bereits zu wirkungsvollen Effekten führen können. Dennoch bedarf es eines langen Trainings unter Anleitung eines besonders geschulten Karate-Meisters bis die Techniken korrekt sitzen. Beim Kyusho ist ebenso wie beim Tuite Vorsicht geboten um den Partner nicht fahrlässig zu verletzen.

Die dargestellten Anwendungen stellen keine allgemeingültige Bunkai dar, sondern sind zum Teil persönliche Interpretationen, die sich aus jahrelanger Erfahrung bei der Auseinandersetzung mit dem Okinawa Karate ergeben haben. Meistens finden sich für eine Kombination einer Kata mehrere Anwendungsmöglichkeiten. Eine Sequenz in der Kata ist gewissermaßen als Grundgerüst für verschiedene Bunkai-Varianten zu verstehen. Es können natürlich nicht alle Anwendungsbeispiele dargestellt werden. Daher beschränken wir uns auf einige besonders interessante Beispiele.

Der Selbstverteidigungsgedanke

Karate ist ein umfangreiches Kampfkunst-System, das viel Übung über einen langen Zeitraum erfordert. Ursprünglich haben die Entwickler einer einzelnen Kata sicherlich den Selbstverteidigungsgedanken im Auge gehabt. Jede Kata beinhaltet eine große Anzahl von Kombinationen, die aus Sicht des Erfinders für die Selbstverteidigung relevant sind. Jede einzelne Kombination besitzt meist zahlreiche Varianten für unterschiedliche Situationen bei tätlichen Auseinandersetzungen. Mit anderen Worten: Die Kata ist als Werkzeugkasten zu verstehen, die Kombinationen sind analog die darin enthaltenen Werkzeuge. Da ein Installateur z.B. andere Werkzeuge benutzt als ein Schreiner, muss es folgerichtig auch im Karate unterschiedliche Werkzeugkoffer (Katas) geben. Denn jeder Karate-Meister besitzt eine andere körperliche und mentale Konstitution und jede Selbstverteidigungssituation hängt vom Aggressor und seinen Absichten ab. Im Rückschluss ergibt sich daraus, dass es für die Vorbereitung zur alleinigen Selbstverteidigung nicht notwendig ist alle Katas und alle möglichen Kombinationen zu üben. Effektive Selbstverteidigung beschränkt sich in der Praxis auf wenige realistische Kombinationen und vor allem auch auf die mentale Bereitschaft. Hohe Tritte z.B. fehlen im Goju Ryu System im Gegensatz zum Shotokan. Das hat damit zu tun, dass hohe Kicks zwar spektakulär sind, in der realistischen Selbstverteidigung aber meist keine Bedeutung haben. Tritte zu den Beinen, zur Genitalregion, den Leisten und bestenfalls zum Bauch sind effektiv und völlig ausreichend. Hierdurch wird nämlich das Risiko für den Verteidiger minimiert auf schlüpfrigem Boden auszurutschen oder vom Aggressor geworfen zu werden. Die vielen Katas und Kombinationen im Karate dienen in erster Linie dem körperlichen und mentalen Training.

Honbu Dojo
Okinawa Gojuryu Kenshi-Kai Karate-Do Kobudo Association
November 2011

Saifa

Geschichtliches

Die Kata Saifa (サイフアー) ist wahrscheinlich im südlichen China entstanden. Man bezeichnet sie dort als Zuo Fa (做法 = Methode der Anwendung). Die japanischen Kanji bedeuten so viel wie zerschlagen und zerstören (砕). Diese Kata wird sowohl im Goju Ryu, im Shito Ryu als auch im Shorei Ryu geübt. Es wird vermutet, das die Kata in erster Linie mit dem Löwenstil zu tun hat, (wegen der Doppelfaust-Technik), wobei sie jedoch auch Elemente von anderen Tierstilen enthalten soll (z.B. Tigerboxen, Kranichstil u.a.). Ob diese Kata nun, ähnlich wie bei Naihanshi behauptet, Kampfkombinationen auf schmalen Booten darstellt, bleibt reine Spekulation. Andere Erklärungen sind eher plausibel wie z.B. einfach nur Kämpfen auf engem Raum. Möglicherweise wurde auch diese Kata von Kanryo Higaonna von China nach Okinawa gebracht.

Besonderheiten der Kata

Saifa ist wie alle Goju Ryu Katas besonders für den Nahkampf geeignet. Sie nutzt die Dynamik des Gegners und leitet die Wucht eines Angriffs ab. Die Blickrichtung ändert sich in ständiger Kampfbereitschaft (Zanshin). Der Beginn ist charakterisiert durch eine Ausweichbewegung in 45° Richtung, verbunden mit einer Hebeltechnik gegen das Handgelenk (Kote Gatame). Wir finden in der Kata neben zahlreichen Hebeln auch Wurftechniken. Angriffe erfolgen stets auf vitale Regionen (Kyusho Jutsu). Die Kata besitzt zahlreiche sehr effektive Techniken, die den Gegner außer Gefecht setzen können. Laut Tetsuhiro Hokama besteht eine ausgeglichene Balance zwischen Go (hart) und Ju (weich). Die Kata wird meist als eine der ersten Katas im Curriculum des Karate Schülers praktiziert, nachdem die Übungs-Katas Gekisai 1 und 2 erlernt und der Ablauf beherrscht worden sind.

Im Bubishi, in den 48 Selbstverteidigungskombinationen, finden sich einige Sequenzen, die offenbar in der Kata Saifa in leicht veränderter Form aufgenommen wurden. Dies trifft z.B. für die ein oder andere im Folgenden abgebildete Situation zu.

Higaonna Kanryo
!853-1915 (Naha)

SAIFA

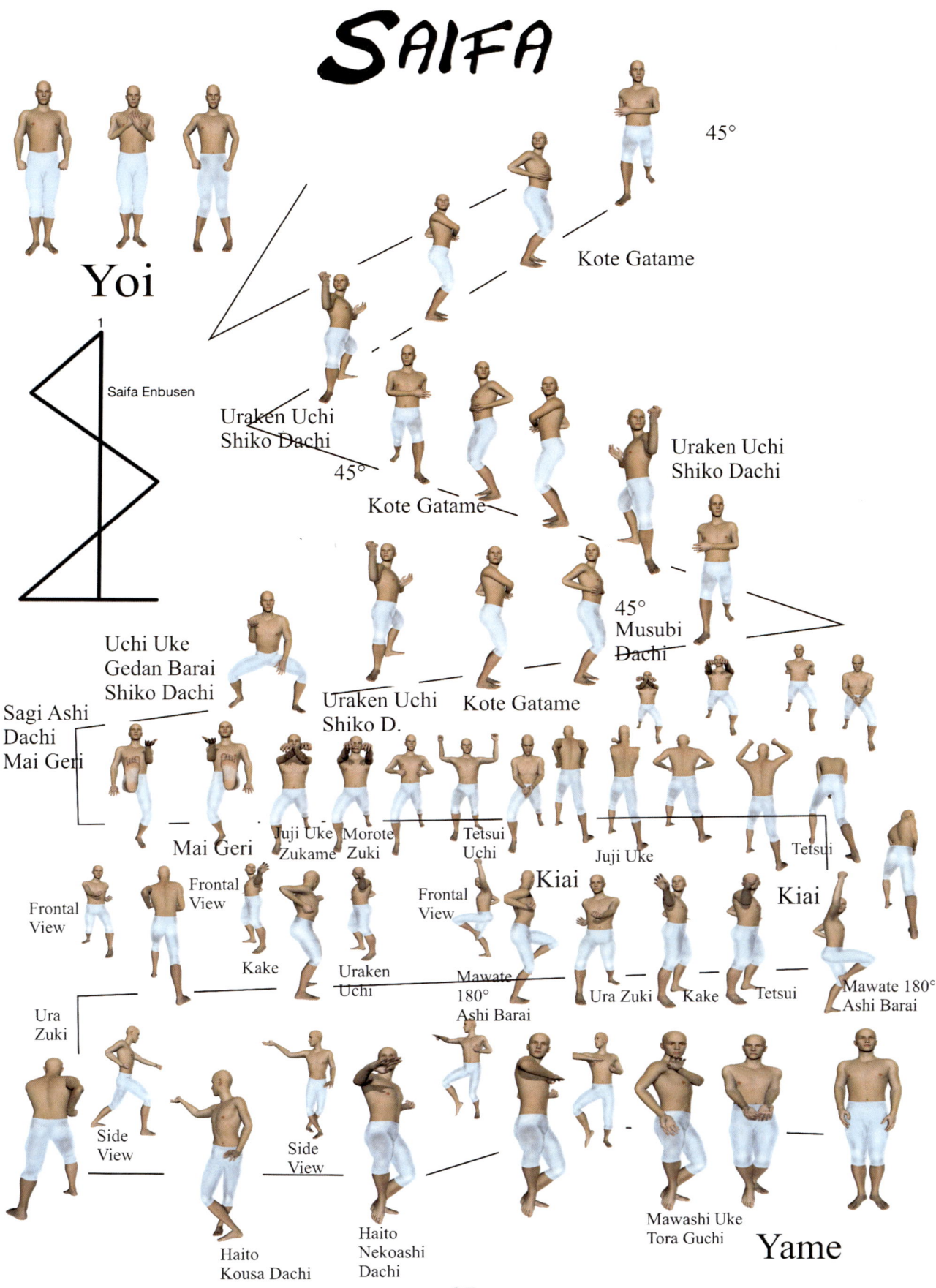

Yoi

45°

Kote Gatame

1

Saifa Enbusen

Uraken Uchi
Shiko Dachi

45°

Kote Gatame

Uraken Uchi
Shiko Dachi

Uchi Uke
Gedan Barai
Shiko Dachi

45°
Musubi
Dachi

Sagi Ashi
Dachi
Mai Geri

Uraken Uchi
Shiko D.

Kote Gatame

Mai Geri

Juji Uke
Zukame

Morote
Zuki

Tetsui
Uchi

Juji Uke

Tetsui

Kiai

Kiai

Frontal
View

Frontal
View

Frontal
View

Kake

Uraken
Uchi

Mawate
180°
Ashi Barai

Ura Zuki

Kake

Tetsui

Mawate 180°
Ashi Barai

Ura
Zuki

Side
View

Side
View

Haito
Kousa Dachi

Haito
Nekoashi
Dachi

Mawashi Uke
Tora Guchi

Yame

In der Anfangssequenz geht es um den Einsatz eines Handgelenkseithebels (Kote Gatame). Dabei weicht der Verteidiger zunächst um 45% zur Seite aus. Das ist notwendig um die Kraft des Gegners, die in der Frontalstellung am größten ist, durch eine Verlagerung des Arms zur Seite deutlich zu reduzieren. Erst dann kann der Kote Gatame seine volle Wirkung entfalten. Die Änderung des Winkels bei der Verteidigung durch Hebel ist sehr wichtig, genau so wichtig wie das Brechen der Balance (Kuzushi) in anderen Situationen wie z.B. dem Eingang in einen Wurf. Nochmals: Hebel können in einer normalen Kampfkombination nur effektiv zum Einsatz gelangen, wenn vorher die Widerstandskraft des Gegners in irgend einer Weise gebrochen wird, also durch eine schmerzhafte Attacke, eine Ablenkung oder durch effektive Änderung des Winkels. Anderenfalls, vor allem wenn der Gegner den Hebel kennt, wird die Anwendung fehlschlagen.

Der Kote Gatame ist auch in den Stilrichtungen des Shuri Te vorhanden und folgt dort denselben Regeln. Allerdings unterscheidet sich der Eingang in diesen Hebel und die Ausführung. Während der Eingang im Naha Te eher in Anlehnung an Techniken des Chin Na des "Weißen Kranich"-Stils erfolgt, also eher mit weichen ausweichenden Bewegungen, erfolgt der Hebel im Shuri Te den Regeln des Shaolin Chin Na. Daher wird der gleiche Hebel im Shuri Te eher ruckartig angesetzt und man benutzt etwas andere Eingangswinkel.

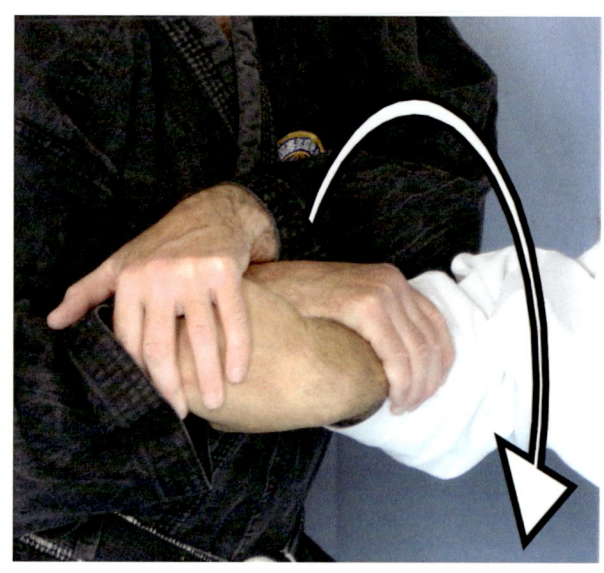

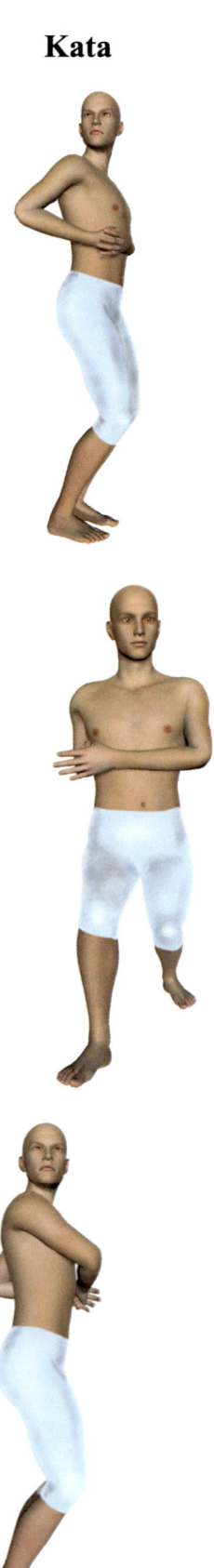

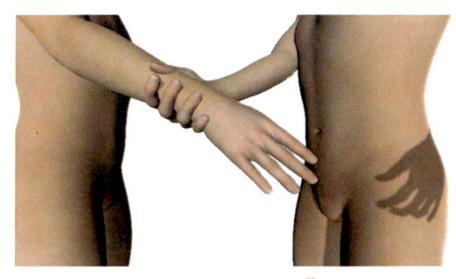

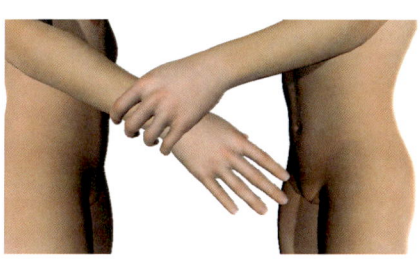

Bunkai

Links von oben nach unten ist die Sequenz für die Befreiung aus einem gekreuzten Griff zum Handgelenk entsprechen der Kata dargestellt. Rechts findet man die Befreiung aus einem Griff zum gleichseitigen Handgelenk. Auf der vorherigen Seite sind die Original-Sequenzen aus der Kata dargestellt. Neben den rein mechanischen Komponenten der Techniken kann man auch sensible Druck-Punkte (Kyusho) dabei anwenden. Hierdurch wird die Durchführung der Technik erleichtert (siehe in meinem Buch über Okinawa Torite).

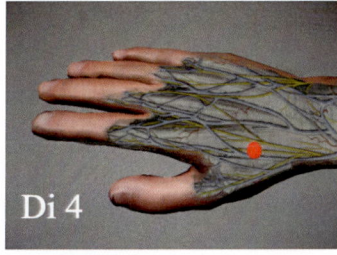

Di 4

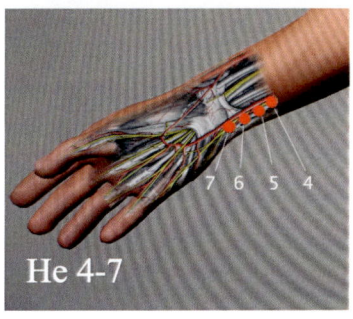

He 4-7

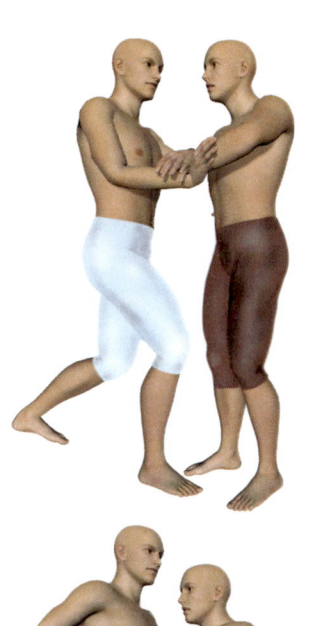

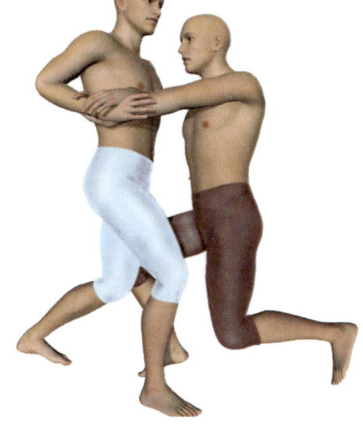

Der Hammerschlag (Tetsui Uchi) ist eine typische Technik, die in verschiedenen Katas unterschiedlicher Stilrichtungen enthalten ist. Er ist sehr wirkungsvoll, wenn er zum Kinn oder zum Kopf geführt wird. Richtig ausgeführt bewirkt er ein Knock out.

Die darauf folgenden Sequenzen der Kata sind typische Bewegungen, die zur Befreiung aus einem beidseitigen Griff zum Handgelenk eingesetzt werden können. Das Fundament zu diesen Befreiungstechniken wird bereits in der Kata Tensho gelegt, einer Kata, die sich schwerpunktmäßig den "drehenden Händen" widmet wie sie im Chin Na und im Okinawa Torite eingesetzt werden. Derartige Techniken erfolgen weniger mit Kraft als vielmehr mit kreisförmigen Bewegungen, die sich typische Schwachpunkte der greifenden Hand zu Nutze machen.

Die darauf folgende Technik besteht dann in einem Tritt zur Genitalregion (Kin Geri), der vor allem dann zum Einsatz kommen muss, wenn die zuvor beschriebene Befreiung aus dem Handgelenksgriff fehlschlägt.

Auf die Kyushopunkte wird auf der nächsten Seite im Rahmen der Anwendung (Bunkai) eingegangen. Am Kopf sind es z.B. Auge, Nase, Stirn (LG 20 - 24) oder die Äste des Trigeminus Nerven. Im Genitalbereich KG 1 und LG 1 (Damm, Testikel und Anus).

Kata

Tetsui zum Kopf

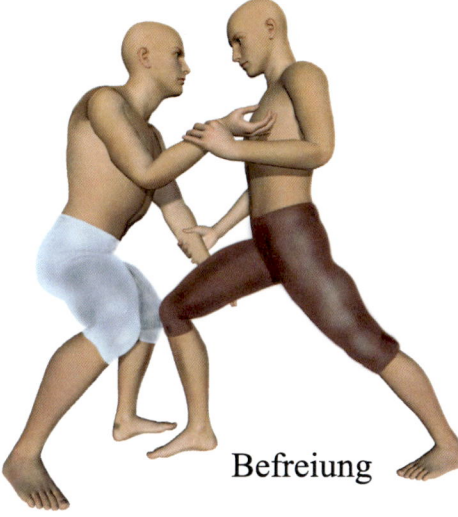

Befreiung

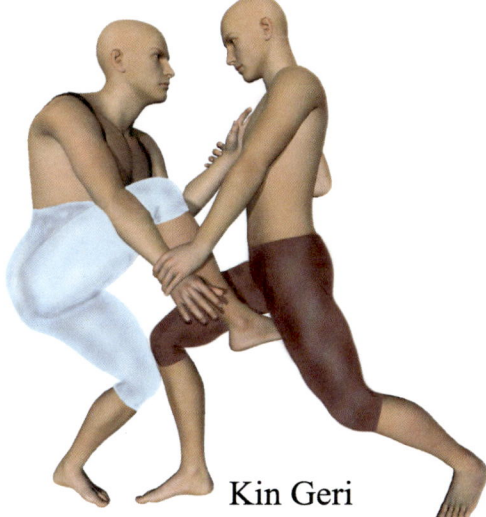

Kin Geri

Bunkai

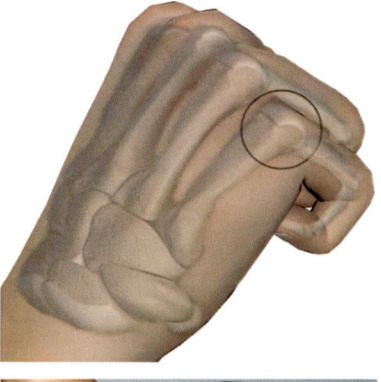

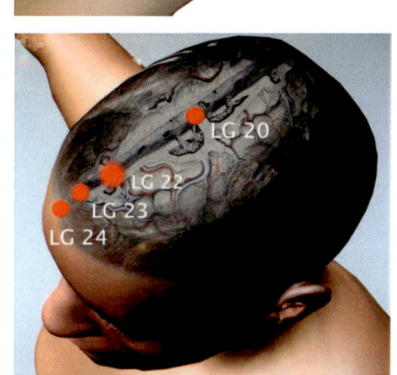

LG 20
LG 22
LG 23
LG 24

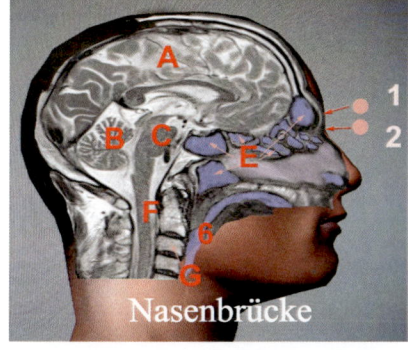

A

B C

E

F

G

1
2

Nasenbrücke

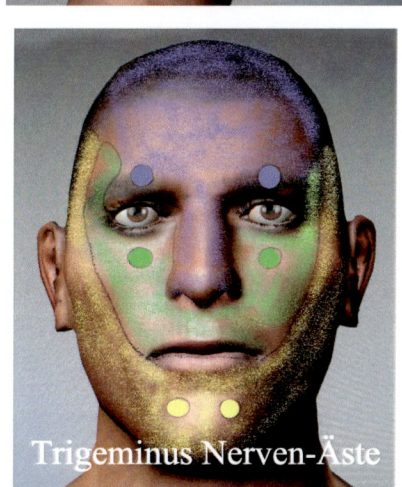

Trigeminus Nerven-Äste

Die wichtigsten und effektivsten sensiblen Punkte befinden sich auf dem Konzeptionsgefäß, einem Meridian, der sich mittig auf der Vorderseite des Körpers befindet. Die seitlichen Punkte am Kopf werden, wenn möglich, mit dem Köpfchen des 5. Mittelhandknochens in einem Winkel von 45° geschlagen um einen maximalen Effekt zu erzielen.

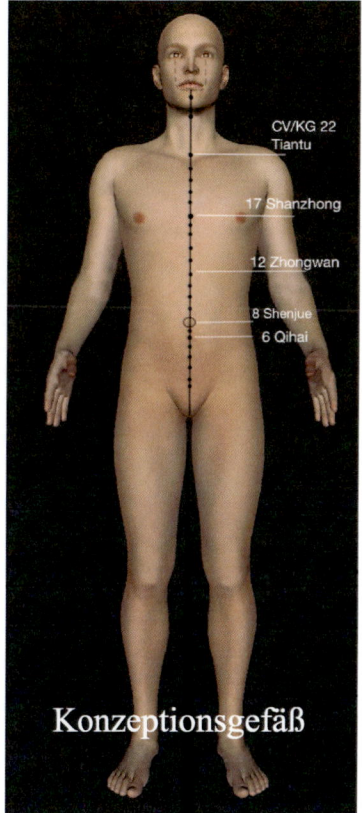

CV/KG 22
Tiantu

17 Shanzhong

12 Zhongwan

8 Shenjue

6 Qihai

Konzeptionsgefäß

Bei der hier dargestellten Sequenz der Kata finden wir eine Technik, die in der Regel als Kreuzblock beschrieben wird. Auf den ersten Blick scheint der Block wirklich logisch zu sein.

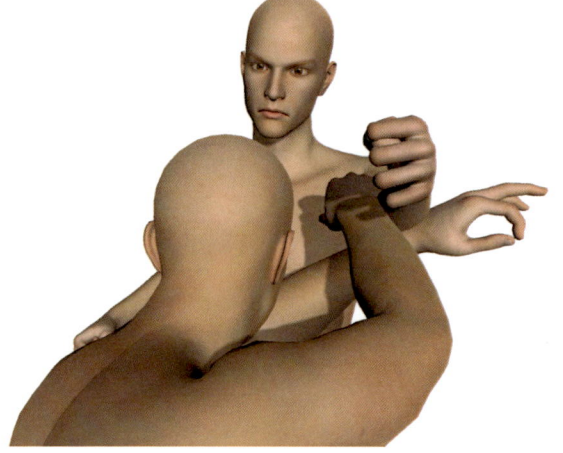

Bei genauerem Hinsehen eröffnen sich jedoch für den Erfahrenen, wie nahezu bei jeder Kata-Sequenz, andere Variationen wie hier zum Beispiel ein Würger (Nami Juji Jime) mit Griff in den Kragen.

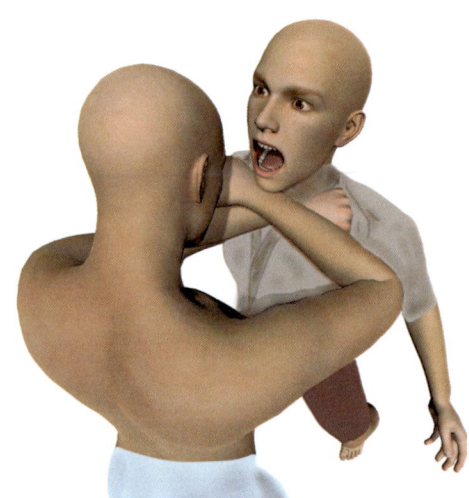

Druckrezeptoren für den Kreislauf unter den Kyushopunkten Di 18, Ma 9 und Dü 16

Juji Jime nutzt nicht nur die mechanische Unterbrechung der Luftzufuhr, sondern bewirkt auch eine Stimulation der Kreislauf-Druckfühler. Genau das Letztere löst eine schnelle Bewusstlosigkeit aus.

Bunkai

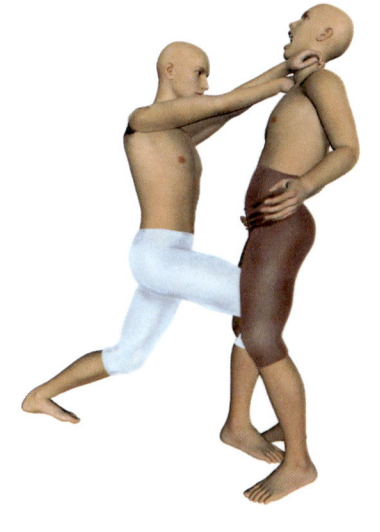
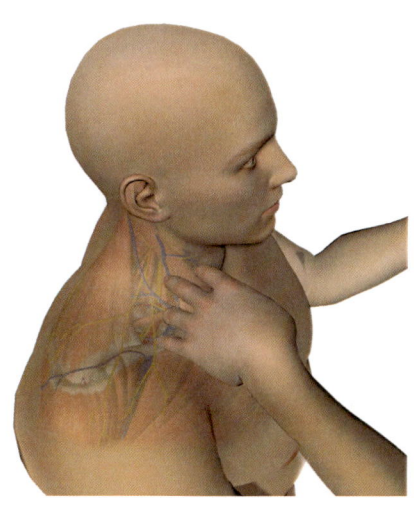

In dem hier demonstrierten Anwendungsbeispiel werden mit den Fingern in der Grube oberhalb des Schlüsselbeins die sensiblen Punkte Magen 11 und / oder 12 stimuliert. Hinter diesen Punkten liegt der Zwerchfellnerv und der Nervenstrang, der den Arm versorgt (Armplexus). Der Kontrahent wird durch den Druck auf die Kyushopunkte schmerzbedingt an der Atmung gehindert, verliert die Kraft in den Beinen und geht dadurch meist zu Boden ohne jedoch bewusstlos zu werden. Der Effekt ist immer sehr eindrucksvoll. Die Hauptenergie wird hierbei vom Mittelfinger des Verteidigers übertragen. Der Gegner kann durch diese Aktion ruckartig auf das Knie aufgeschlagen werden wie es im linken Bild andeutungsweise dargestellt wird. Eine ähnliche Kombination findet sich auch im Shurite bzw. im Shotokan (in der Kata Pinan Yondan).

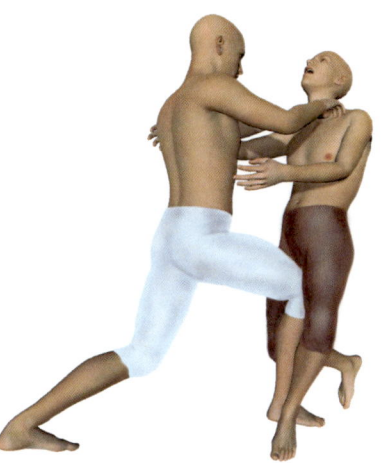
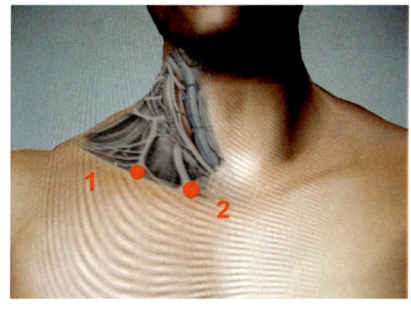

Ma 11 (2) und Ma 12 (1)

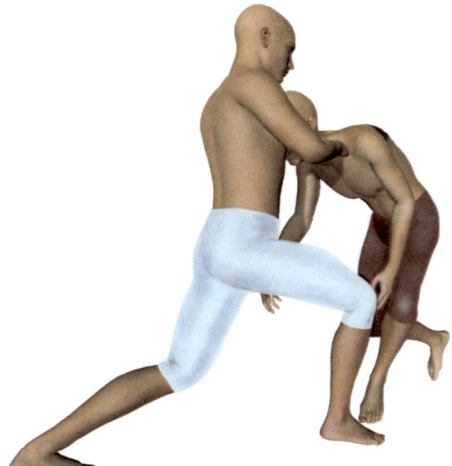
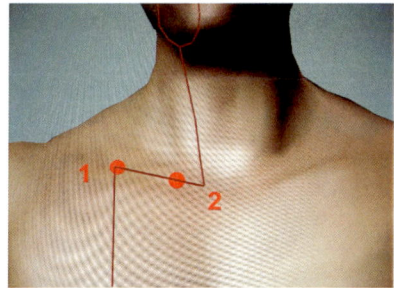

Teildarstellung des Magenmeridians

白猴折笋手敗　第十佣　進龍戲珠手勝

Bubishi:
Der weiße Affe bricht Bambus /
zwei Drachen spielen mit einer Perle

Auch diese Sequenz der Kata Saifa hat sich einer der 48 Kombinationen aus dem Bubishi bedient (Technik Nr.10 s.o.). Wir finden einen weiteren Hammerschlag (Tetsui), in diesem Fall zusammen mit einem Feger (De Ashi Barai). Die Zielpunkte des ersten Tetsui sind wieder sensible Punkte am Kopf. Beim zweiten Tetsui sind auch Treffer zur Brust im Bereich des Magen Meridians denkbar. Auch beim Fußfeger können Kyusho-Punkte eingesetzt werden. Die Kombination mehrerer Kyusho-Punkte ist für die Effektivität der Techniken von Bedeutung. Der Tetsui in die offene Hand (Yin und Yang Technik) zielt auf beide Schläfen (siehe auf der rechten Seite).

Bunkai

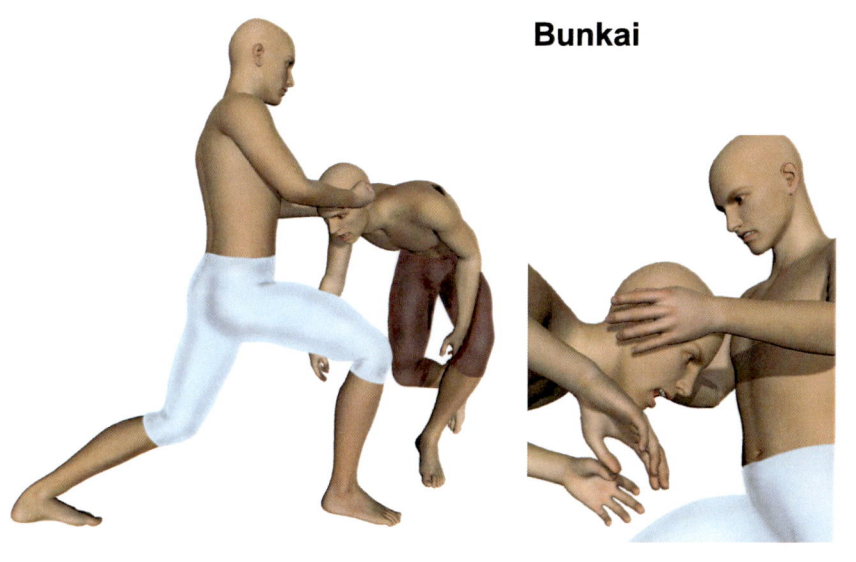

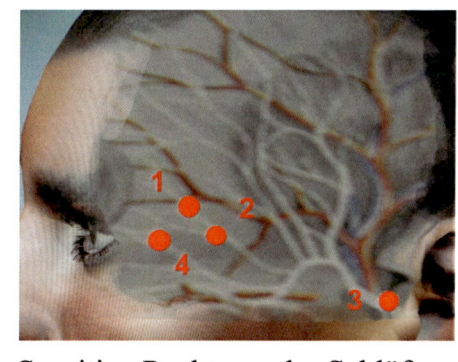

Sensitive Punkte an der Schläfe:
4 = Dreifach-Erwärmer 23, 1 = Gallenblase (Gb) 1, 3 = Gb 2, 2 = M-HN-9 (Extrapunkt)

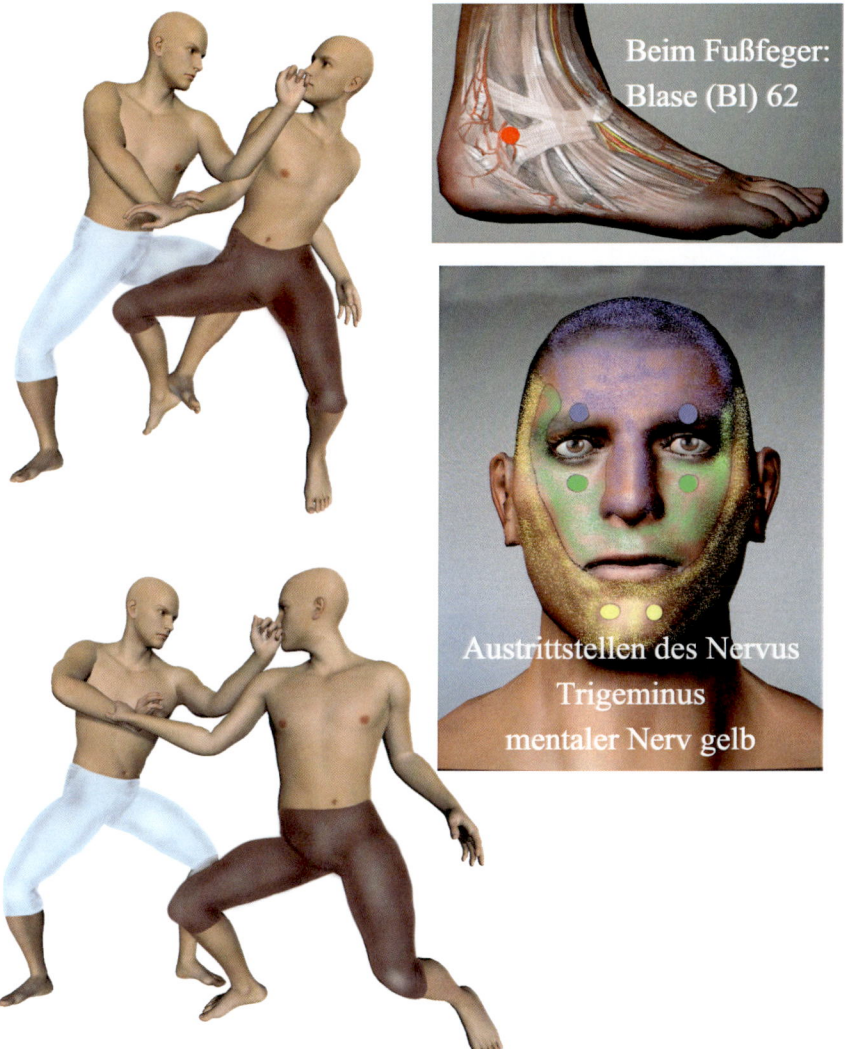

Beim Fußfeger: Blase (Bl) 62

Austrittsstellen des Nervus Trigeminus
mentaler Nerv gelb

Gerade die Verwendung sowohl der offenen als auch der geschlossenen Hand ist bezüglich dieser speziellen Technik sehr effektiv. Wir finden sie auch bei anderen Kyusho-Kombinationen wie z.B. bei der Technik "Schlagen mit der Zimbel und dem Trommelschlegel gleichzeitig" (Bubishi). Dabei werden sowohl Schläfe als auch Unterkieferwinkel (Ma 5) in zwei verschiedenen Richtungen geschlagen. Anmerkung: Die Beschreibungen der Chin Na Techniken sind im Chinesischen immer sehr blumenreich. Dieselbe umschreibende Sprache finden wir im Bubishi.

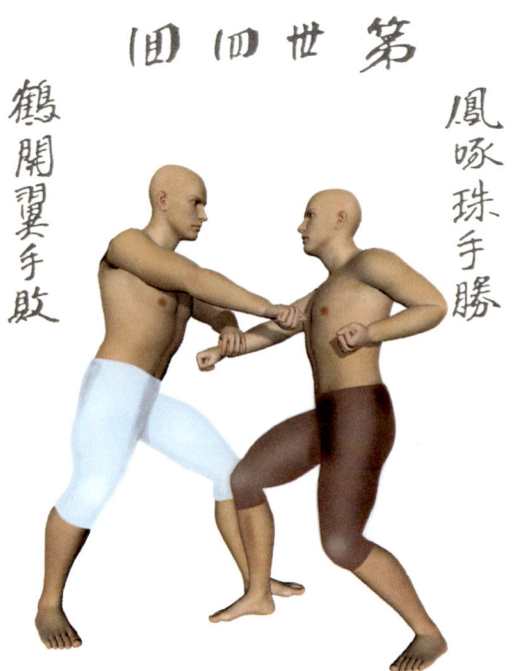

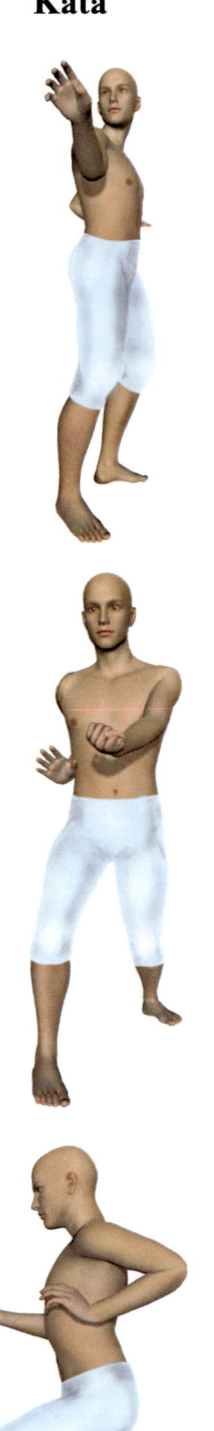

第 世 四 旧

鳳 啄 珠 手 勝

鶴 開 翼 手 敗

Der Phoenix pickt eine Perle auf / der weiße Kranich faltet seine Flügel

Ein anderes Beispiel ist die 34. Selbstverteidigungssituation im Bubishi, die ebenfalls in der Kata Saifa Verwendung findet. Sie ist einfach und effektiv. Nach einer Abwehr gegen einen Faustangriff erfolgt ein Ura Zuki zum Solar Plexus oder zum Rippenbogen abhängig von der Körperdrehung des Kontrahenten (s.u.). Im Bubishi erfolgt bei dieser Kombination der Faustschlag mit der Dornfaust (Ippon Ken) um eine möglichst starke Wirkung bei der Attacke auf nur einen Kyusho Punkte zu erzielen. Flächenhafte Treffer sind weniger wirksam und eher abhängig von der physikalischen Krafteinwirkung.

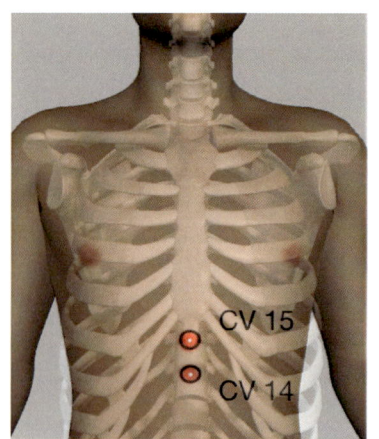

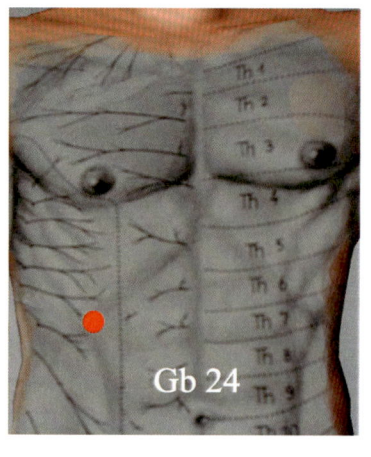

Bunkai

Kake Uke

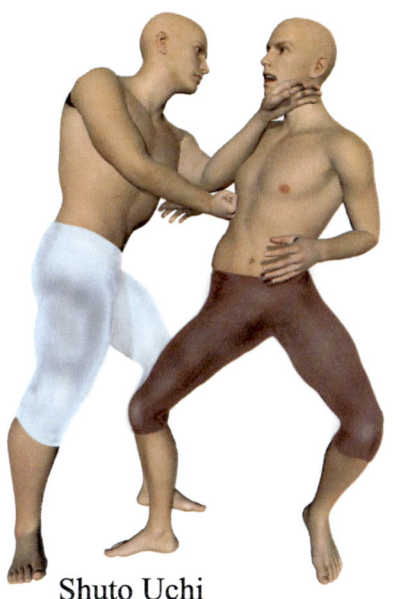

Shuto Uchi

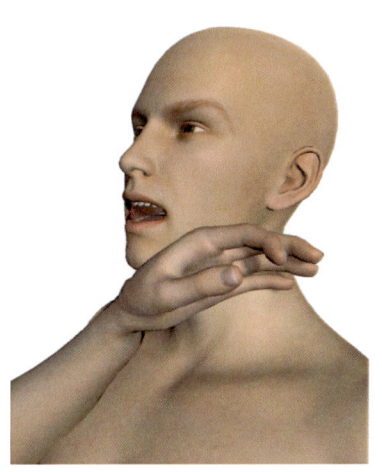

In der hier dargestellten Anwendung erfolgt statt einer Abwehr mit Kake ein direkter Angriff mit der Schwerthand (Shuto Uchi) auf sensitive Kreislaufpunkte am Hals. Auch der Feger (De Ashi Barai) wirkt nicht nur mechanisch, sondern auch über sensible Punkte (Bl 62), sofern er richtig eingesetzt wird. Auf diese Weise wird die entscheidende Wirkung des Ura Zuki durch die vorherige Aktivierung der anderen Kyushopunkte gebahnt.

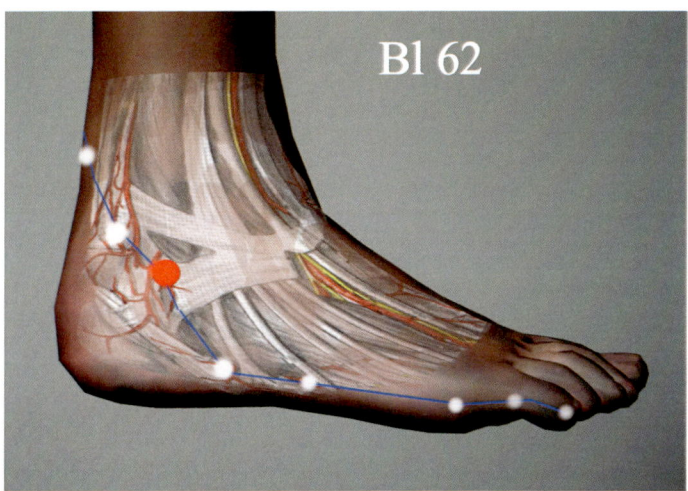

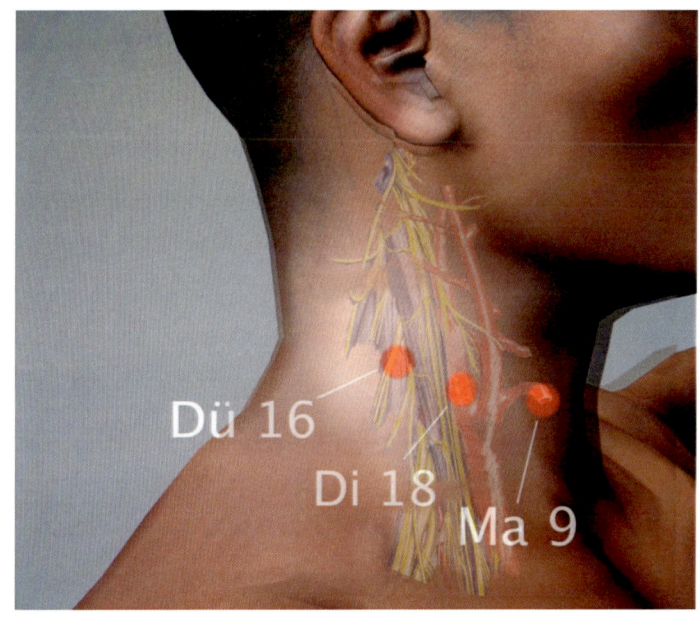

47

Der Gyaku Zuki in der Kata Saifa entspricht den Anwendungen in anderen Katas. Er gilt als besonders starker Fauststoß und entspricht der Anwendung der Kombination 34 (Bubishi). Die Wendung in der Kata stellt wahrscheinlich eine Abwandlung aus der unten dargestellten 47. Selbstverteidigungssituation (Bubishi) dar.

Kata

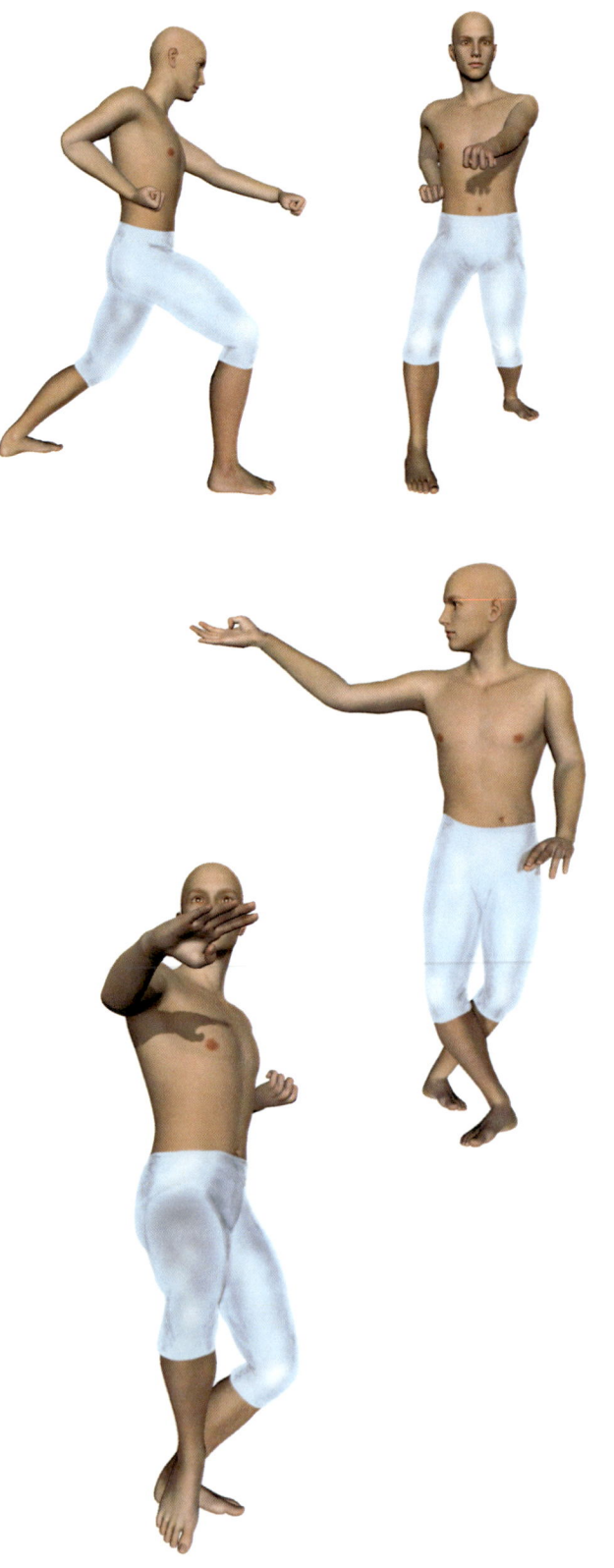

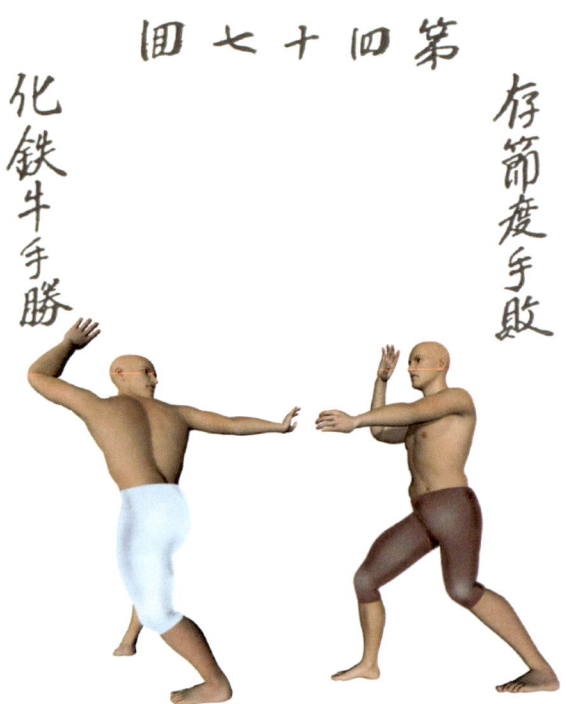

Einen eisernen Bullen beladen / die Kraft halten

Die beiden Schwerthand-Techniken, die rechts dargestellt sind (Haito und Shuto Uchi) , zielen auf sensitive Punkte am Hals und am Nacken. An diesen Stellen finden sich für die Kreislaufregulation reaktive Areale und somit Knock out Regionen. Die Schwerthand wird bevorzugt gegen weiche Ziele eingesetzt, unter denen sich Gefäß-Nerven-Bündel befinden. Auf der rechten Seite sind ausgewählte Beispiele für die entsprechende Anwendung dargestellt.

Bunkai

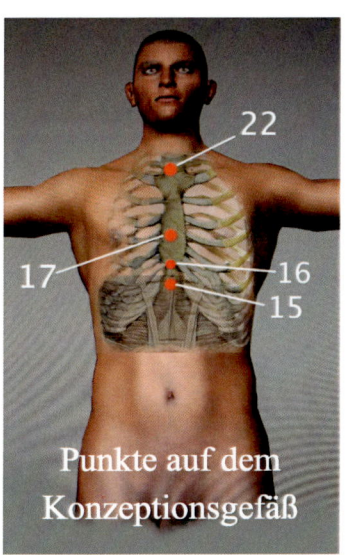

Punkte auf dem Konzeptionsgefäß

Mögliche Ziele in der Zentrallinie

Auf der frontalen Mittellinie befinden sich zahlreiche sehr effektive Kyusho-Punkte, die mit einem Fauststoß oder Tritt erreichbar sind. Je nachdem wie der Körper des Kontrahenten gedreht ist sind jedoch auch Treffer auf sensible Punkte seitlich der Mittellinie wirksam.

Haito oder Shuto Uchi mit der Schwerthand treffen am Hals auf Rezeptoren, die den Kreislauf regeln (Ma 9, Di 18, Dü 16).

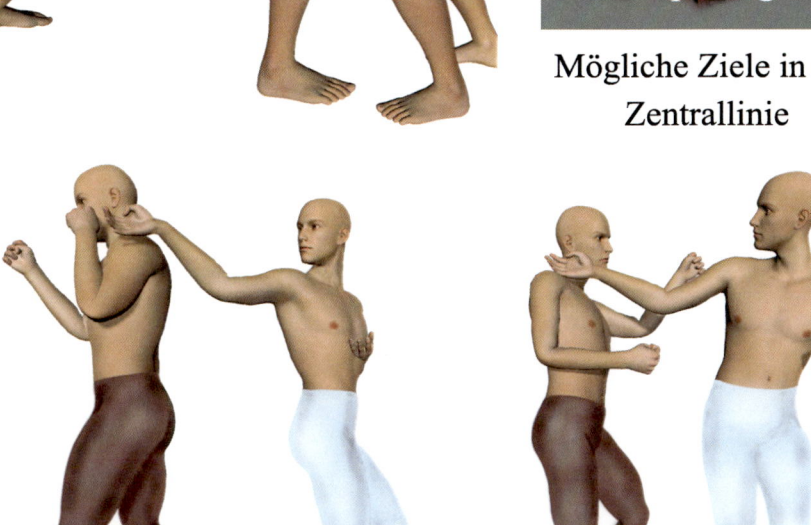

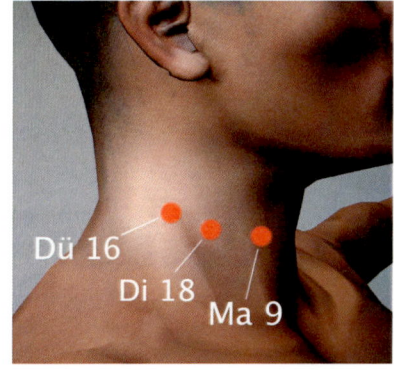

Am Nacken werden Punkte getroffen, die über kaliberstarken Nerven liegen. Sie führen direkt in den Hirnstamm und sind daher nicht nur sehr wirksam, sondern auch gefährlich. Mit diesen Punkten sollte man daher nicht leichtfertig herum experimentieren.

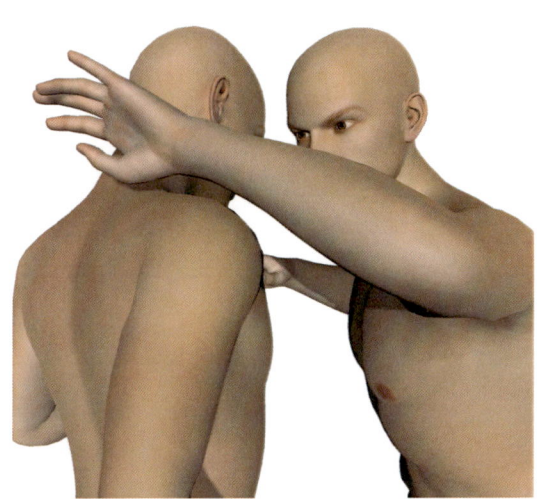

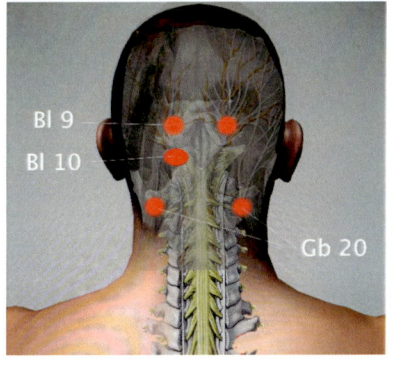

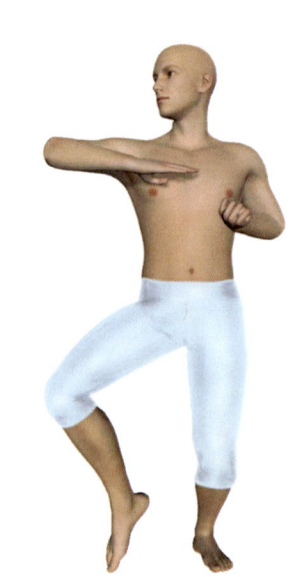

Kata

Die vorletzte Sequenz der Kata kann, wie auf der vorherigen Seite dargestellt, als Schwerthandschlag (Haito) zum Nacken interpretiert werden, wobei auch in diesem Fall sehr unterschiedliche Punkte angegriffen werden können: So z.B. Bl 9 und 10 im Bereich des großen und kleinen Hinterhauptnerven, Lenkergefäß 15 oder 16 über dem verlängerten Mark oder Gallenblase 20 (Gb 20) im Bereich des sogenannten Nervus Accessorius.

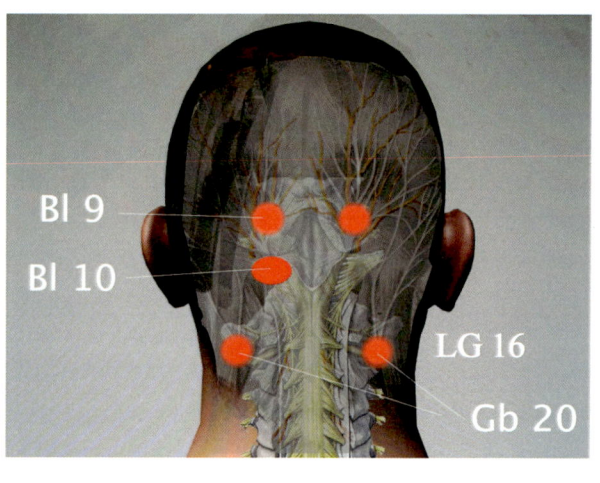

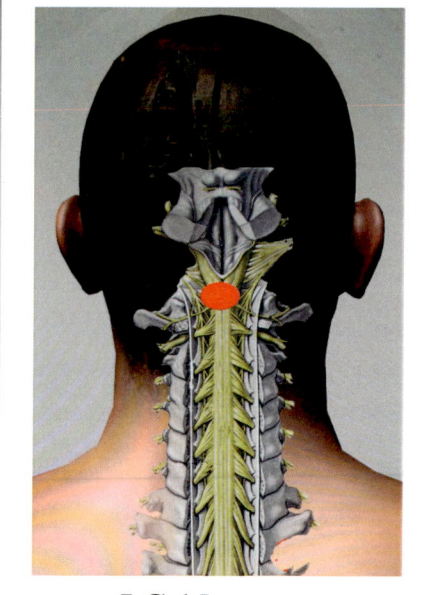

LG 15

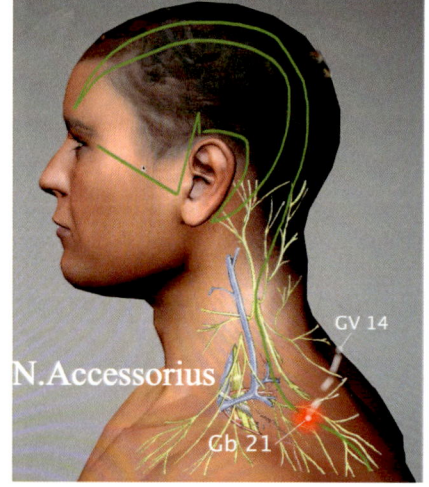

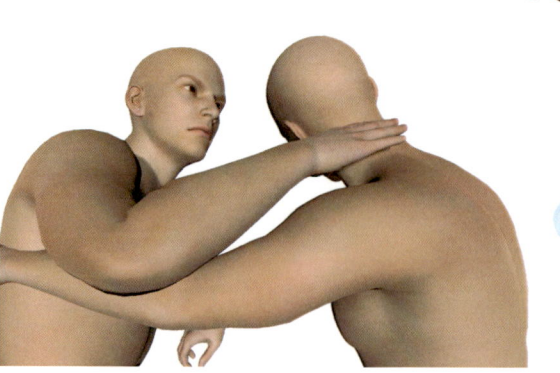

Bunkai

Eine ganz andere Interpretationsmöglichkeit stellt die hier aufgeführte Würgetechnik von hinten (Hadaka Jime) dar. Bei dieser Technik sind unterschiedliche Varianten möglich. Erstens können frontal Kehlkopf oder Zungenbein unter Druck gesetzt werden (auf keinen Fall ausprobieren weil sehr gefährlich, Erstickungsgefahr!).

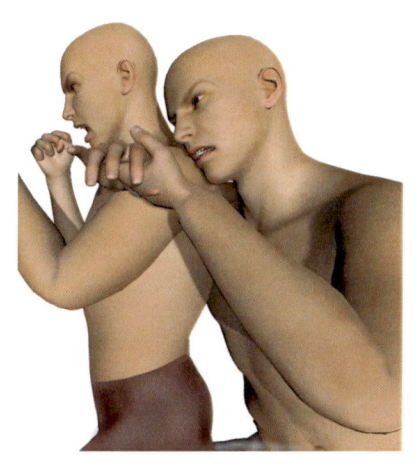

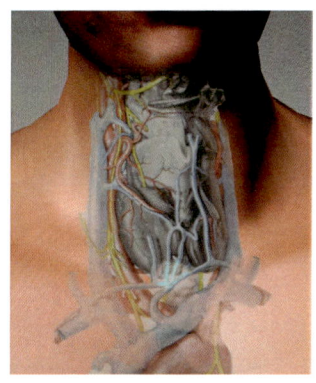 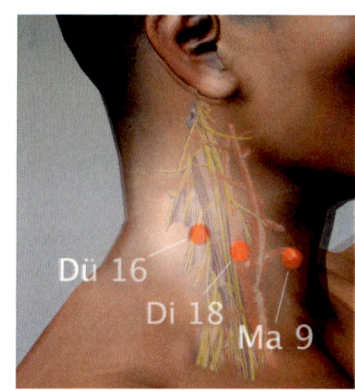

Zweitens können seitlich die Halsschlagader und deren Druckfühler (weniger gefährlich) komprimiert werden.

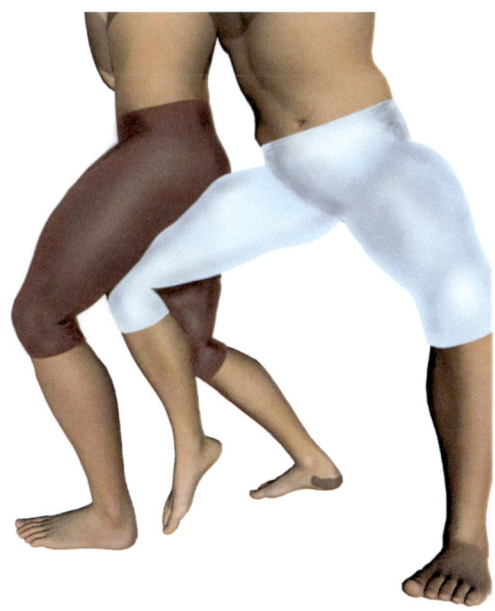

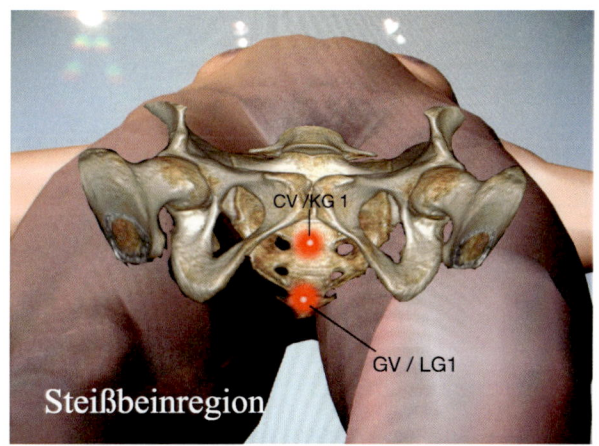

Im unteren Bild links wird zusätzlich ein Kniestoß in Richtung Steißbein (LG und KG 1) dargestellt.

Die Abschlussbewegung findet sich sogar in drei Selbstverteidigungskombinationen des Bubishi und weist daher auf ganz unterschiedliche Interpretationsmöglichkeiten hin.

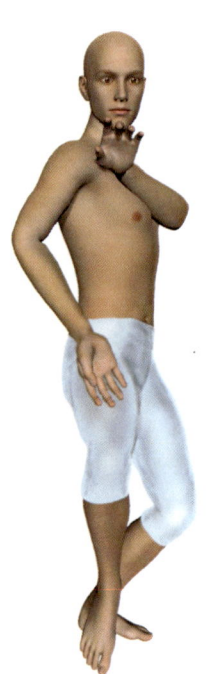

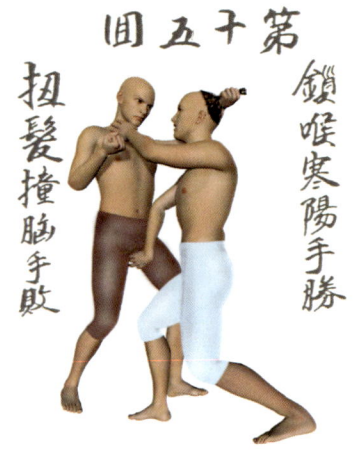

Nr. 15 (Bubishi)
Fasse das Haar zum Ziehen /
ergreife Kehlkopf und Hoden

Nr.23 (Bubishi)
Der eiserne Ochse trifft auf Stein/
die Rippe ergreifen als ob ein Karpfen aus dem Wasser springt

Nr.25 (Bubishi)
kurze stechende Attacke/
Zimbeln benutzen

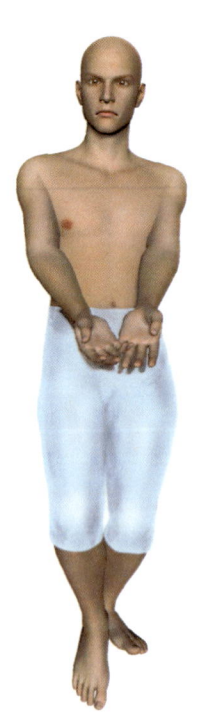

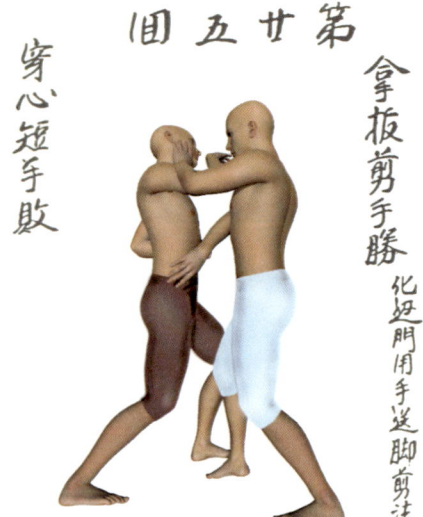

Bunkai

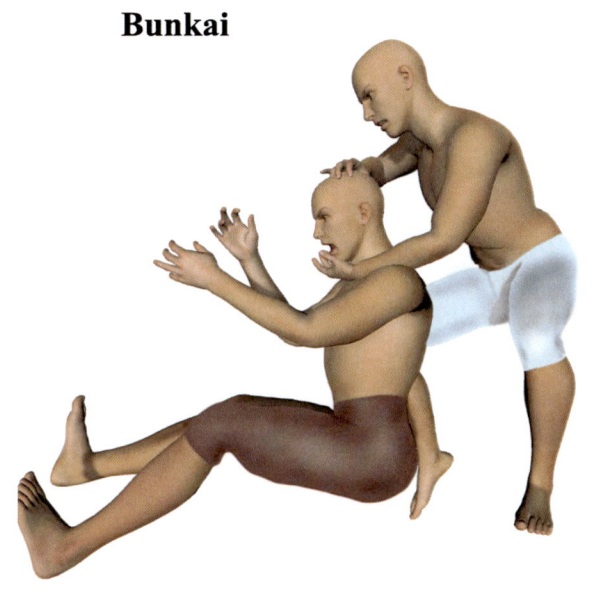

In diesem Beispiel zeigen wir abweichend von den Darstellungen aus dem Bubishi den Einsatz eines Genickhebels für die Abschlusskombination der Kata Saifa.

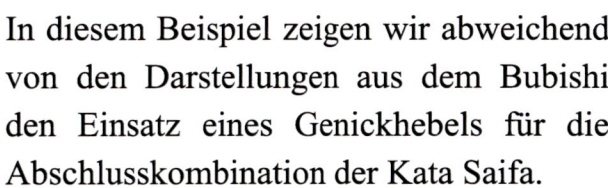

Bei vorsichtiger Ausführung des Genickhebels kann dieser genutzt werden um den Gegner zu Boden zu zwingen. Links ist für diesen Fall die Fortführung anderer Techniken am Beispiel eines Armstreckhebels dargestellt. Über die Sinnhaftigkeit eines Festlegers in der Realität, kann man sich streiten. Festleger kommen nicht in Betracht, wenn man es mit mehr als einem Angreifer zu tun hat.

Der Festleger funktioniert über den gleichen Kyushopunkt (3E 10 oder 11), der für den Armstreckhebel (Ude Kujiki Osae) benutzt wird (s.u.).

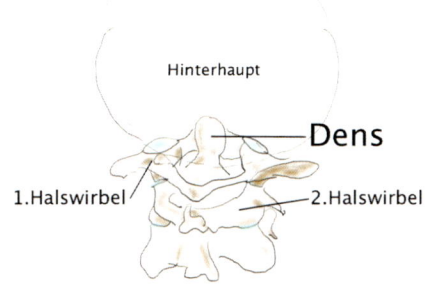

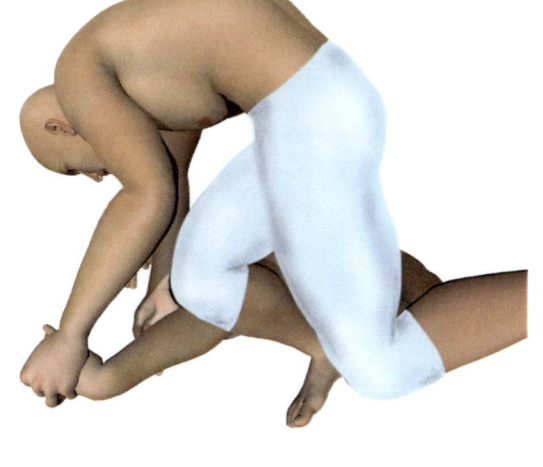

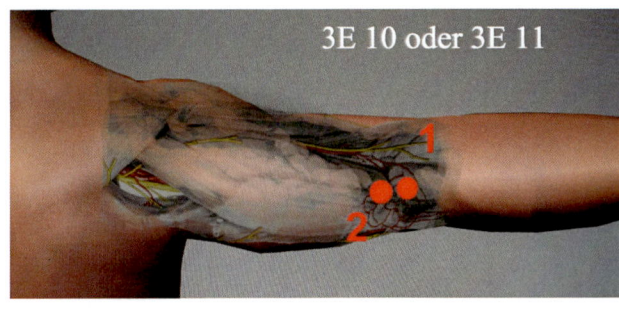

3E 10 oder 3E 11

Seienchin

Geschichtliches

Seienchin ist eine Kata, die ihren Ursprung im Fujian hat. Die Kanji, die in Okinawa zur Bezeichnung der Kata benutzt werden, bedeuten ziehen und kontrollieren. Im Chinesischen heißt sie Sui Yun Jing. Sui bedeutet folgen, annehmen, erlauben. En oder Yun heißt bewegen, nutzen. Chin ist im Chinesischen gleichbedeutend mit Jin ((勁, stark). Der alte Name Suiyunjin (随運勁) bedeutet daher die angewandt Kraft der gegebenen Situation anpassen. Die Kata entstammt wahrscheinlich dem System des Xingyiquan, einer inneren Kampfkunst aus China, die der Daoistischen Theorie der fünf Elemente sehr nahe steht und verschiedene Tierstile in sich vereint. Der Schwerpunkt des Xingyi ist die Offensive, sie verzichtet auf Abwehrtechniken oder Zurückweichen. Die gesundheitlichen Effekte und die Wirkung als Kampfkunst sind außergewöhnlich. Ausgangsstellung ist die „dreifache Stellung" (Santishi), bei der die Körperabschnitte den drei Mächten im Universum entsprechen. Chojun Miyagi nahm an, dass z.B. Tiger-, Löwen-, Affen-, Hund- und Kranich-Techniken enthalten sind. Sie wird im Goju Ryu und im Shito Ryu praktiziert.

Besonderheiten der Kata

In der Kata Seienchin finden wir viele Sequenzen in einer tiefen Shiko-Dachi Stellung, die vom Übenden besonders das Gefühl für die richtige Balance fordert und fördert. Der Kopf bleibt bei der Fortbewegung aus einer tiefer Stellungen heraus auf einer Ebene. Kopf und Körper sollten sich nicht auf und ab bewegen. Eine Besonderheit der Kata besteht darin, dass sie keinen einzigen Tritt aufweist. Es kommen lediglich Handtechniken mit zahlreichen Hebeln und Würfen vor. Viele Techniken erinnern an Bewegungen des "Weißen Kranich"-Stils. Außerdem finden wir zahlreiche Chin Na Techniken sowie Kyusho Anwendungen. Teils sind versteckte Anwendungen zu finden, die sich dem Unerfahrenen nicht sofort erschließen und über das übliche Basis-Niveau hinaus gehen. Auch in dieser Kata finden wir typische Kombinationen, die im Nahkampf von besonderer Bedeutung sind.

Chojun Miyagi
1888- 1953 (Naha)

Seienchin

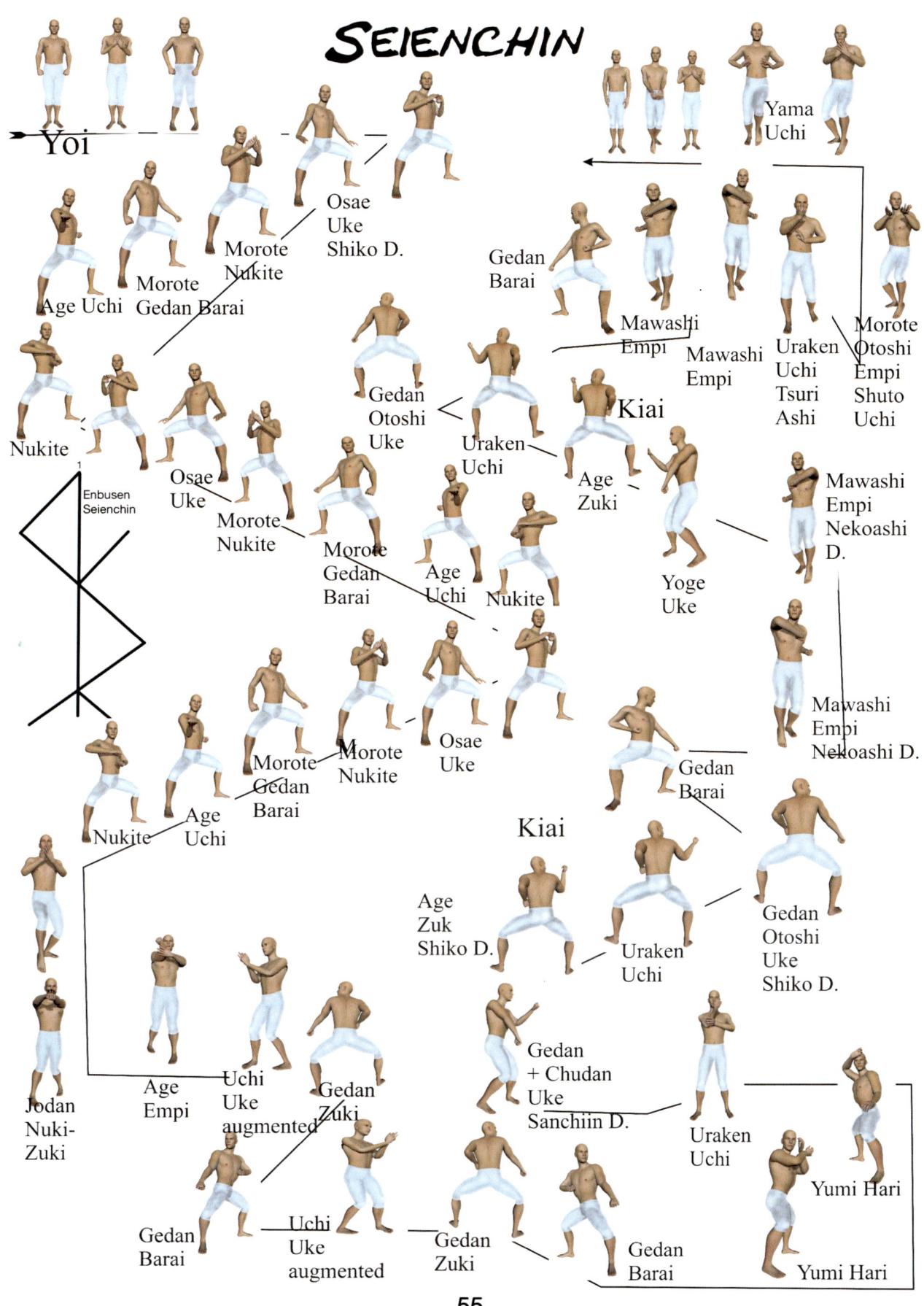

Yoi

Yama Uchi

Age Uchi

Morote Gedan Barai

Morote Nukite

Osae Uke Shiko D.

Gedan Barai

Mawashi Empi

Mawashi Empi

Uraken Uchi Tsuri Ashi

Morote Otoshi Empi Shuto Uchi

Nukite

Osae Uke

Morote Nukite

Morote Gedan Barai

Gedan Otoshi Uke

Uraken Uchi

Age Uchi

Nukite

Age Zuki

Kiai

Yoge Uke

Mawashi Empi Nekoashi D.

Enbusen Seienchin

Mawashi Empi Nekoashi D.

Nukite

Age Uchi

Morote Gedan Barai

Morote Nukite

Osae Uke

Gedan Barai

Kiai

Age Zuk Shiko D.

Uraken Uchi

Gedan Otoshi Uke Shiko D.

Jodan Nuki-Zuki

Age Empi

Uchi Uke augmented

Gedan Zuki

Gedan + Chudan Uke Sanchiin D.

Uraken Uchi

Yumi Hari

Gedan Barai

Uchi Uke augmented

Gedan Zuki

Gedan Barai

Yumi Hari

Osae Uke

鐘鼓齊鳴手敗　第一回　千斤墜地勝手

Glocke und Trommel klingen zusammen /
1000 Pfund fallen zu Boden
(aus den 48 Selbstverteidigungssituationen des
Bubishi)

Harai Uke

Die Anfangssequenz der Kata ist bereits der ersten der 48 Kombinationen aus dem Bubishi entnommen (siehe oben). Taktisch geschickt ist die 45° Bewegung nach vorne und zur Seite um die Balance des Gegners zu brechen. Die Ausweichbewegung hilft die Angriffsrichtung zu verändern. Die einzelnen Bewegungen haben stets mehrere Bedeutung. Es können an dieser Stelle nur einige wenige erläutert werden um den erträglichen Umfang des Buchs nicht zu sprengen. Die Bezeichnung der Techniken kann in jeder Kata lediglich als Beschreibung gewertet werden. Die Bezeichnung in der Kata steht jedoch nicht für die verschiedenen Varianten einer Bunkai.

Bunkai

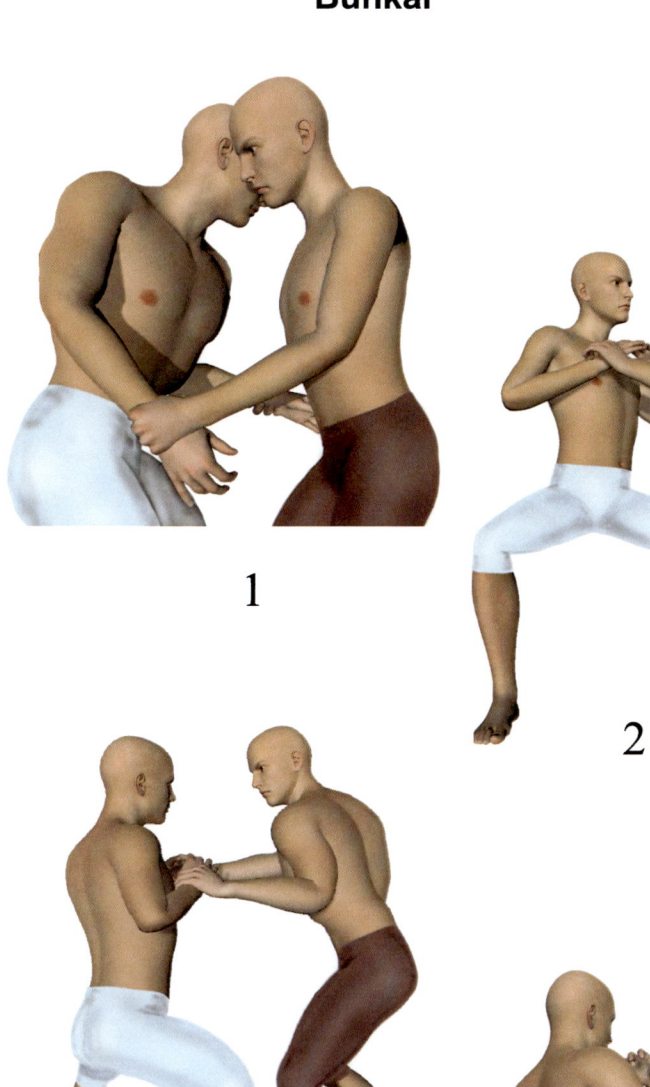

1

2

3

4

Die Initialbewegung der Hände ermöglicht es dem Verteidiger (blaue Hose), sich aus einem beidseitigen Griff zum Handgelenk zu befreien. Aus dieser Handposition ergeben sich zahlreiche Varianten für effektive Folge- Techniken, die wir zum Teil in anderen Katas finden:

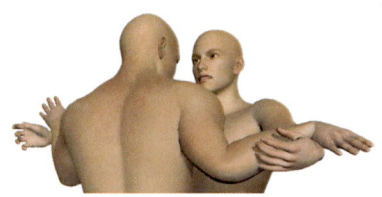

Befreiung

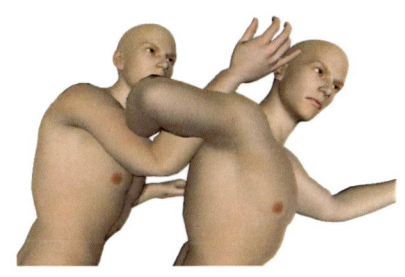

Ude Garami

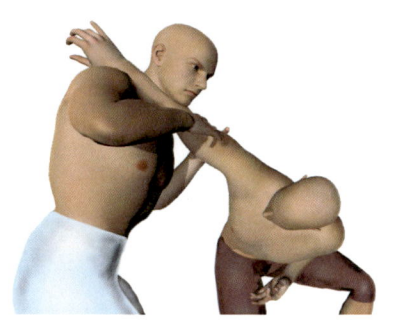

Ude Osae

Bei der hier dargestellten Bewegung gibt es außerdem eine Kyusho-Anwendung. So zum Beispiel erfolgt ein Stich zu den Halsweichteilen, zum Zungenbein oder zum Kehlkopf.

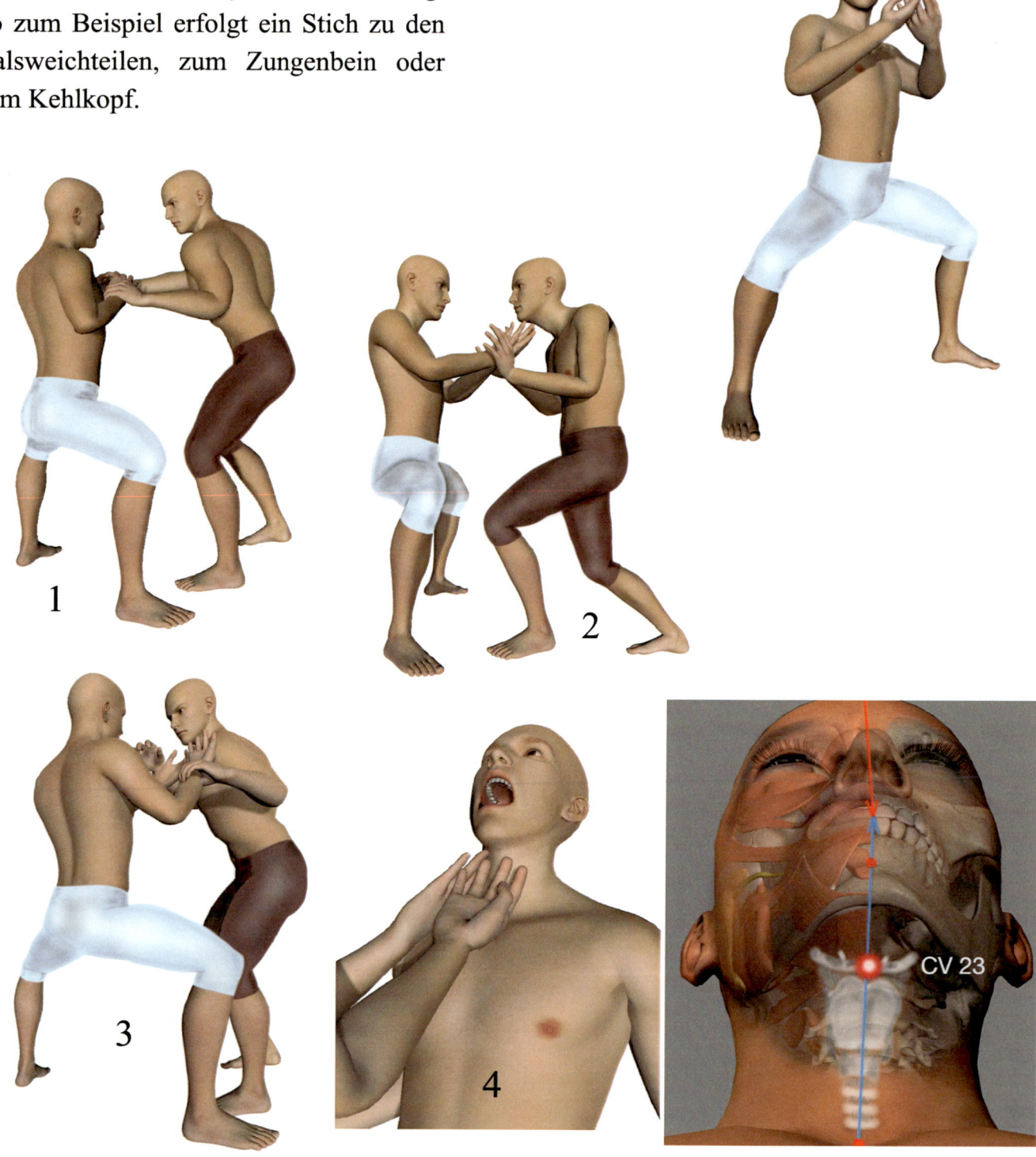

1

2

3

4

CV 23

Hier die nächste Sequenz der Kata mit
den entsprechenden Anwendungen:

Bunkai

Kata

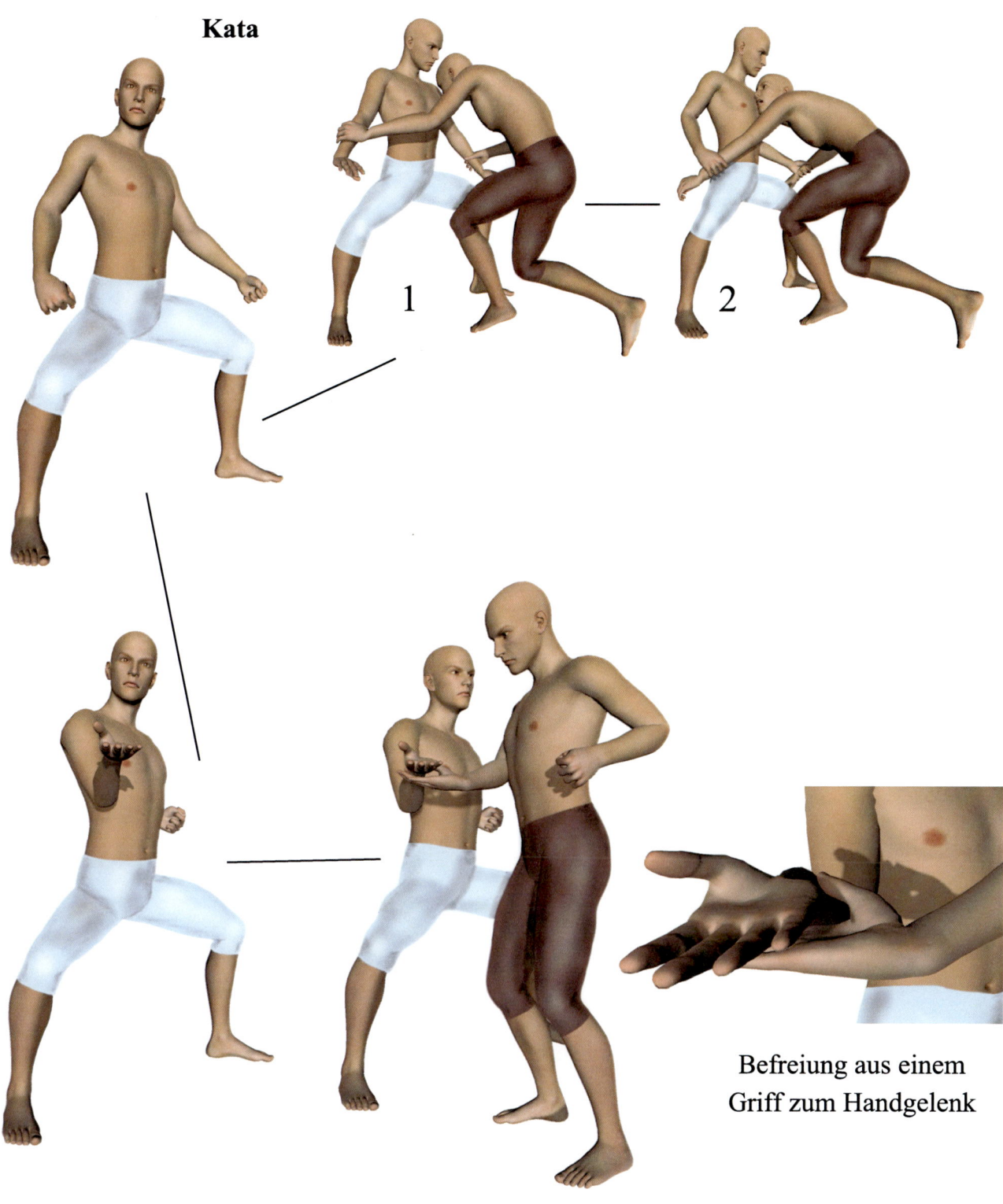

1

2

Befreiung aus einem
Griff zum Handgelenk

Die nächste Sequenz in der Kata kann so z.B. als Blaupause für den Eingang in einen Kipphandhebel (Kote Gaeshi) genutzt werden.

Bunkai

Kata

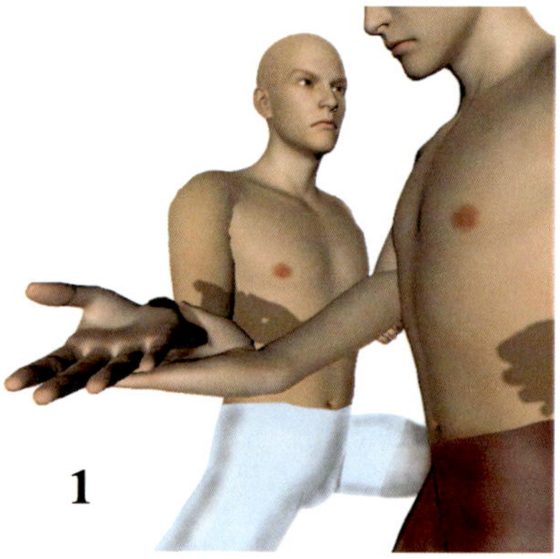

1

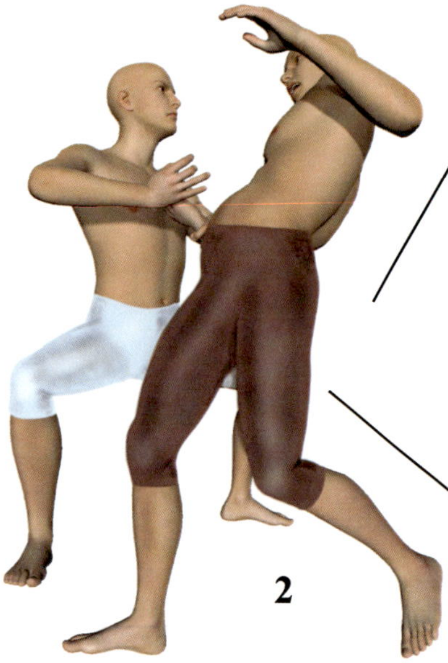

2

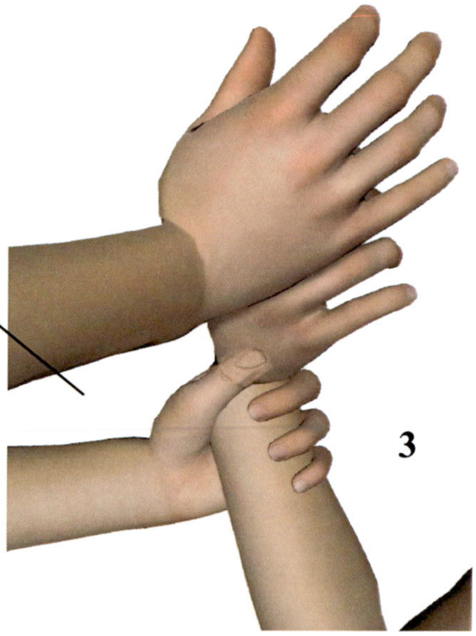

3

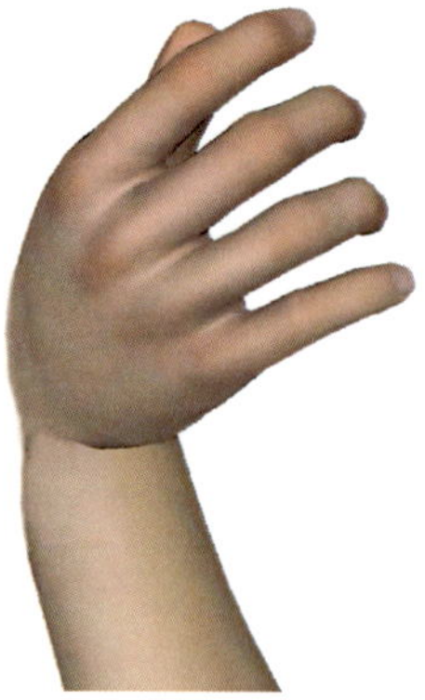

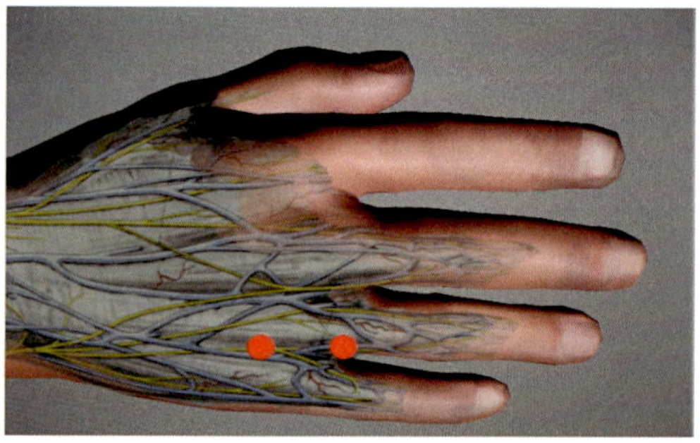

Kyusho Punkte 3E 3 und 3E 4
für den Kote Gaeshi

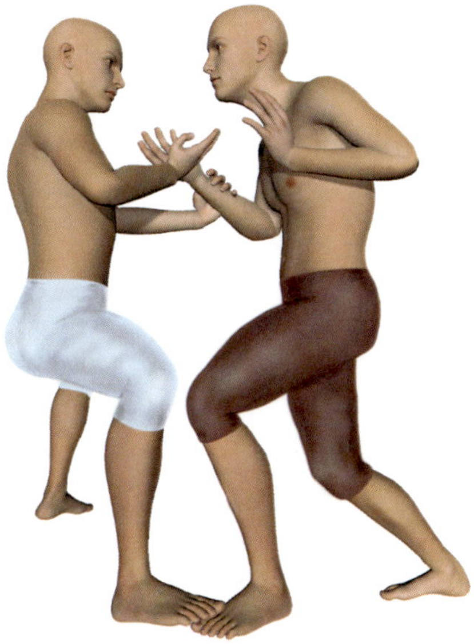

Bei dieser Technik (Kote Gaeshi) greifen die Finger der linken Hand tief in die Gefäß-Nervenrinne innen an der speichen- oder ellenwärtigen Seite des Handgelenks. Dabei werden die Finger wie die Spitzen einer Pinzette benutzt. Durch diesen Griff wird das Handgelenk bei den meisten Menschen deutlich geschwächt. Druck oder Schlag auf die Kyushopunkte 3E 3 oder 3E 4 beim Kipphandhebel auf der Streckseite der Hand bewirkt dann eine Schwächung des Gegners, der schmerzbedingt zu Boden stürzt.

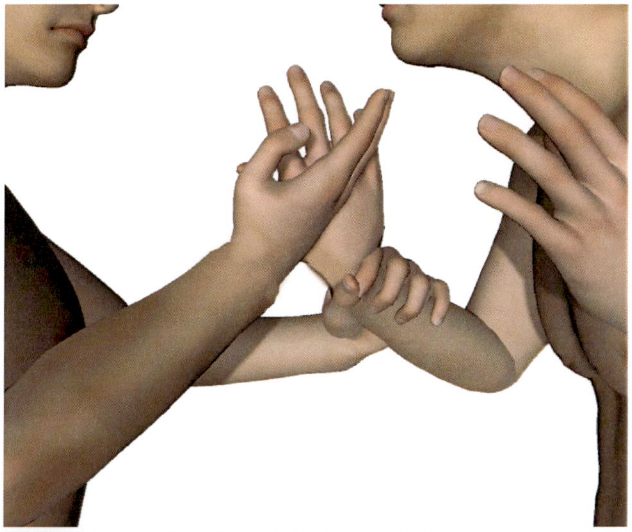

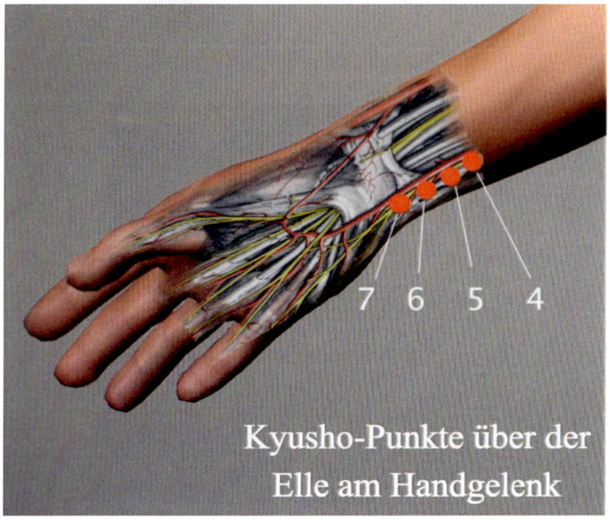

Kyusho-Punkte über der Elle am Handgelenk

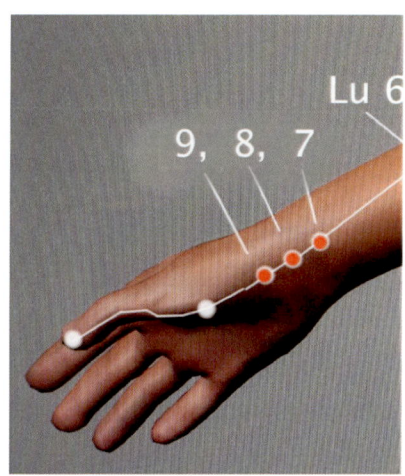

Kyusho-Punkte über der Speiche

Eine weitere tiefere Bedeutung einer Technik, die oft als Yohon Nukite beschrieben wird, besteht in der Anwendung eines Genickhebels.

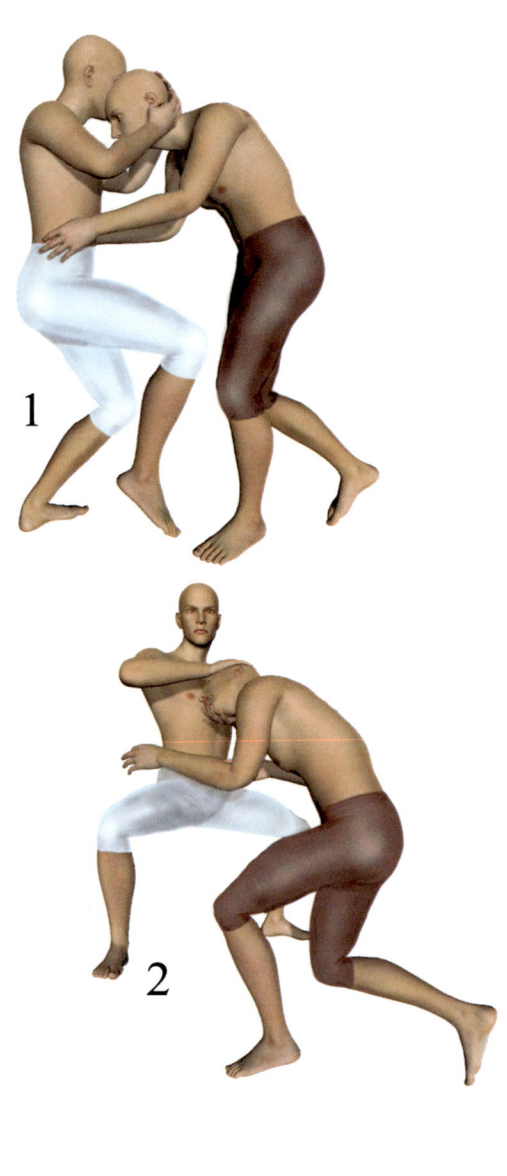

1

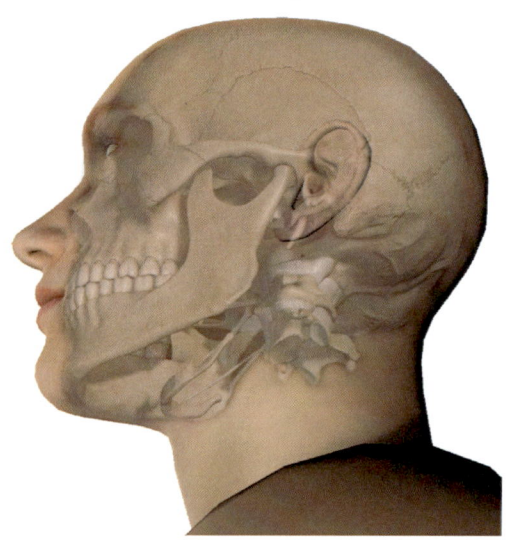

Unten werden die anatomischen Beziehungen zur Halswirbelsäule und zum Halsmark dargestellt.

2

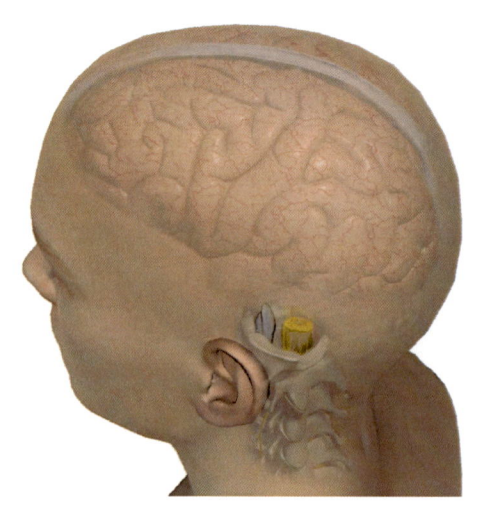

Die weiteren Sequenzen der Kata und deren Anwendung sind unten dargestellt. Bei KG 22 in Höhe der Vertiefung des Halses unmittelbar oberhalb des Brustbeins handelt es sich um einen sehr gefährlichen Punkt. Unter ihm liegt die Luftröhre, die leicht verletzt werden kann. Außerdem kann es bei Treffern zu einem reflektorischen Atemstillstand kommen, der nur schwer oder gar nicht zu beheben ist. Also bitte nicht beim Trainieren benutzen!

Kata	**Bunkai**	**Kyusho**

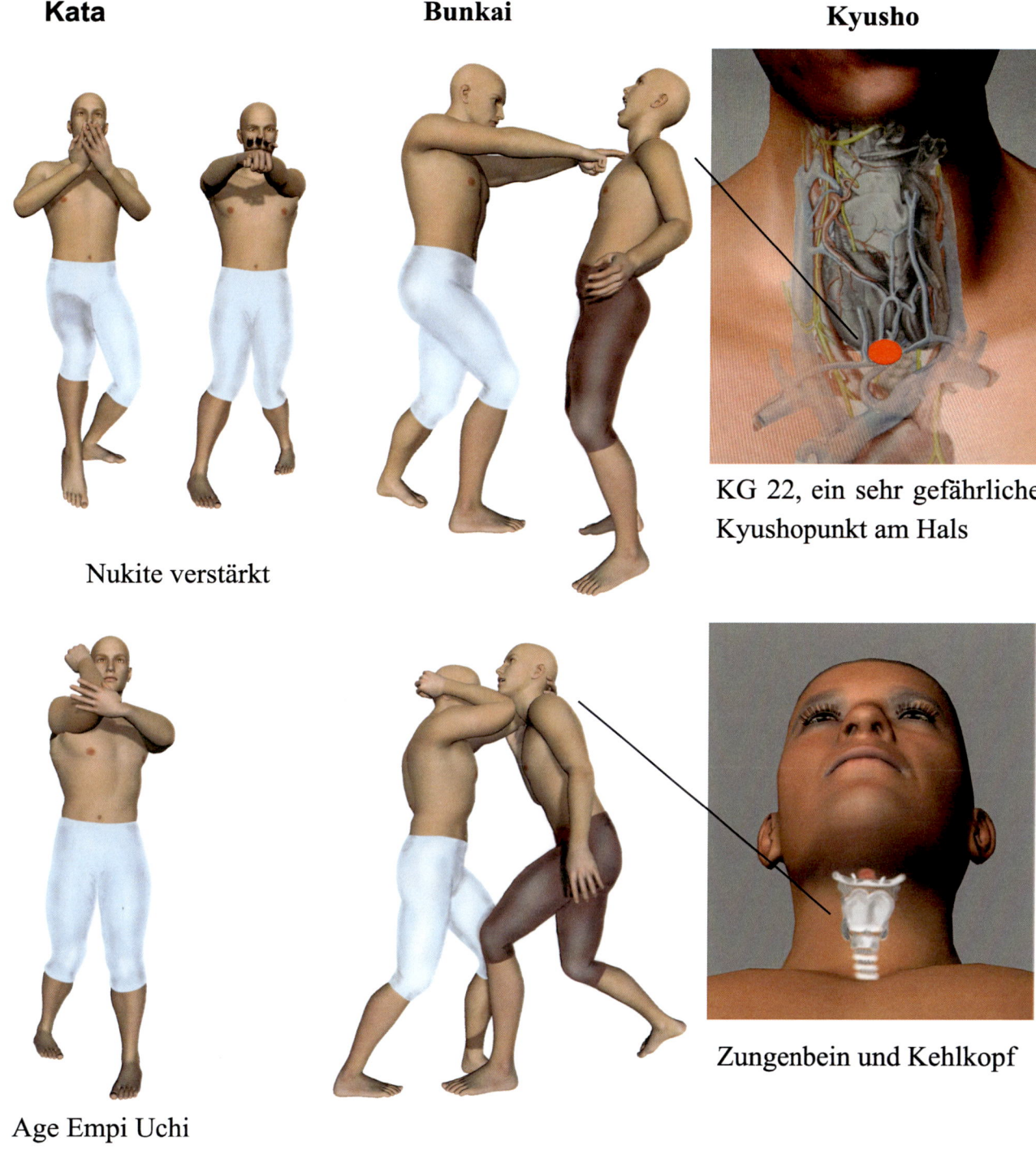

Nukite verstärkt

KG 22, ein sehr gefährlicher Kyushopunkt am Hals

Age Empi Uchi

Zungenbein und Kehlkopf

Wie so oft in der Kata stellt die Benennung der Technik nur eine annähernde Beschreibung dar, ähnlich wie wie ein Photo nur als Momentaufnahme verstanden werden kann. Die Anwendung jedoch besitzt zahlreiche unterschiedliche Varianten.

Bunkai

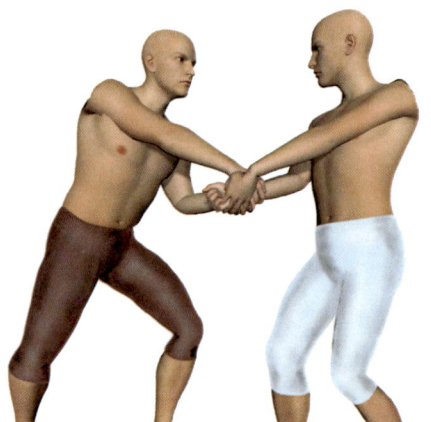

1 a beidseitiger Griff zum Handgelenk, Befreiung durch verstärkten Uchi Uke

Kata

1 verstärkter Uchi Uke

2 Gedan Tetsui Uchi

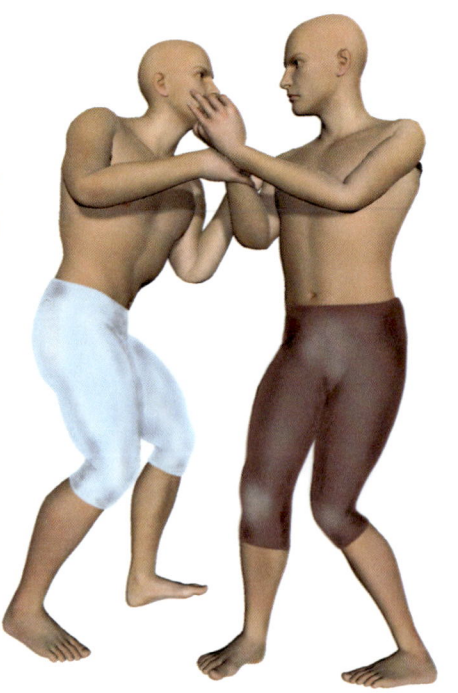

1b Befreiung

Harai Uke

Kata　　　　**Bunkai**

Nach Brechen der Balance des Gegners durch eine Ausweichbewegung um 45° schräg nach vorne (links im Bild) erfolgt ein Schlag auf das Gefäß-Nervenbündel an der Innenseite des Oberschenkels.

Bei der Rückwärtsaktion kann an der Außenseite des Oberschenkels der sensible Punkt Gallenblase 31 oder 32 getroffen werden. Dadurch wird das Bein geschwächt und knickt ein.

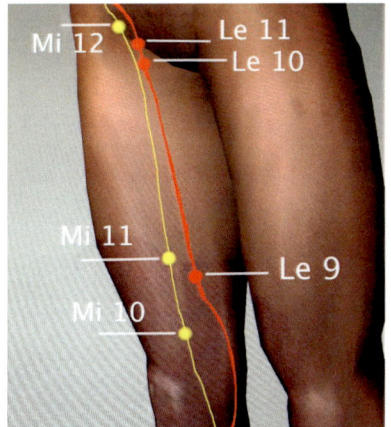

Kyusho-Punkte an der Innenseite des Oberschenkels:
Milz 10, 11, 12
Leber 9,10,11

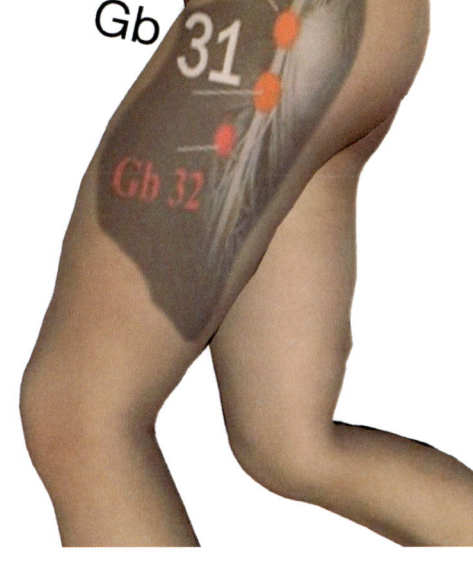

Das Zurückweichen in Yumi Harai Uke erfolgt langsam und signalisiert dadurch in der Regel den Eingang in einen Wurf.

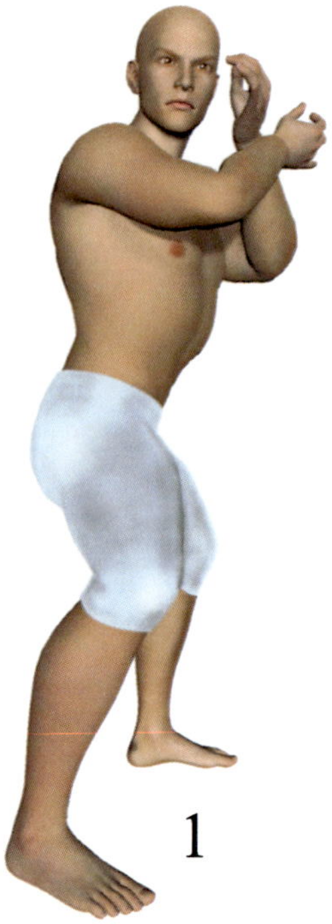

Bunkai

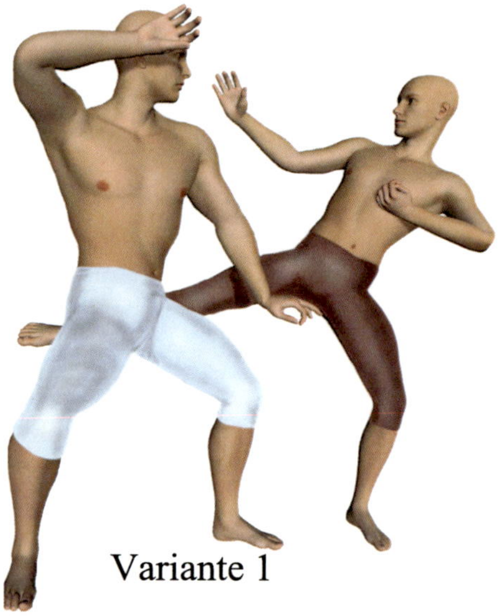

Variante 1

1

2

Variante 2

Mi 12
Le 11
Le 10
Mi 11
Le 9
Mi 10

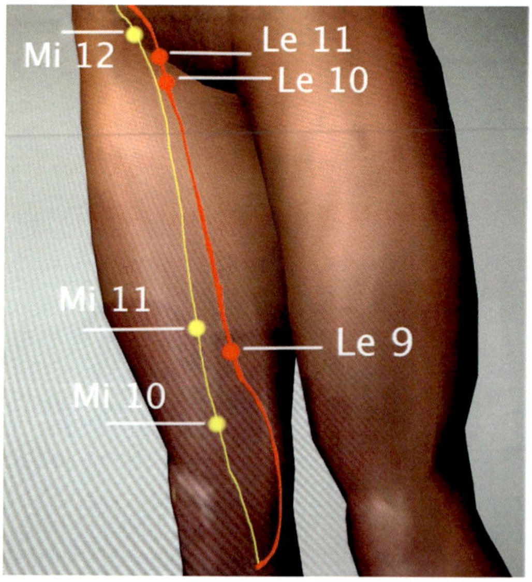

sensible Punkte am Oberschenkel

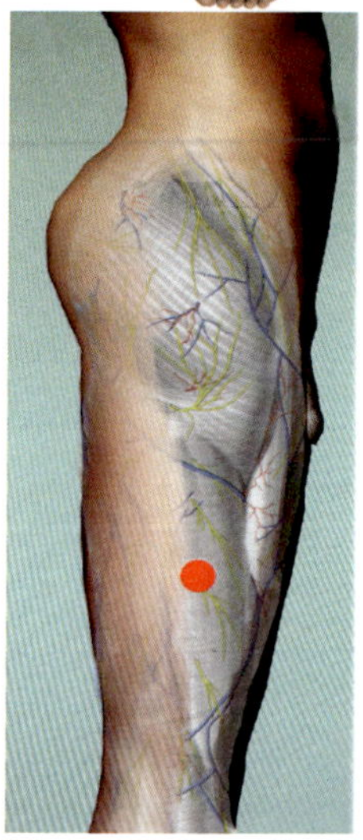

Gb 32

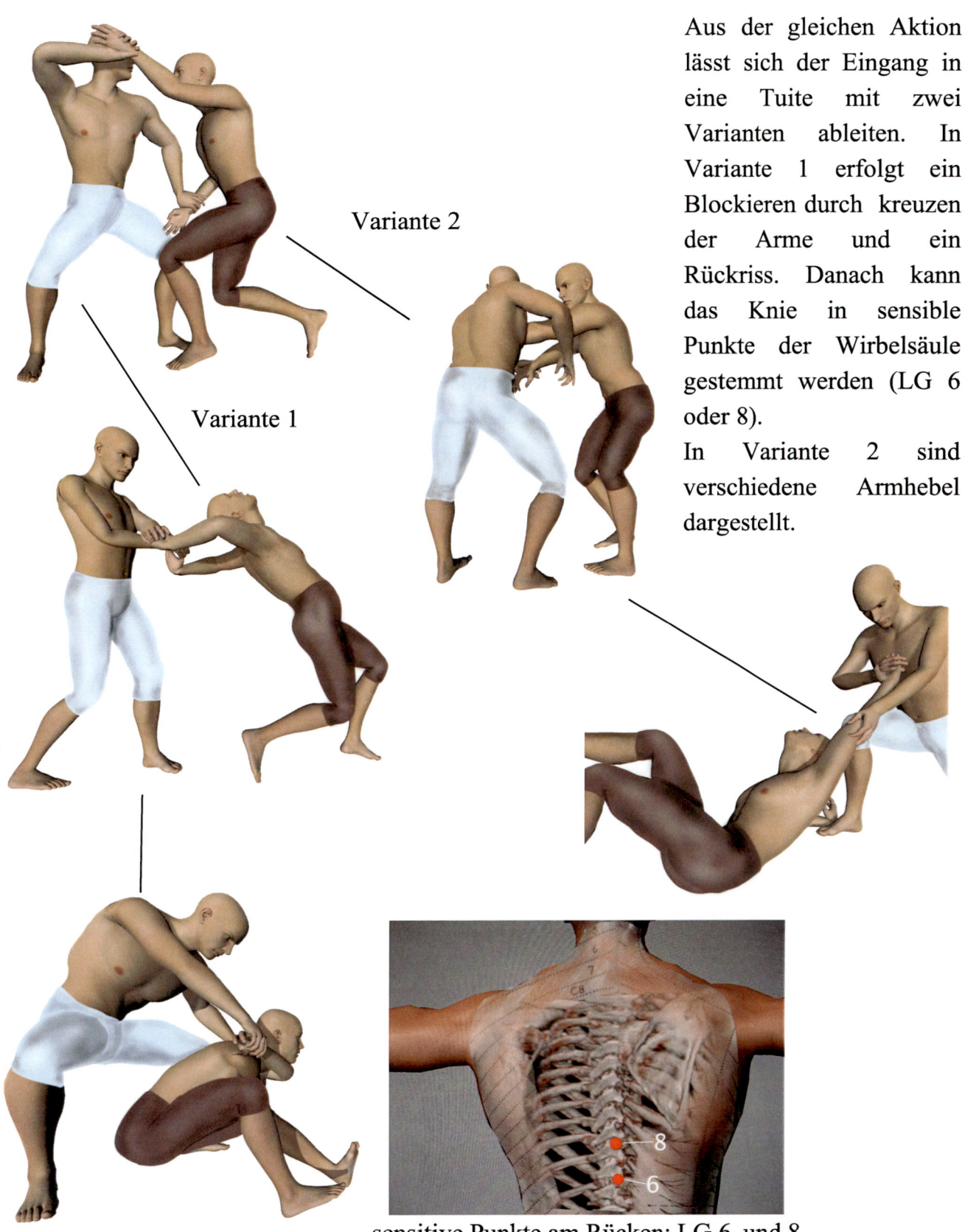

Variante 2

Variante 1

Aus der gleichen Aktion lässt sich der Eingang in eine Tuite mit zwei Varianten ableiten. In Variante 1 erfolgt ein Blockieren durch kreuzen der Arme und ein Rückriss. Danach kann das Knie in sensible Punkte der Wirbelsäule gestemmt werden (LG 6 oder 8).

In Variante 2 sind verschiedene Armhebel dargestellt.

sensitive Punkte am Rücken: LG 6 und 8

In Seienchin kann man bei der Technik Uraken Uchi ganz besonders die Vieldeutigkeit einer Technik erkennen. Nimmt man Uraken wörtlich und konzentriert man sich nur darauf was die rechte Hand macht, dann kommt man in der Bunkai zu der unten dargestellten Variante 1.

Ich denke jedoch, dass niemand in einer realen Auseinandersetzung allen Ernstes die linke Hand zum Ellbogen führen würde wie das links dargestellt ist. Vielmehr wären die folgenden Alternativen (2-4) situationsbedingt sinnvoller, bei denen die zweite Hand auch wirklich agiert.:

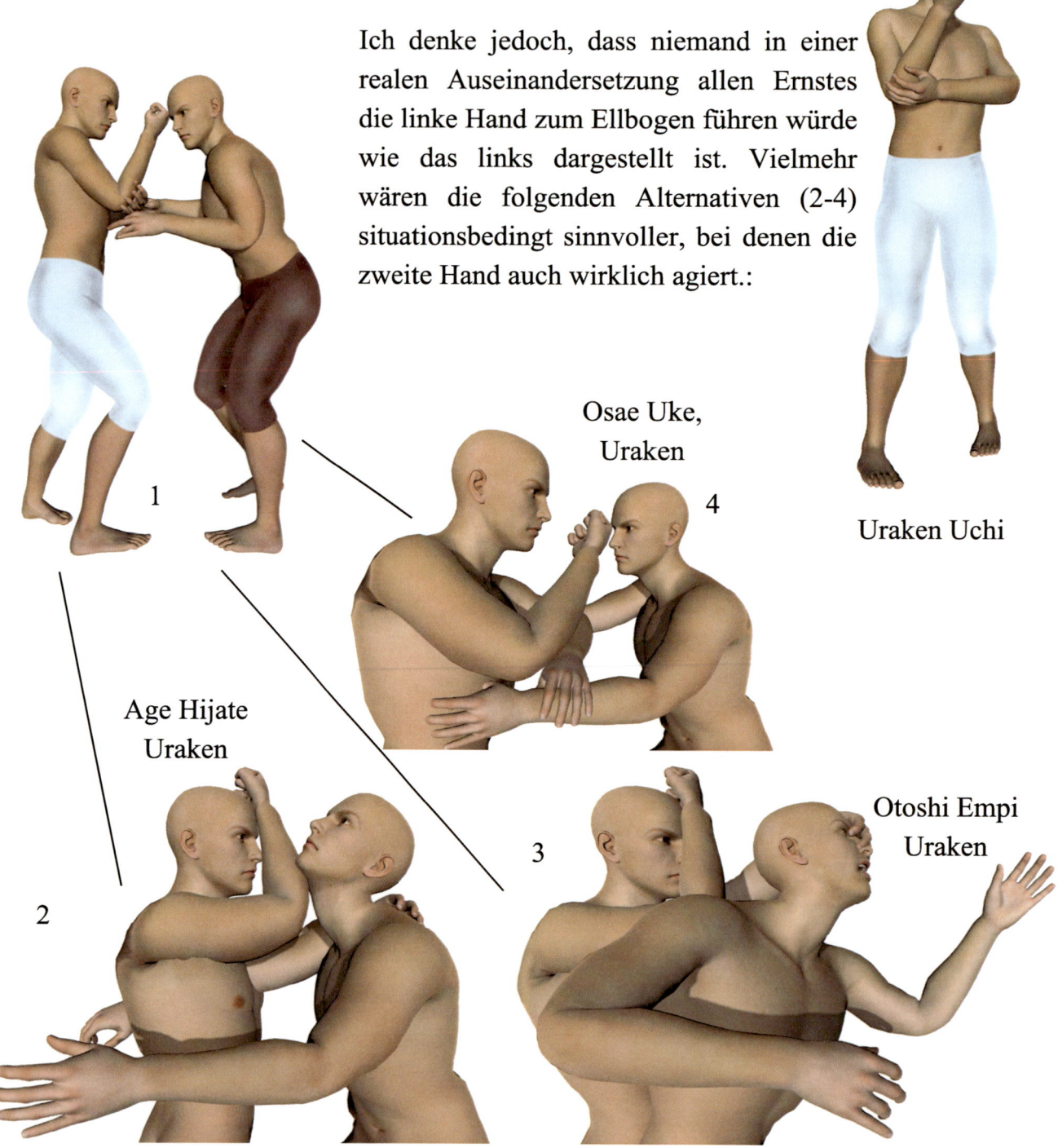

1

Osae Uke,
Uraken

4

Uraken Uchi

Age Hijate
Uraken

2

3

Otoshi Empi
Uraken

68

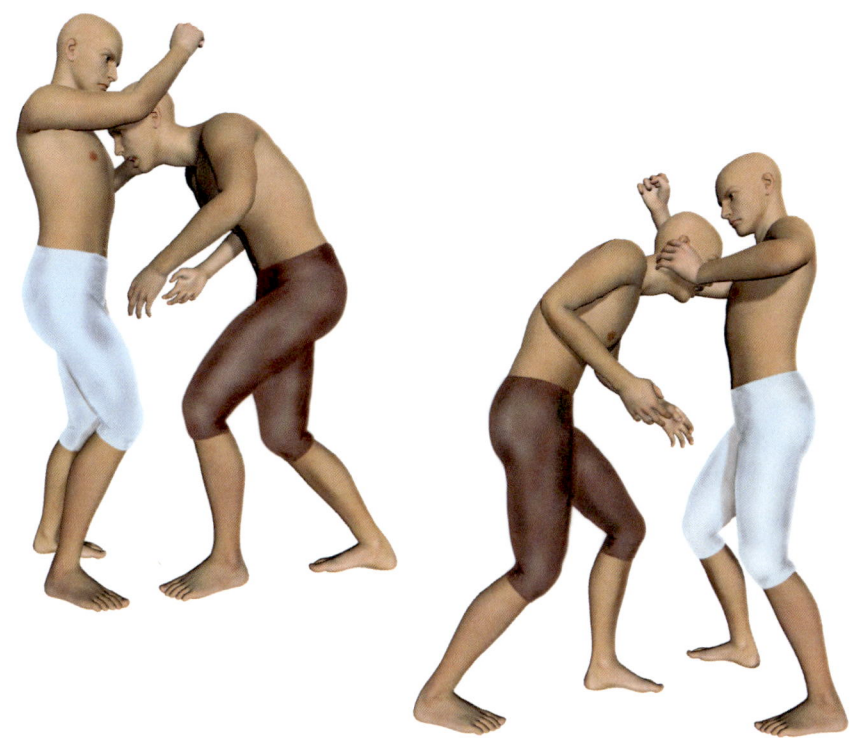

Der Uraken Uchi ist in diesem Beispiel in einen Empi Uchi umgewandelt worden. Am Kopf befinden sich zahlreiche sehr empfindliche Nervendruckpunkte die so attackiert werden können.

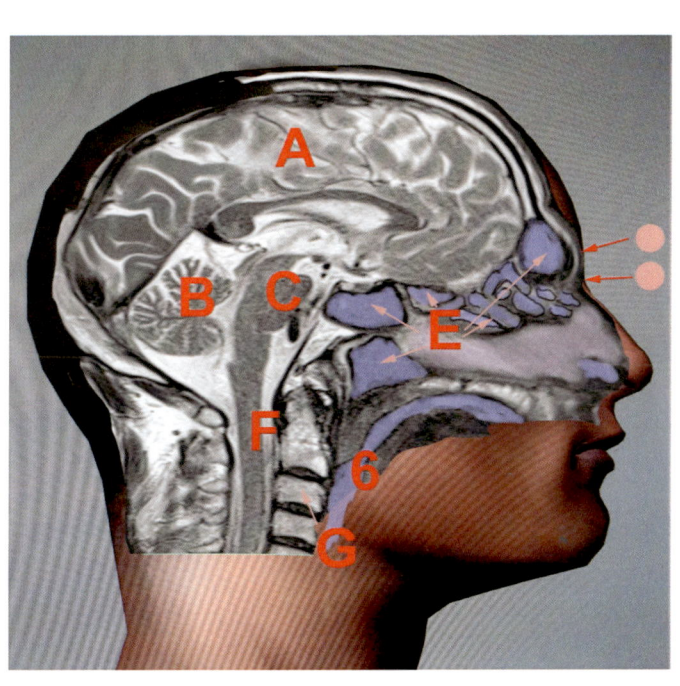

Nasenbrücke Ex-HN-1, Yintang,
EX-HN-2 , Taiyang

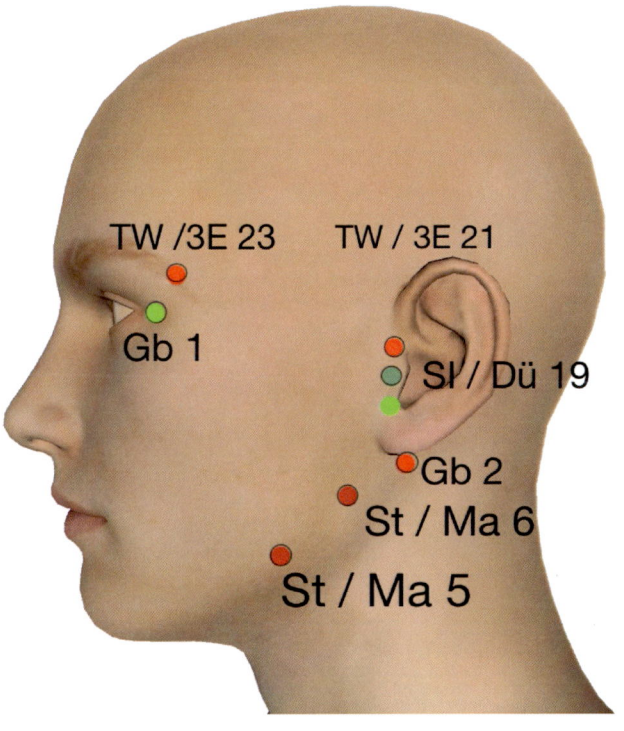

Vielfache mögliche Kyusho Punkte am Kopf
für einen Angriff mit Empi Uchi

Der Yoge Uke eignet sich sowohl als Befreiungsaktion, nachdem der Gegner beide Handgelenke ergriffen hat, als auch zur Abwehr beidseitiger Faustangriffe durch den Gegner.

Age Zuki ist eine effektive KO Technik.

Mögliche Kyusho Punkte für Uraken Uchi unten im Bild:

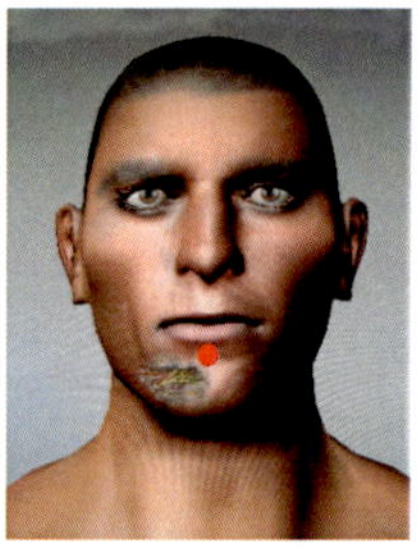

Kata   **Bunkai**

KG 24

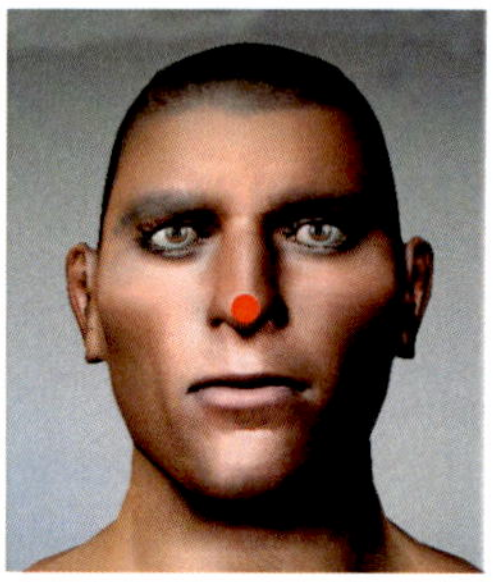

LG 25

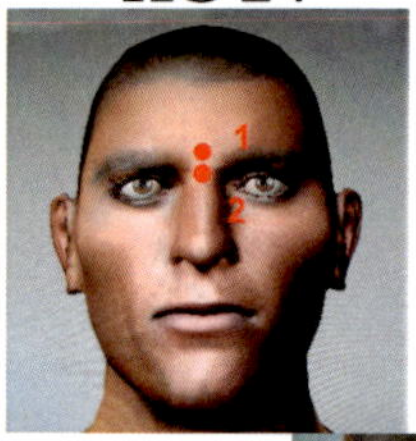

Yintang

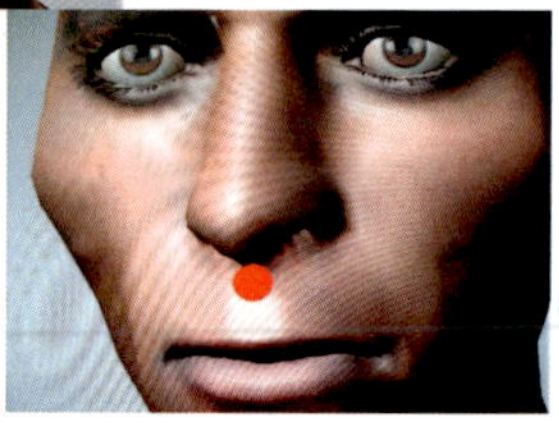

LG 26

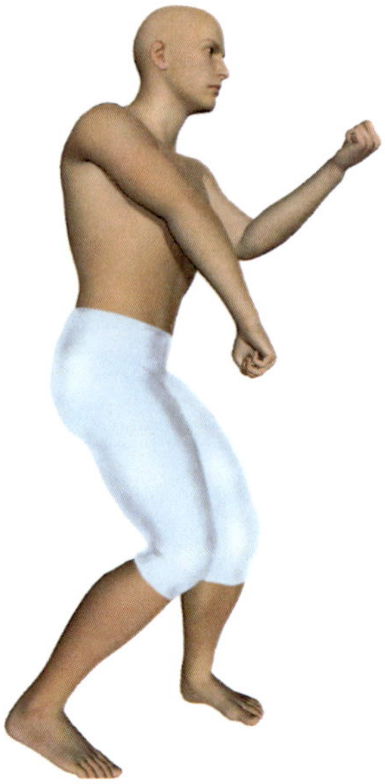

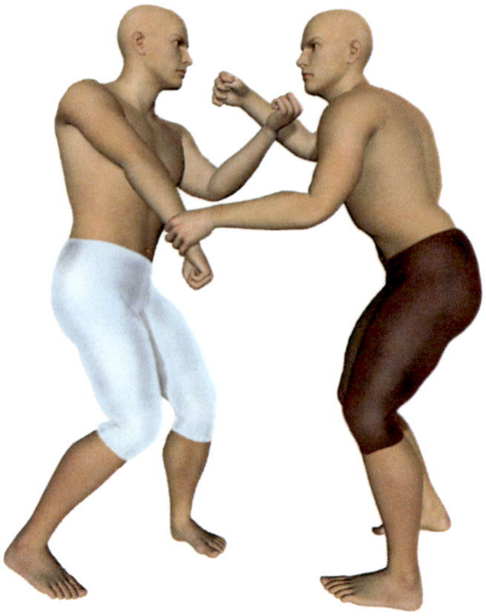

Yoge Uke

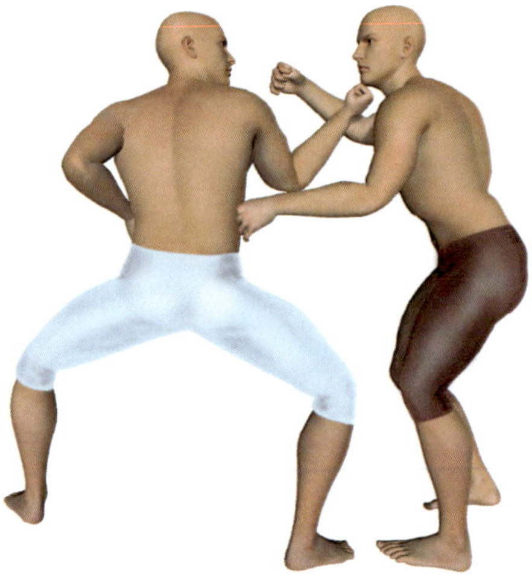

Age Zuki

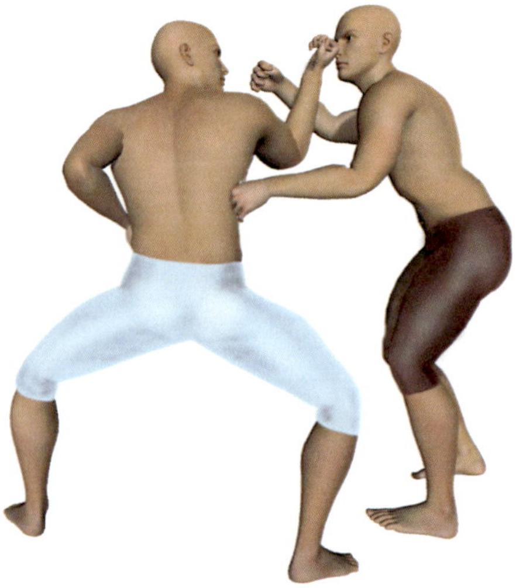

Uraken Uchi

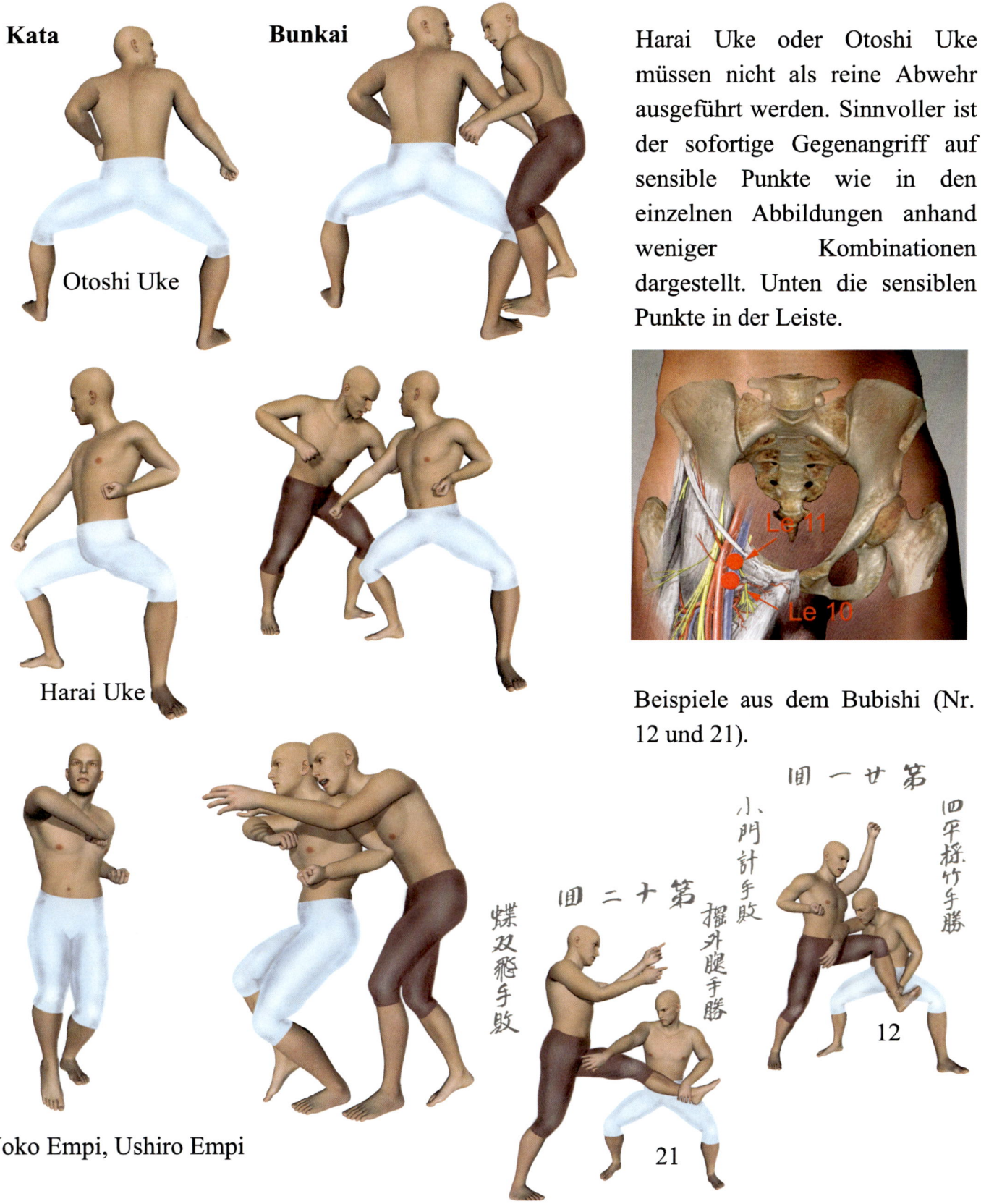

Kata

Otoshi Uke

Harai Uke

Yoko Empi, Ushiro Empi

Bunkai

Harai Uke oder Otoshi Uke müssen nicht als reine Abwehr ausgeführt werden. Sinnvoller ist der sofortige Gegenangriff auf sensible Punkte wie in den einzelnen Abbildungen anhand weniger Kombinationen dargestellt. Unten die sensiblen Punkte in der Leiste.

Le 11

Le 10

Beispiele aus dem Bubishi (Nr. 12 und 21).

第廿一回

第二十回

21

12

Diese Bewegung in der Kata wird bei den meisten Schulen als Befreiungsaktion interpretiert. Nach meiner Ansicht bleibt es jedoch nicht bei dieser einzigen Möglichkeit. Schon alleine aus der 39. Kombination des Bubishi ergibt sich eine weitere Variante mit Armstreckhebel(s.u.).

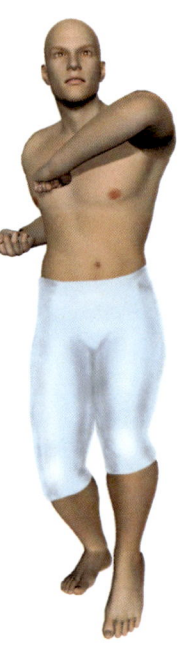

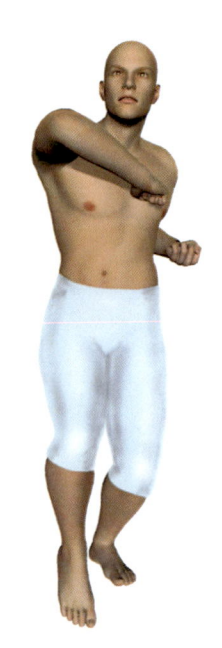

Befreiung durch Mawashi Empi und Ushiro Empi

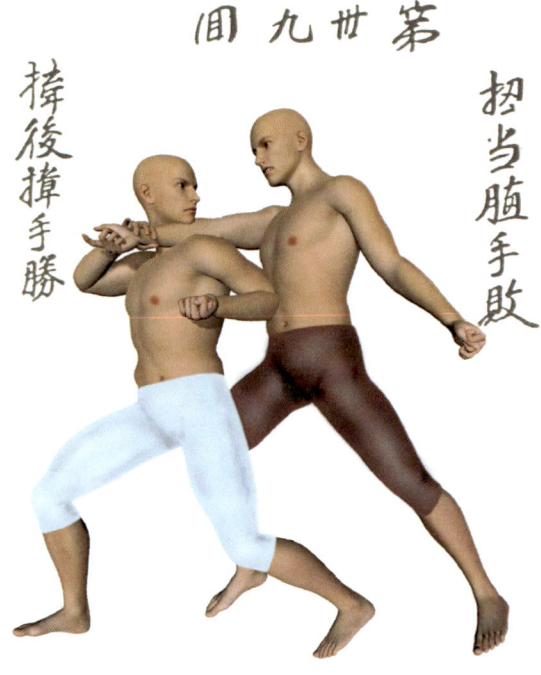

Hier erfolgt eine Befreiung aus einer Umklammerung von hinten.

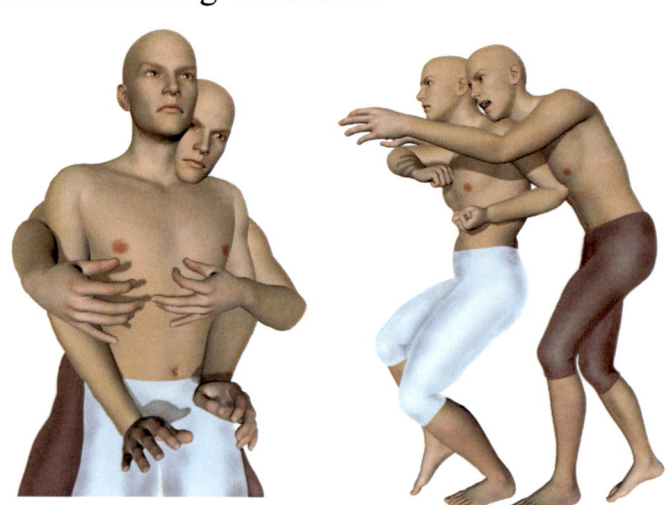

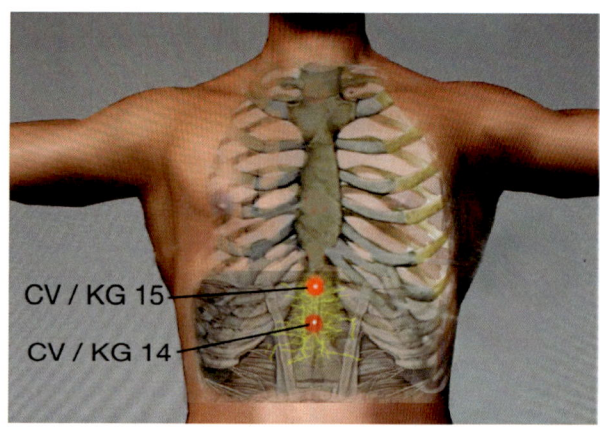

CV / KG 15
CV / KG 14

passende Kyusho Punkte

第四回　孫兒抱蓮手敗　將軍抱邱手勝

Das Kind hält eine Lotusblüte /
der General hält das Siegel

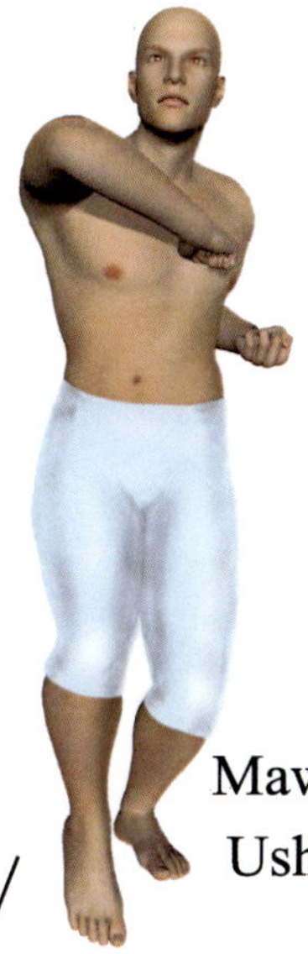

Mawashi Empi
Ushiro Empi

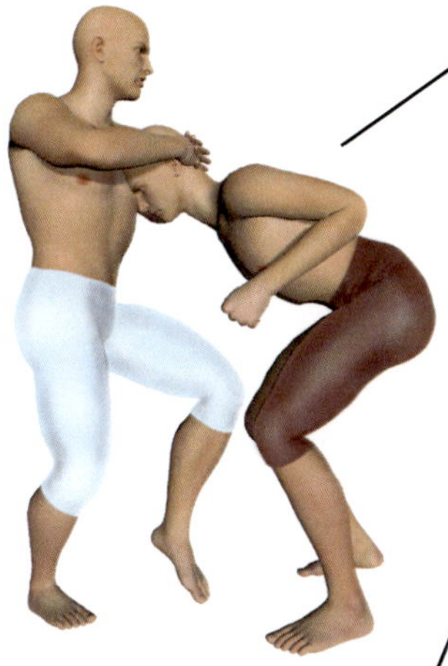

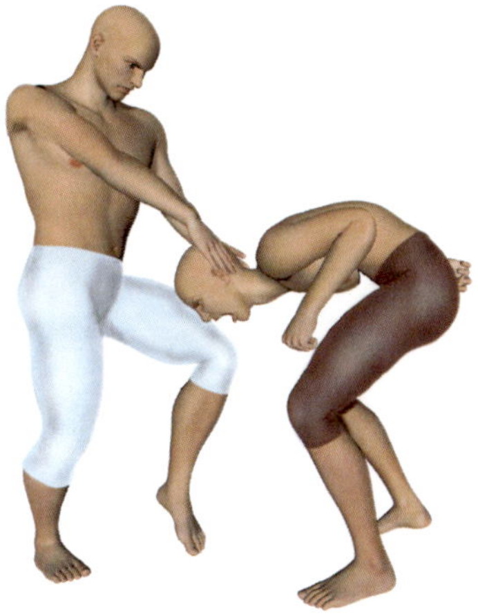

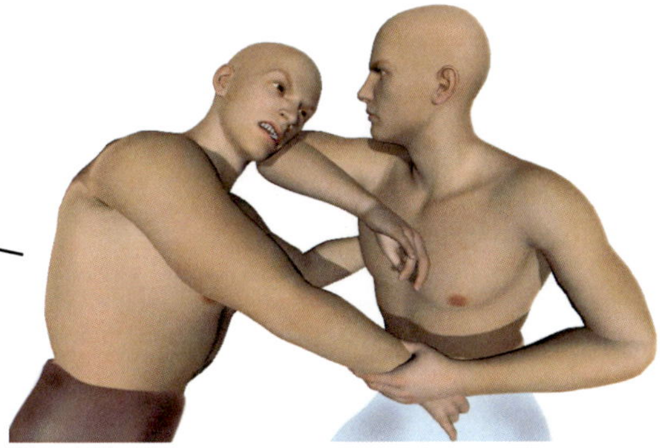

Die Kombination 4 aus dem Bubishi kann in der Kata Seienchin in der Position "Mawashi Empi, Ushiro Empi" wie hier links dargestellt enden. Insofern ist aus meiner Sicht auch diese Variante eine Option .

Schließlich sehe ich ebenfalls eine Möglichkeit in der unten dargestellten Kombination einen Mawashi Empi zu schlagen, wobei die rechte Hand des Kontrahenten ruckartig zurückgezogen wird.

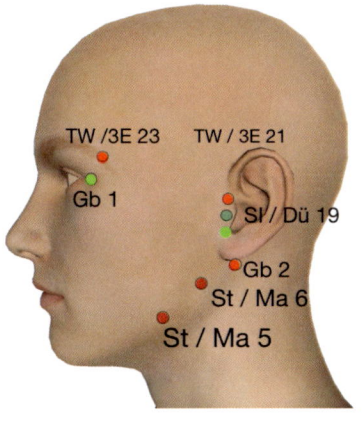

TW /3E 23   TW / 3E 21
Gb 1
Sl / Dü 19
Gb 2
St / Ma 6
St / Ma 5

Die wichtigsten sensitiven Punkte am Kopf.

Die Sequenz mit Shotei Uke (Uchi) und Uraken Uchi kann viele Varianten ermöglichen. Entweder als Go No Sen Technik (also dem Angriff zuvorkommen) oder als Sen no Sen Technik (in einer Ebene auspendeln und kontern).

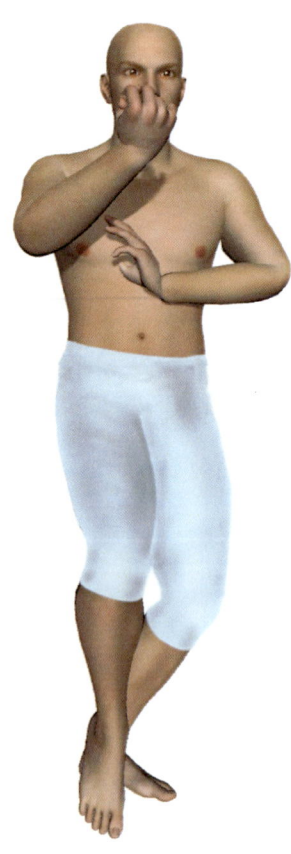

Tsuri Ashi
Shotei Uke / Uchi

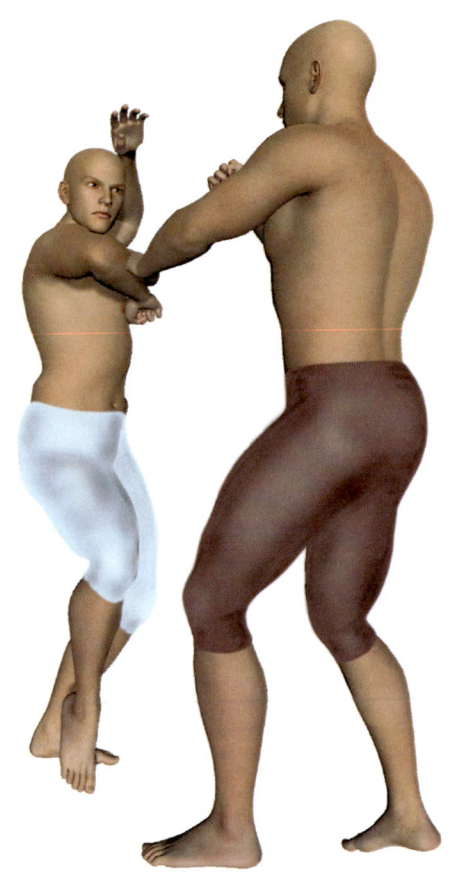

Uraken Uchi
Nekoashi Dachi

Der Kontrahent greift hier zum Handgelenk. Der Verteidiger befreit sich mit Mawashi Empi Uchi, holt aus und Kontert mit Uraken Uchi (auf der rechten Seite).

Hierbei ergeben sich für den Uraken abänging vom Winkel unterschiedliche Angriffsziele wie hier dargestellt. Die Hände führen ein Trapping aus um die Hände des Gegners zu kontrollieren und zu blocken.

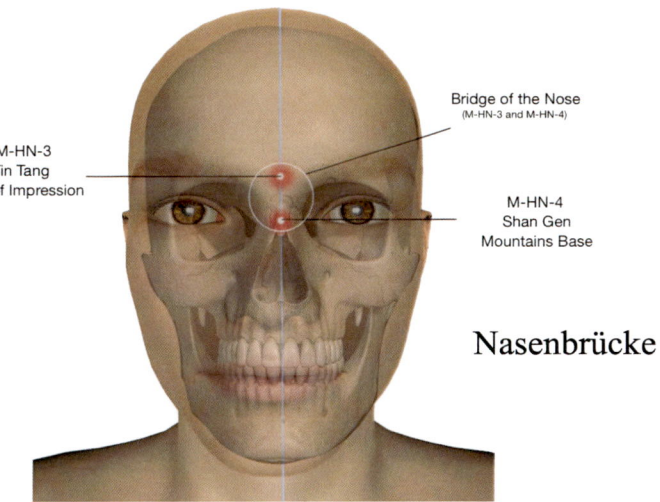

M-HN-3
Yin Tang
Hall of Impression

Bridge of the Nose
(M-HN-3 and M-HN-4)

M-HN-4
Shan Gen
Mountains Base

Nasenbrücke

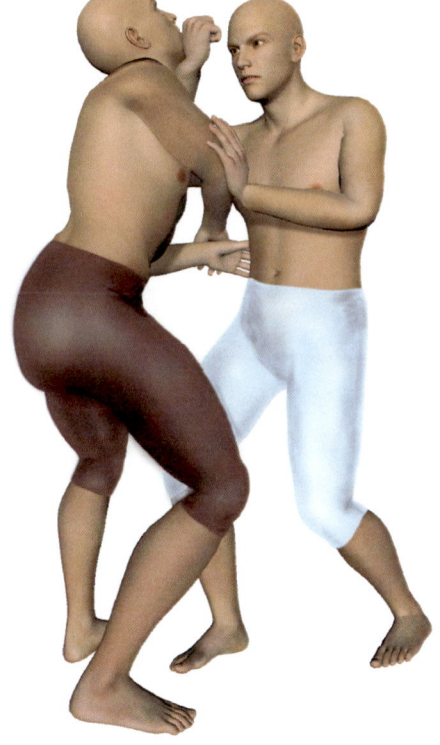

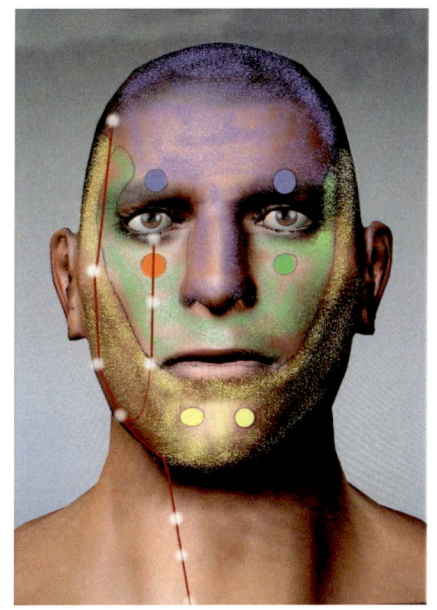

Trigeminusäste, rot = Magen 2, Blau = Ex-HN-3
gelb = mentaler Nerv

Ich habe absichtlich in der Schlussphase der Kata die Bezeichnungen gewählt, die oft in verschiedenen Schulen benutzt werden, um zu zeigen, dass diese Umschreibung einer Techniken nur an der "Oberfläche kratzt", oder wie die Japaner es beschreiben: Es handelt sich um eine Omote Anwendung, also eine oberflächliche Betrachtungsweise für den Anfänger. Die tiefere Bedeutung beinhaltet jedoch Techniken, die unter Ausnutzen von Kyusho-Anwendungen zu völlig anderen und vielfach effektiveren Varianten führen. Auf den folgenden Seiten werde ich versuchen dies verständlich darzustellen. Zunächst Beispiele für die Omote Anwendungen:

Morote Otoshi Uke

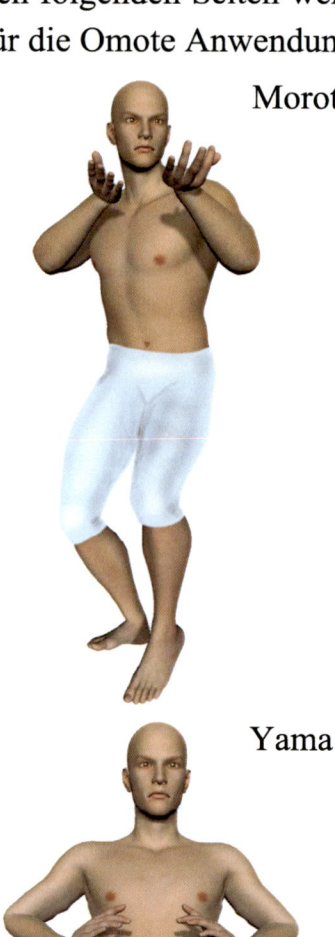

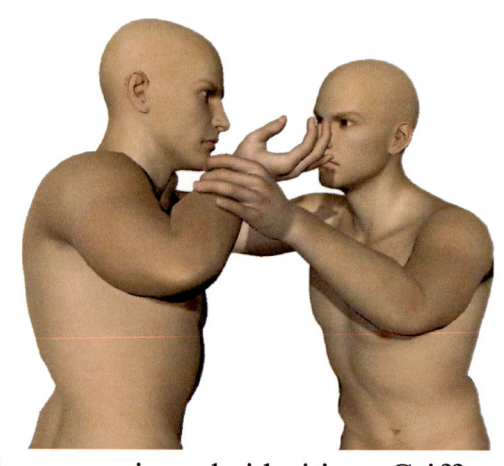

Befreiung aus einem beidseitigen Griff zum Handgelenk (Angreifer rechts)

Yama Uke

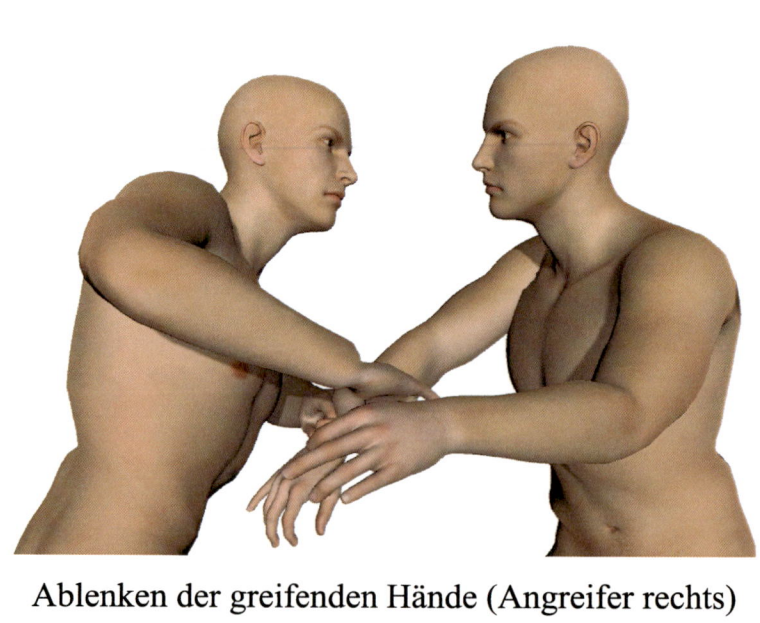

Ablenken der greifenden Hände (Angreifer rechts)

Hier nun eine fortgeschrittene Anwendung: Dem Greifen zuvor kommen und Nackenschlag beidseits ausführen.. Dabei werden wichtige Kyusho-Punkte getroffen (Gallenblase 20 oder Blase 10). Benutzt werden sensitive Punkte über dem kleinen und großen Hinterhauptnerven.

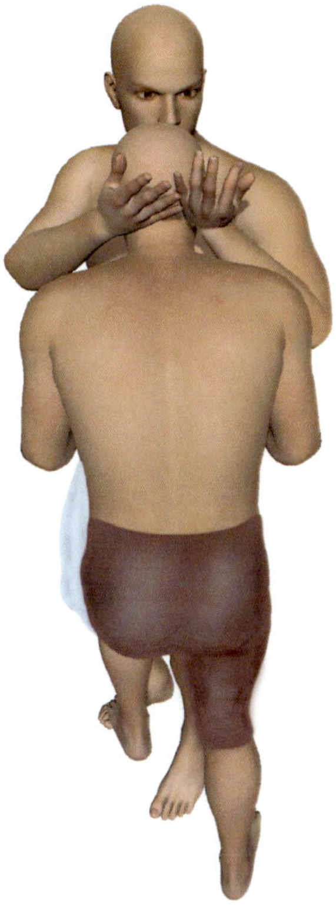

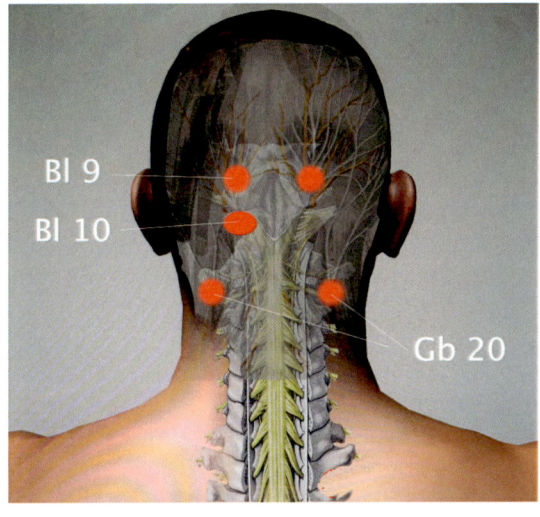

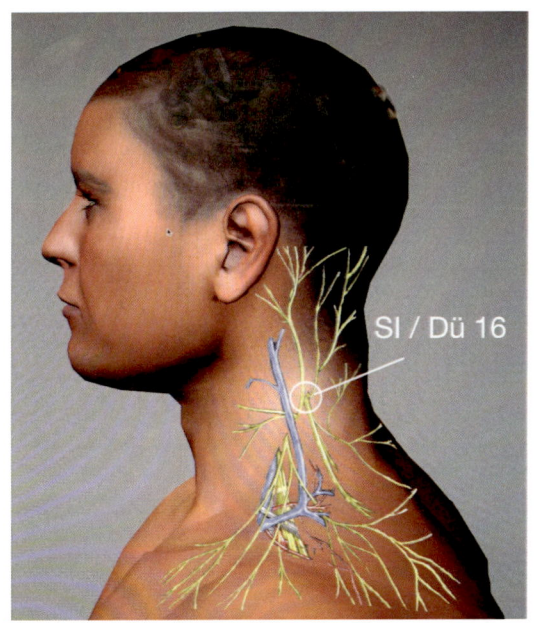

Beim Abschluss (Yame) geht es in Wirklichkeit nicht um eine reine Etikette, sondern um eine Kyusho- Technik wie ich an dieser Stelle zeigen werde.

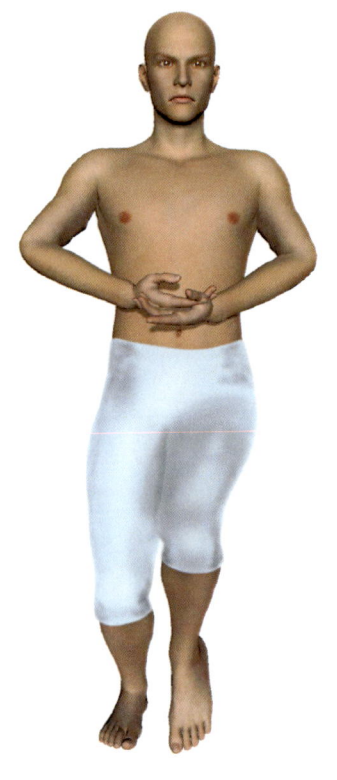

Yame

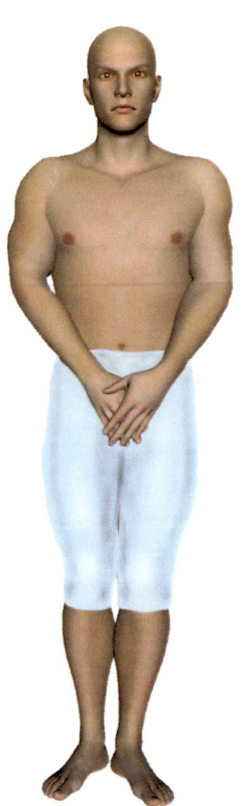

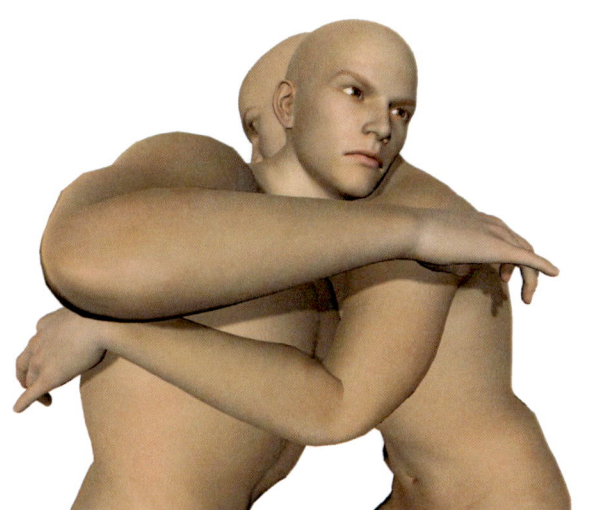

Bei einer drohenden Umklammerung dem Gegner zuvorkommen durch beidseitigen Shuto Uchi auf die Halsschlagader (Kyusho-Punkte Magen 9, Dickdarm 18 oder Dünndarm 16).

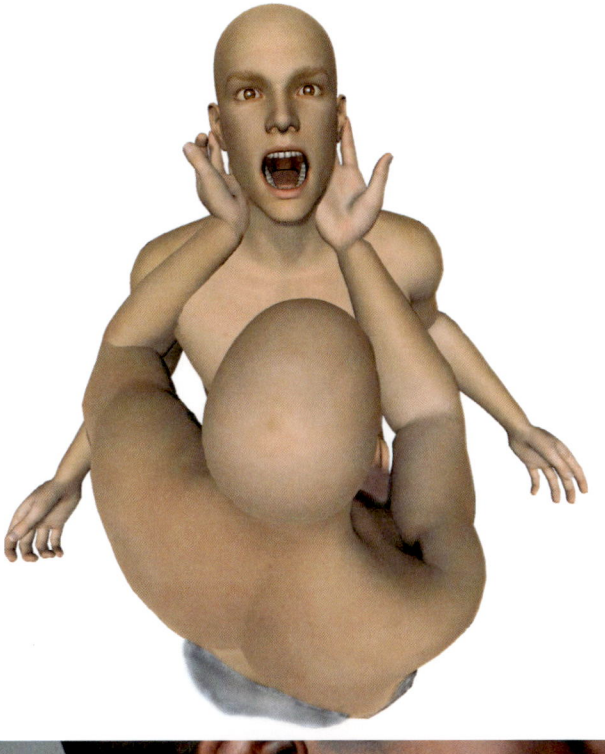

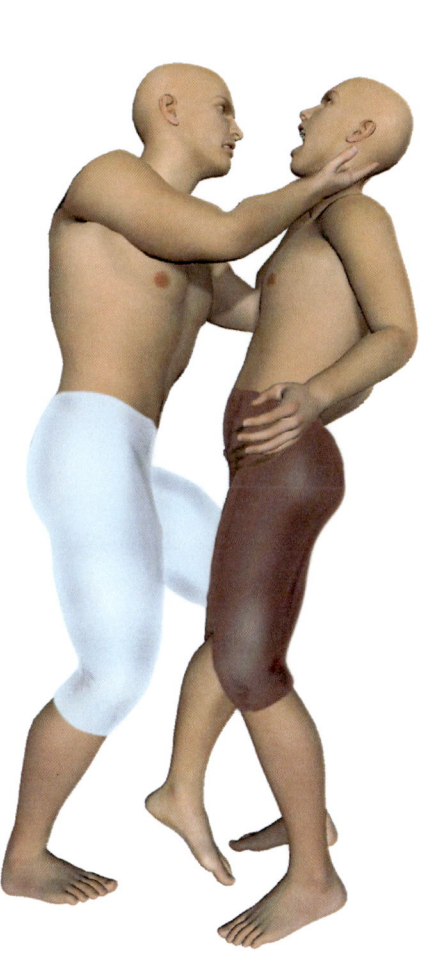

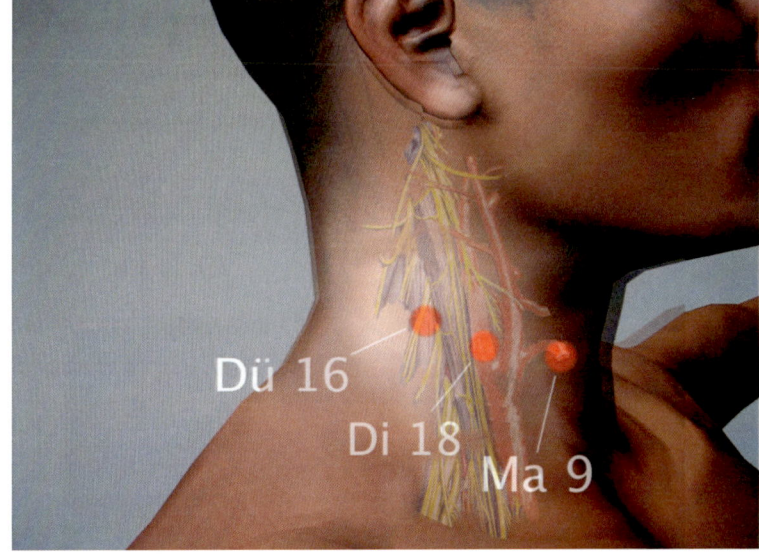

Shisochin

Geschichtliches

Shisochin (四向戦) stammt aus dem Süden Chinas, d.h. aus Fukien. Die Kata gehört zum Tigerstil (Huquan) des Shaolin Quan Fa. Sie soll in der Zeit des chinesischen Kaisers Han Gaozu, persönlicher Name Liu Bang (256 oder 247 v.Chr. bis 195 v.Chr., Gründer der Han Dynastie) entstanden sein. Der chinesische Name der Kata lautet Shi Zhen Jing. Shi bedeutet zwingen, bzw. wahre Stärke, Zhen bedeutet Halten, Fassen, Würgen und Jing ist die Kraft. Die japanischen Kanjis implizieren eine andere Bedeutung. Shi bedeutet dort vier, So ist die Richtung. Daher kann Shisochin auch als Kampf in vier Richtungen gedeutet werden. Die vier Richtungen können nach chinesischer Vorstellung den Elementen Holz, Feuer, Metall und Wasser zugeordnet werden (Wandlungsphasen), wobei der Mensch die Erde repräsentiert und damit das 5.Element darstellt. Kanryo Higaonna lernte die Kata in Fuzou von Meister Ryu Ryu Ko.

Enbusen

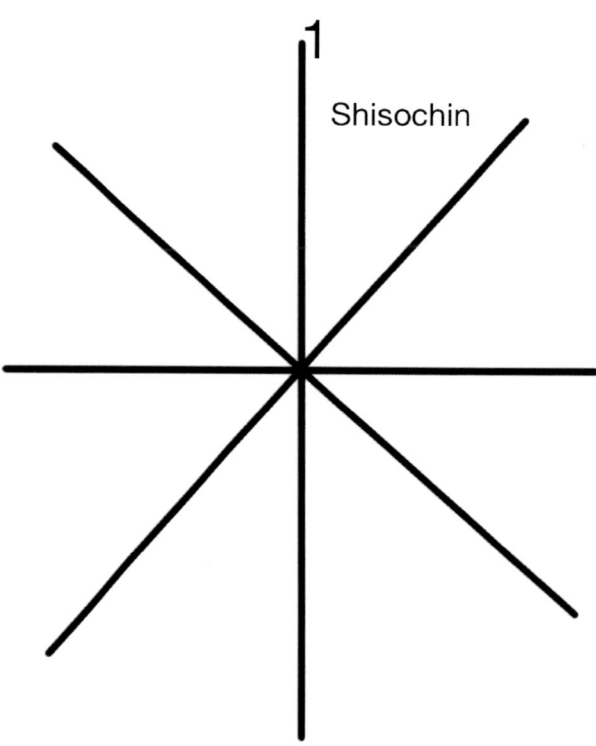

Besonderheiten der Kata

Shisochin ist eine besondere Kata, weil sie wie sonst selten mit offenen Händen (Nukite) praktiziert wird. Auch wechseln die Stellungen Sanchin- und Zenkutsu Dachi einander ab. Zenkutsu Dachi wird in anderen Goju Ryu Katas nur selten angewandt. Dadurch werden jedoch in Shisochin auch lange Distanzen überwunden, d.h. Zenkutsu für längere und Sanchin für kürzere Distanzen. Die Anwendung offener Handtechniken in dieser Kata ist besonders für den Nahkampf geeignet, beim Partnertraining aber gefährlich, weil die Distanz schwerer abzuschätzen ist, es also leicht zu Verletzungen der Augen beim Partner kommen kann. Die offenen Handtechniken orientieren sich zum Teil an den 6 Handformen (Rokkishu) aus dem Bubishi.

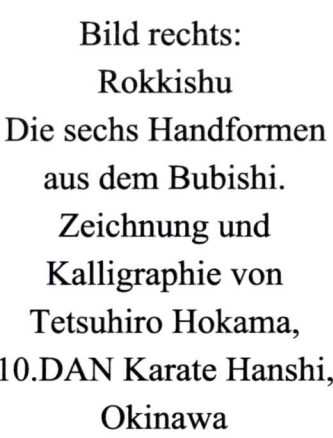

Denkmal von
Kanryo Higaonna
1853 - 1915

Bild rechts:
Rokkishu
Die sechs Handformen
aus dem Bubishi.
Zeichnung und
Kalligraphie von
Tetsuhiro Hokama,
10.DAN Karate Hanshi,
Okinawa

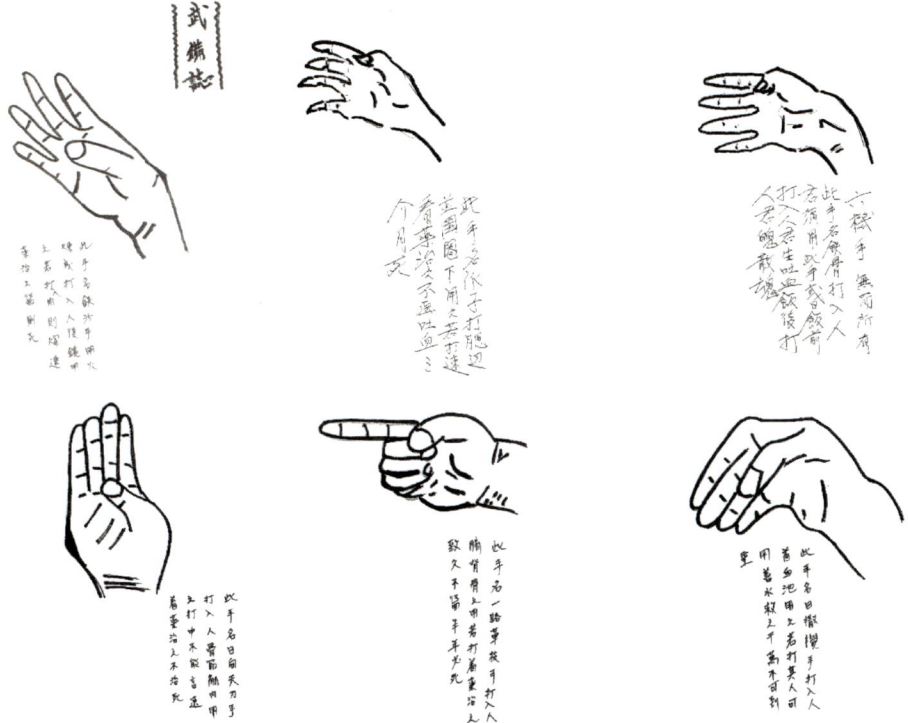

Die richtige Anwendung von Nukite-Techniken setzt allerdings eine Abhärtung der Hände voraus (mit Hilfe von Bambus, Kies und groben Schottersteinen). Dies ist jedoch ein Training, das den Händen viel abfordert und unter Umständen den Verlust der Fingernägel zur Folge hat.

Der Ellbogen-Hebel (Ude Kujiki Osae) mit offener Hand ist, wie wir später erläutern werden, sehr effektiv. Die Anwendung in der Kata Shisochin unterscheidet sich von den Ausführungen in anderen Stilrichtungen.

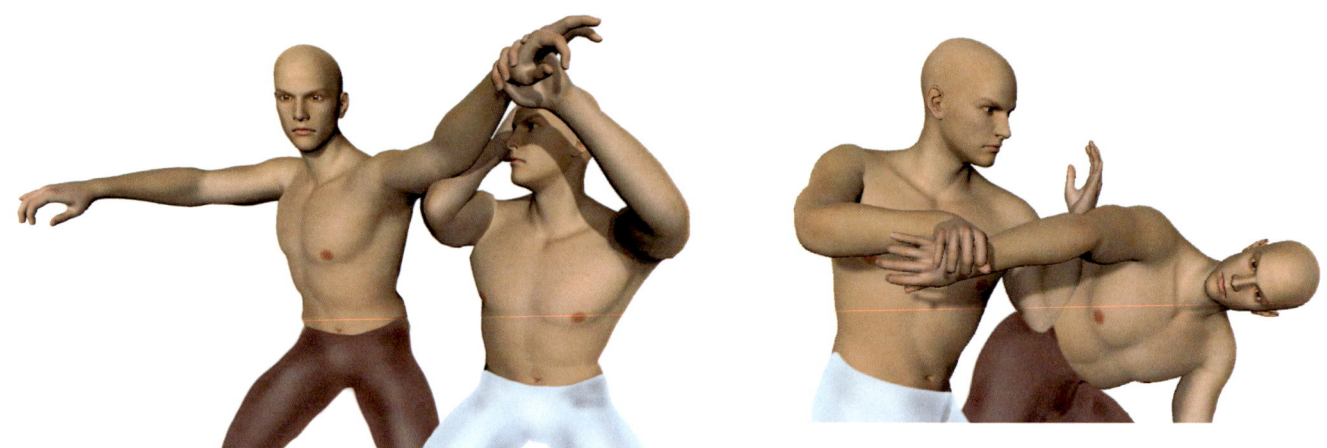

In der Kata Shisochin wird der Arm mit offener Hand zunächst von unten angesetzt, danach wird auf die Streckseite rotiert und der Armstreckhebel zu Ende geführt.

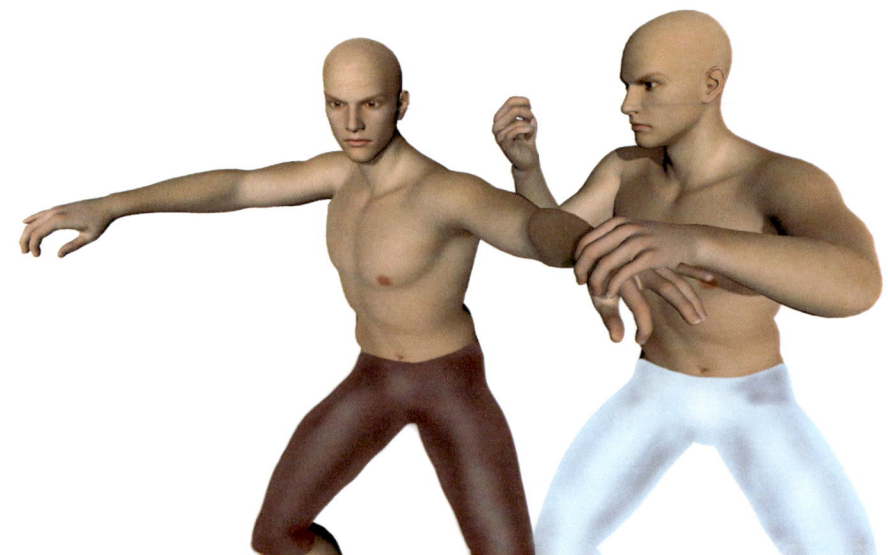

In anderen Stilrichtungen des Shuri Te ist die Faust des hebelnden Arms meist geschlossen. Der Arm wird hier von vornherein auf den Sehnenrezeptor des Trizeps angesetzt.

SHISOCHIN

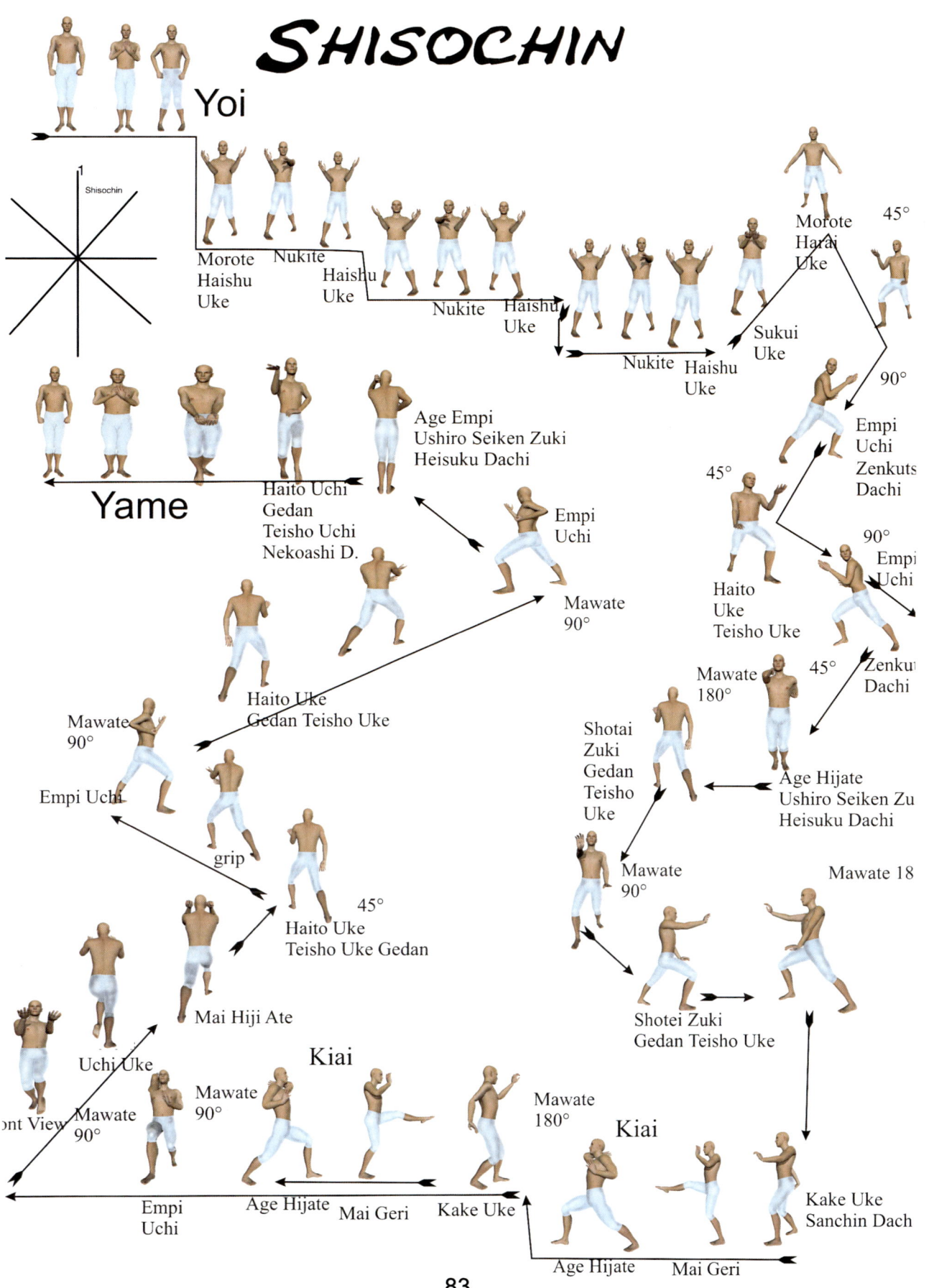

Yoi

Morote Haishu Uke

Nukite

Haishu Uke

Nukite

Haishu Uke

Nukite

Haishu Uke

Sukui Uke

Morote Harai Uke

45°

90°

Empi Uchi Zenkuts Dachi

45°

Haito Uke Teisho Uke

90°

Empi Uchi

Zenku Dachi

45°

Mawate 180°

Age Hijate Ushiro Seiken Zu Heisuku Dachi

Shotai Zuki Gedan Teisho Uke

Mawate 90°

Shotei Zuki Gedan Teisho Uke

Mawate 18

Kake Uke Sanchin Dach

Mawate 180°

Kiai

Age Hijate

Mai Geri

Kake Uke

Age Hijate

Mai Geri

Empi Uchi

Age Hijate

Mawate 90°

Kiai

Uchi Uke

Front View

Mawate 90°

Mai Hiji Ate

grip

Haito Uke Teisho Uke Gedan

45°

Empi Uchi

Mawate 90°

Haito Uke Gedan Teisho Uke

Empi Uchi

Mawate 90°

Age Empi Ushiro Seiken Zuki Heisuku Dachi

Haito Uchi Gedan Teisho Uchi Nekoashi D.

Yame

1
Shisochin

83

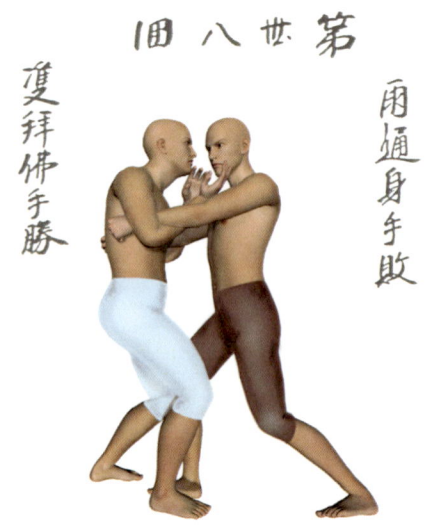

Zwei Hände huldigen einem Buddha /
nasser Regen geht durch den Körper

Die erste Bewegung in der Kata Shisochin kann möglicherweise mit der 38. Selbstverteidigungskombination aus dem Bubishi in Zusammenhang stehen. Dort wird der Versuch einer Umklammerung von vorne durch unterfahren der Arme (s.o.) blockiert. Als nächstes erfolgt ein Stich mit der Speerhand (Nukite). Einen ähnlichen Konteranriff finden wir in der Kombination 31 aus dem Bubishi: Dort jedoch ausgeführt mit der Einklingen- Grashand.

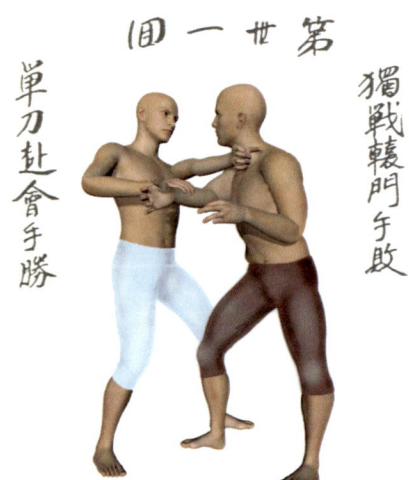

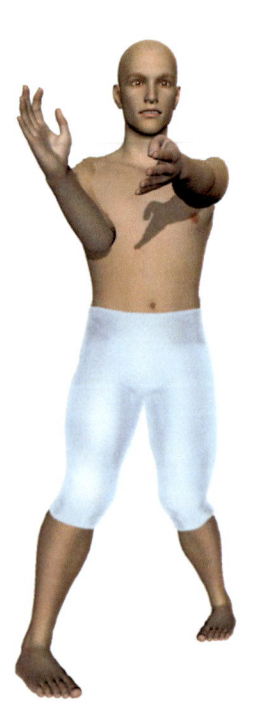

Mit einem Messer kämpfen /
alleine kämpfend am Tor eines offiziellen Wohnsitzes

Bunkai

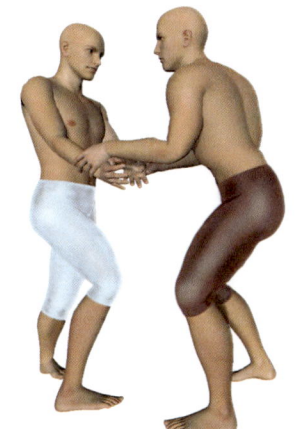

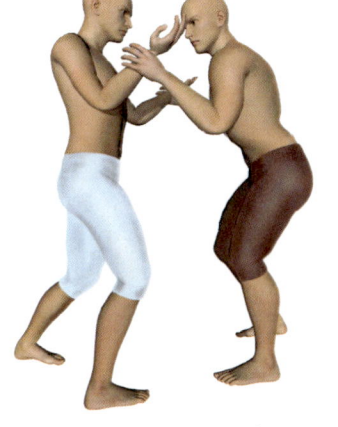

Eine andere Variante ergibt sich aus den Bewegungen der Kata Tensho, wenn sie in Shisochin übertragen wird wie links in den Abbildungen dargestellt. In diesem Fall handelt es sich um eine Befreiung aus einem beidseitigen Griff zum Handgelenk.

Der Stich zum Gesicht ist in der 32. Kombination des Bubishi abgebildet. Für diesen Stich existieren zahlreiche Kyusho Ziele sowohl im Gesicht (Auge, Trigeminusäste) als auch am Hals (Carotis, Luftröhre, Kehlkopf, Zungenbein).

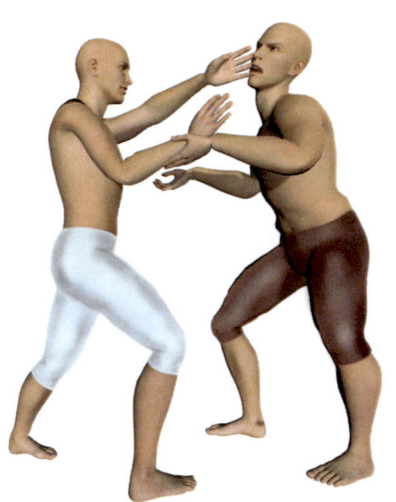

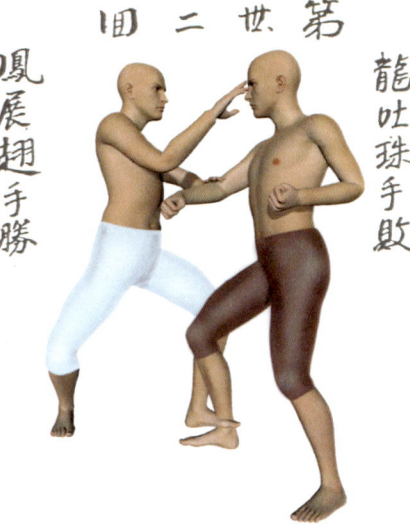

第 世 二 用
鳳 展 翅 手 勝

龍 吐 珠 手 敗

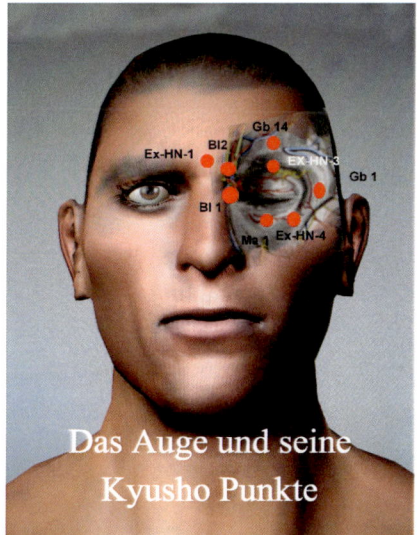

Der Phönix breitet seine
Schwingen aus/
der Drache speit Perlen

Das Auge und seine
Kyusho Punkte

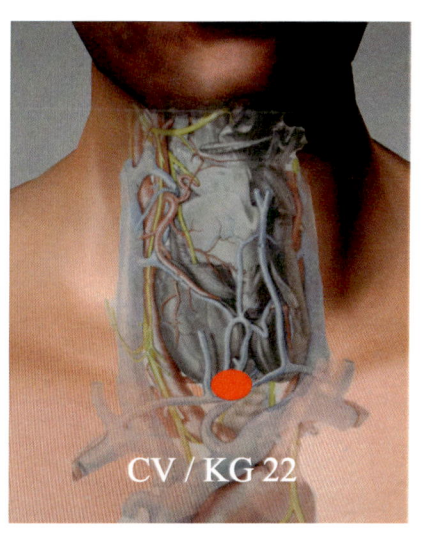

CV / KG 22

85

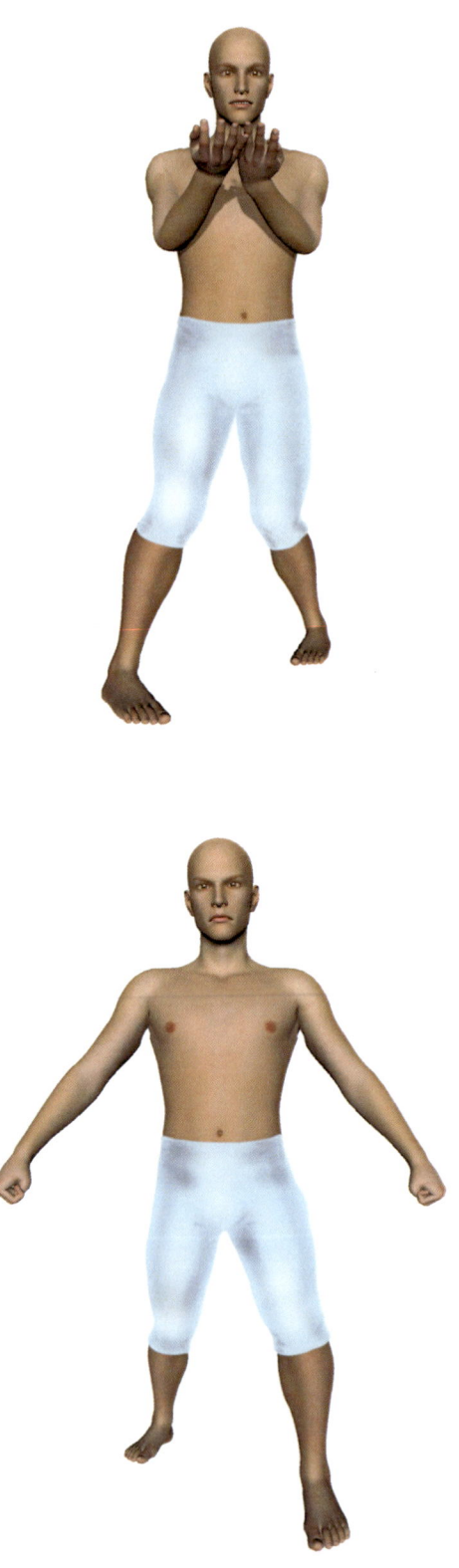

In dieser Sequenz werden die offenen Hände zunächst angehoben und dann rotiert. Diese Bewegung und abgewandelte Varianten sind in verschiedenen Katas zu finden, so z.B. in Suparinpei (Goju Ryu), Kumemura Hakatsuru oder in Unsu (Shotokan). Es handelt sich um Handbewegungen, die für Befreiungen aus beidseitigem Griff zum Handgelenk eingesetzt werden. Die Basis zu den Techniken der sogenannten drehenden Hände wurde bereits in der Kata Tensho (Band I, Goju Ryu...) erarbeitet. Es handelt sich um Handdrehungen, die als Grundelemente im Torite bzw. im Chin Na gelten.

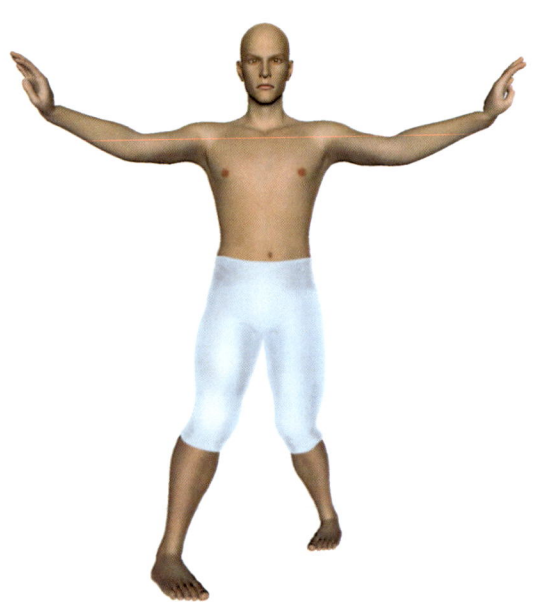

Aus Suparinpai

In der Kata Shisochin werden allerdings die Hände ruckartig nach unten und hinten bewegt (rechts im Bild). Daraus ergibt sich die auf der nächsten Seite beschriebene Kombination.

Bunkai

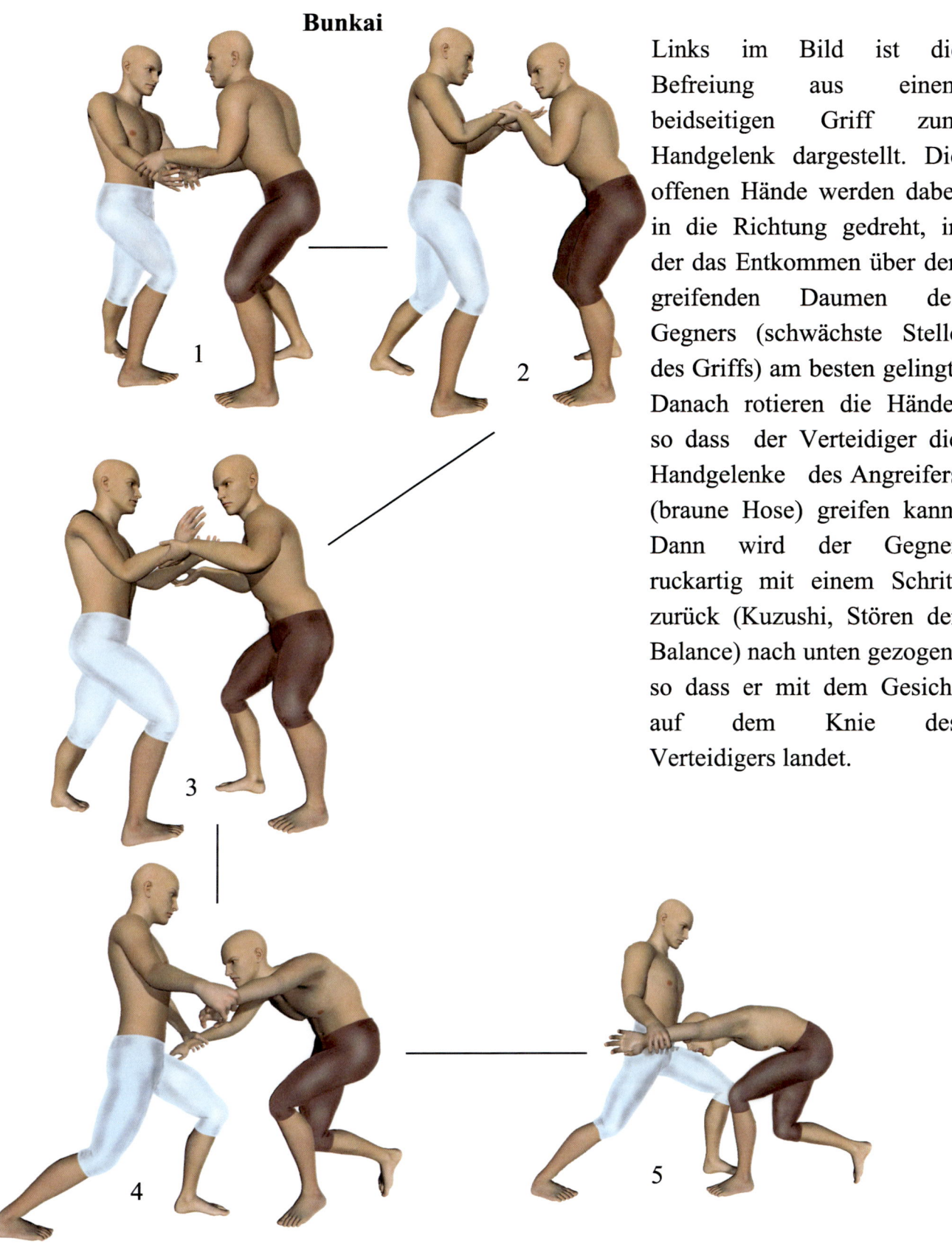

Links im Bild ist die Befreiung aus einem beidseitigen Griff zum Handgelenk dargestellt. Die offenen Hände werden dabei in die Richtung gedreht, in der das Entkommen über den greifenden Daumen des Gegners (schwächste Stelle des Griffs) am besten gelingt. Danach rotieren die Hände, so dass der Verteidiger die Handgelenke des Angreifers (braune Hose) greifen kann. Dann wird der Gegner ruckartig mit einem Schritt zurück (Kuzushi, Stören der Balance) nach unten gezogen, so dass er mit dem Gesicht auf dem Knie des Verteidigers landet.

Bei der nächsten Bewegung der Kata Shisochin weichen wir 45° seitlich nach vorne aus. Dabei wird ein Block auf der einen Seite in Schulterhöhe, auf der anderen Seite in Hüfthöhe ausgeführt. Danach wird mit der hinteren Hand eine unterfahrende Bewegung gemacht

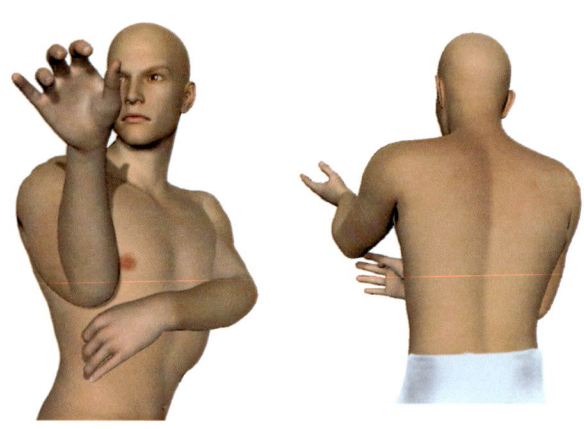

und ruckartig um 90° zur anderen Seite gedreht.

Bunkai

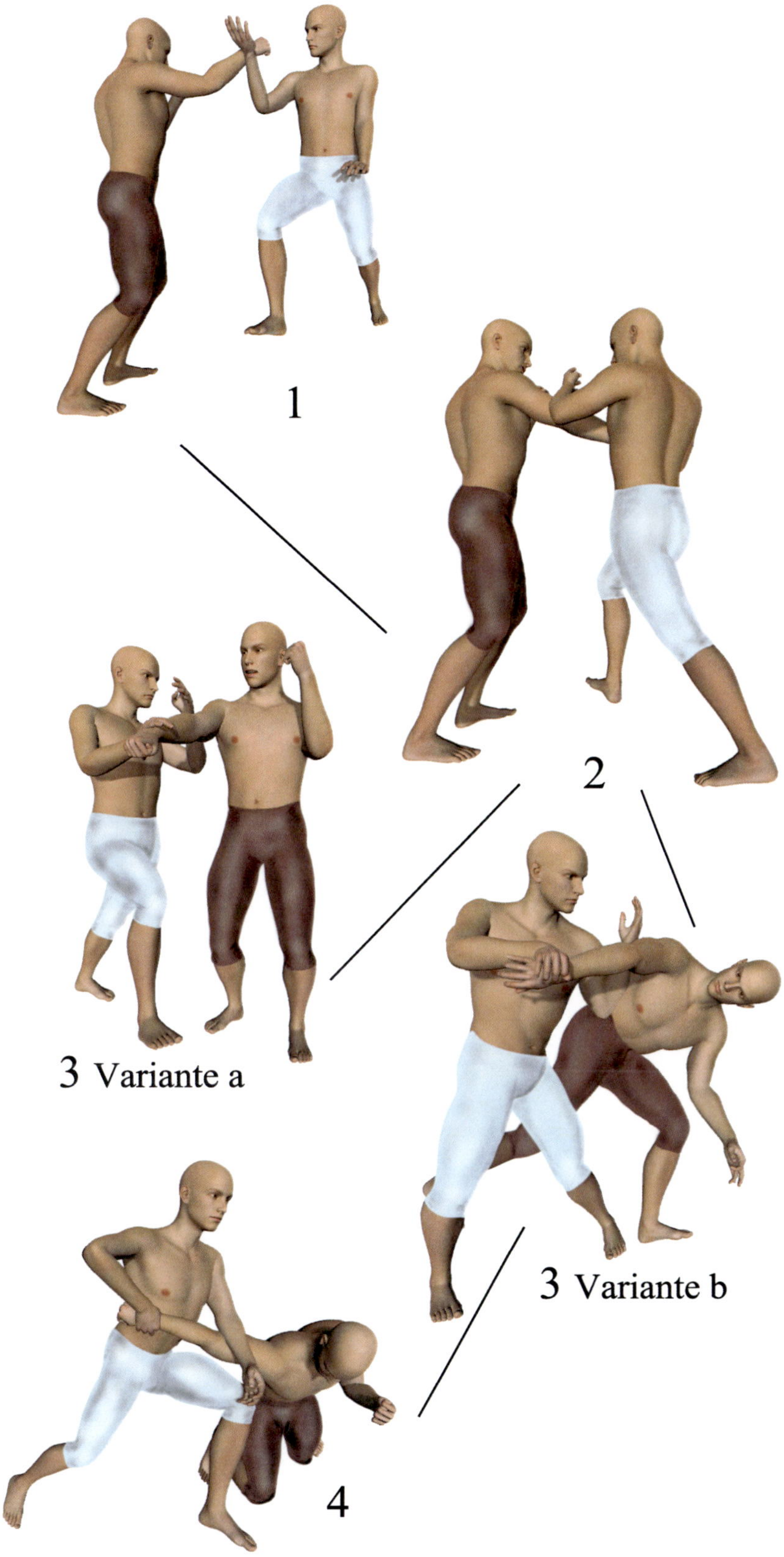

1

2

3 Variante a

3 Variante b

4

Bei einer Abwehr z.B. gegen einen geraden Fauststoß erfolgt durch Trapping eine Ausweichbewegung um 45% zur sogenannten toten Seite des Angreifers (sichere Seite für den Verteidiger, weil er weiteren Attacken des Angreifers aus dem Weg geht). Danach wird der Armstreckhebel (Ude Osae) auf Kyushopunkte angesetzt und mit einer Körperdrehung durchgeführt. Dabei kann entweder der Dehnungsrezeptor des Trizeps genutzt werden (3E10 / 11),

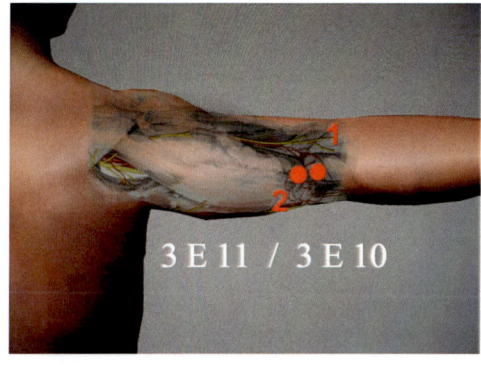

3 E 11 / 3 E 10

oder der Dreifacherwärmer 12 (3E 12).

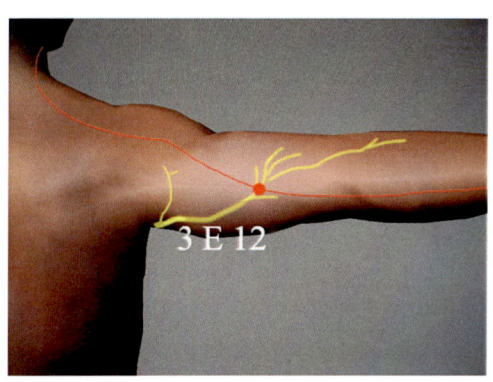

3 E 12

Bunkai

Details zum Armstreckhebel

Wird der Hebel von unten am gegnerischen Arm angesetzt, so übt man Druck auf den Kyushopunkt Herz 3 (He3) aus an der Innenseite des Unterarms nahe am Ellbogen. Dadurch wird der Arm geschwächt. Dies wird bewirkt durch eine Irritation des Ellen-Nervs.

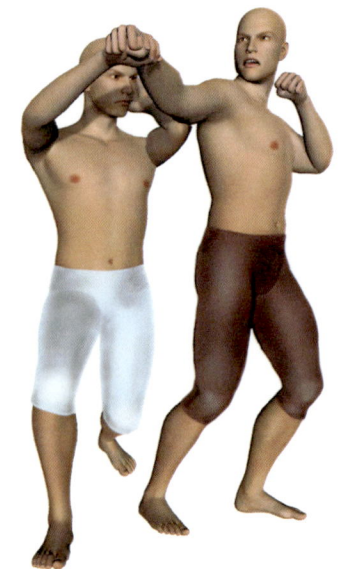

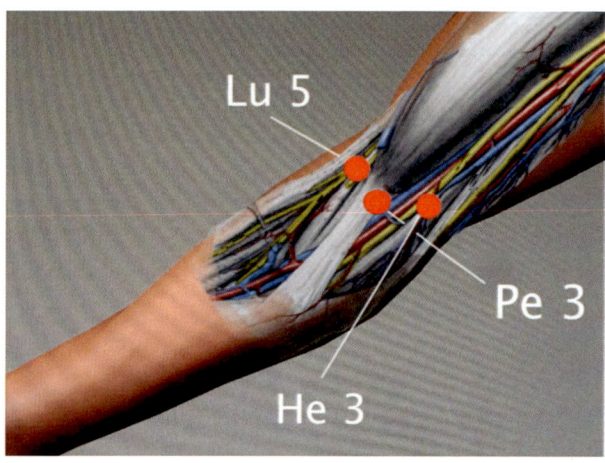

Der Streckhebel kann wie hier dargestellt erfolgen. Der Verteidiger steht hinter dem Gegner,

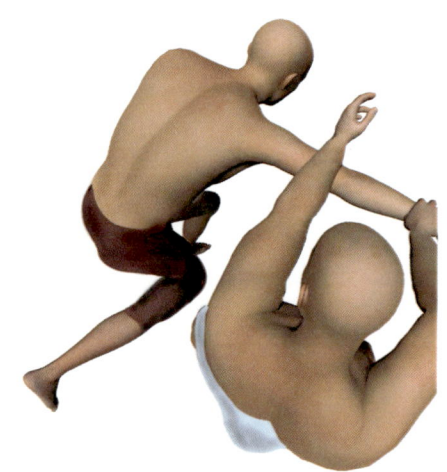

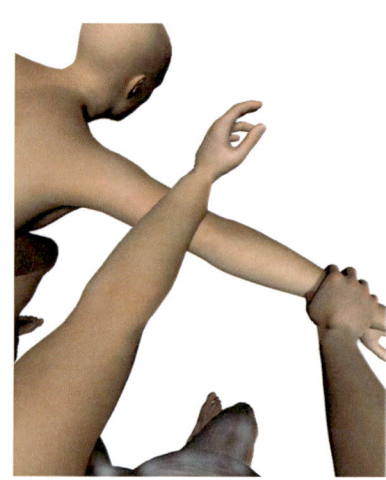

Bunkai

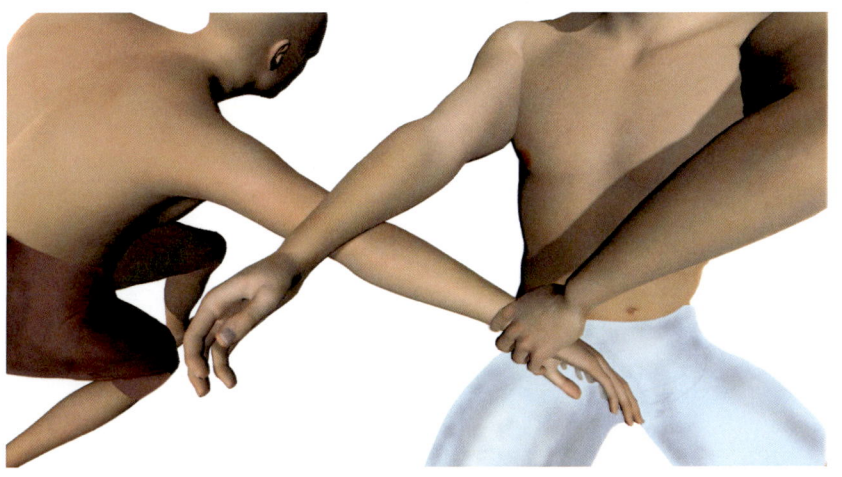

oder der Hebel kann wie hier dargestellt von vorn durchgeführt werden.

In beiden Fällen kommt es jedoch wieder zur Stimulation des Dehnungsrezeptors der Trizepssehne oberhalb des Ellenfortsatzes.

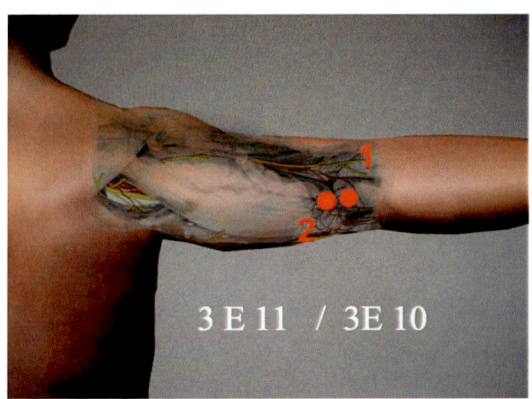

3 E 11 / 3E 10

Wir stimulieren die Kyusho-Punkte 3E10 und / oder 11, die sowohl auf Druck als auch auf Vibration reagieren.

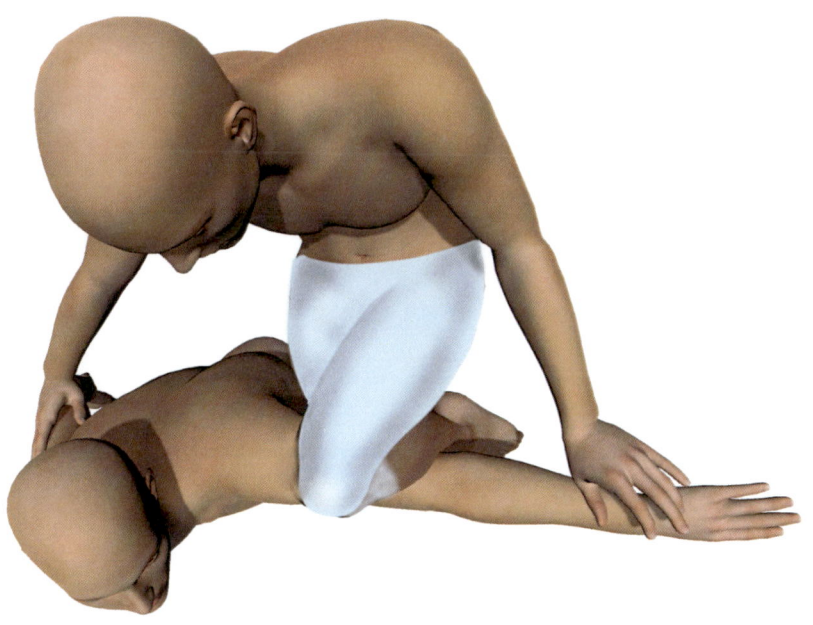

Festlegen mit Hilfe der Schienbeinkante ist ebenfalls auf dem Sehnenrezeptor (3E10 / 11) möglich. Dies ist jedoch nicht ratsam, wenn man es mit mehr als einem Gegner zu tun hat.

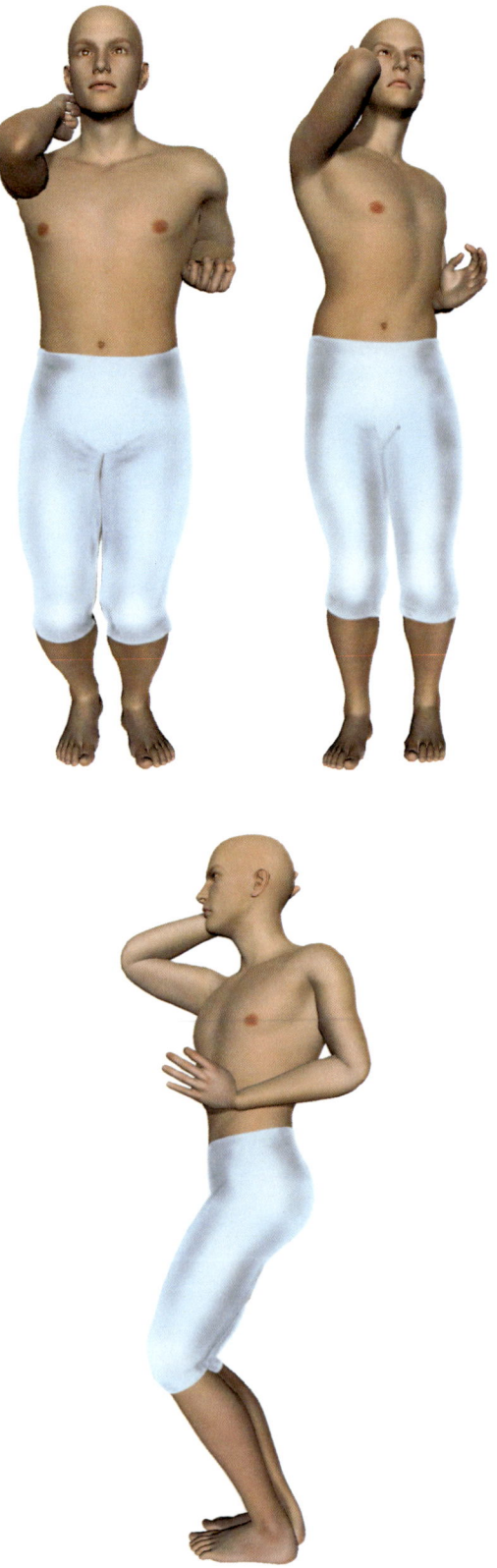

Age Empi Uchi mit geschlossener Faust und paralleler Stellung (Heisuku Dachi) erfolgt als Konter aus kurzer Distanz im Nahkampf.

Der Empi Uchi zielt in erster Linie auf Angriffspunkte in der Mittellinie von Kopf und Hals und im Rückzugverfahren auf den Brustkorb. An dieser Stelle ist die 19.Selbstverteidigungssituation aus dem Bubishi erwähnenswert, die es je nach Aufzeichnung in verschiedenen Varianten gibt.

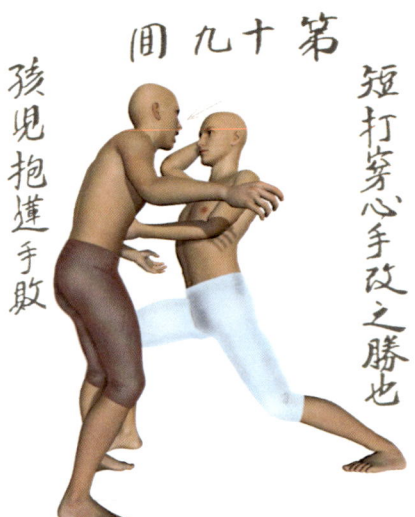

Das Kind hält eine Lotusblüte /
Kurzer Stoß durch das Herz

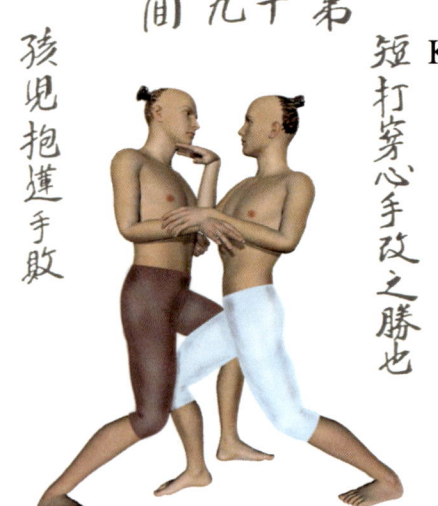

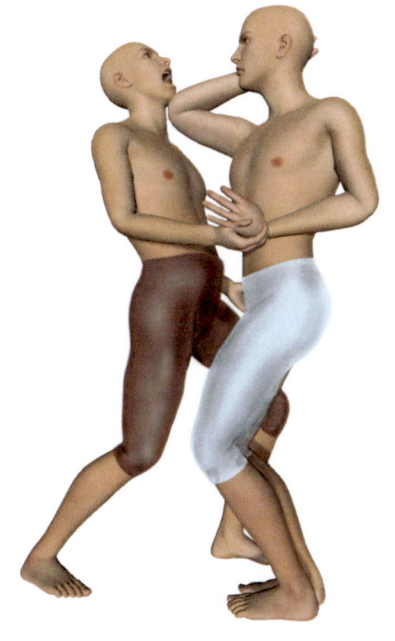

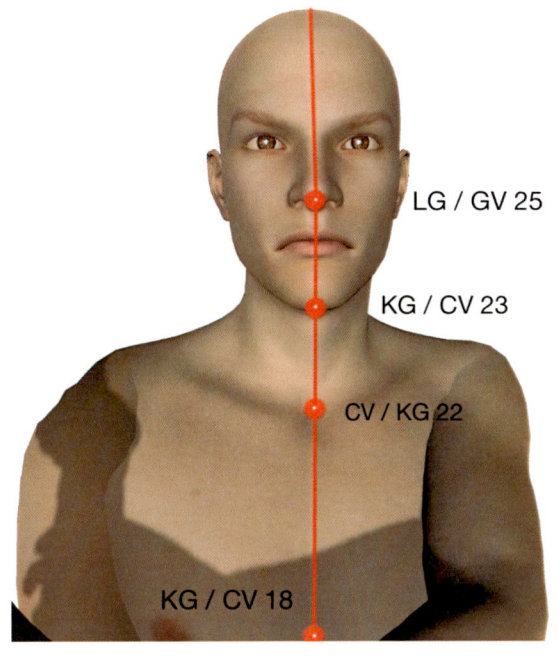

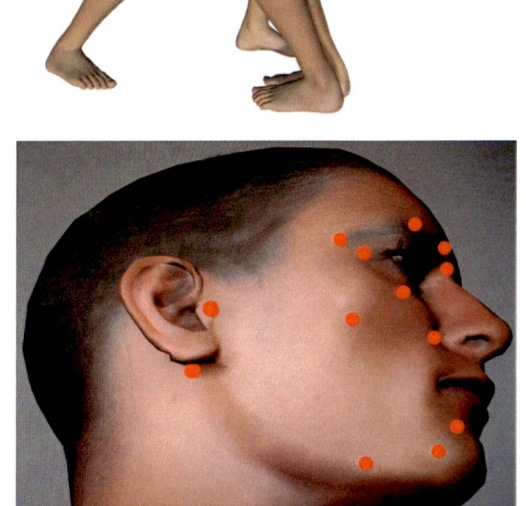

In der Regel werden die oben markierten Punkte in der Mittellinie attackiert (Achtung KG 23, 22 und 18 sind gefährlich, bitte nicht damit spielen!).

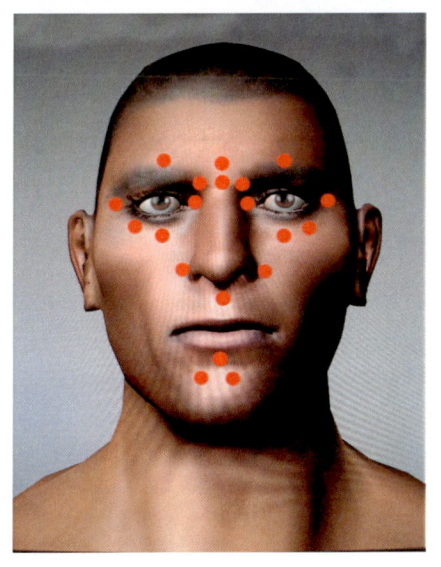

Der Vollständigkeit halber sind links die wichtigsten Punkte am Kopf dargestellt, die man je nach Drehung des Gegners ebenfalls treffen kann. Bei den meisten Punkten kann ein KO erzielt werden. Vorsicht: Man kann damit großen Schaden anrichten. Daher eignet sich dies nicht für Experimente beim Partner!

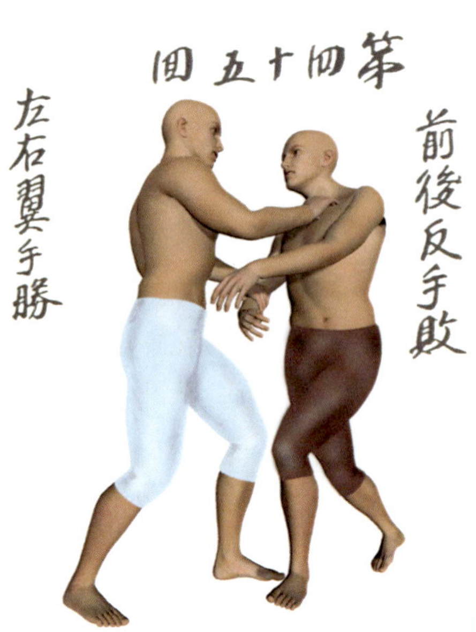

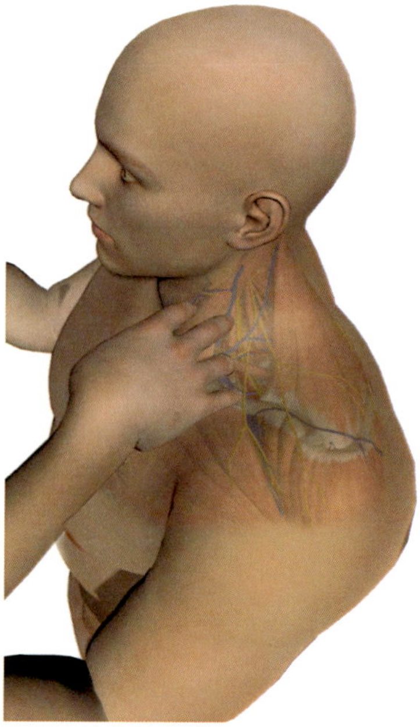

第十四圖 左右翼手勝 前後反手敗

Aus dem Bubishi:
Linker und rechter Flügel / vor und zurück drehen

Diese Kombination beinhaltet zwei verschiedene Aktionen. Eine ist vorwärts gerichtet, die andere Hand agiert rückwärts.

Zunächst beschäftigen wir uns mit der Aktion vorne (siehe auch die 45. Kombination aus dem Bubishi oben im Bild). Benutzt wird hier die Krallenhand. Sie ist einsetzbar um Finger zu greifen und Fingerhebel anzuwenden (als Antwort auf Angriffe mit der offenen Hand wie z.B. beim Baguazhang üblich (八卦掌, chinesische Kampfkunst des Wushu, Kampfkunst der 8 Trigramme). Außerdem kann die Krallenhand zum Gesicht, zur Schlüsselbeingrube oder zum Angriff auf Muskelbäuche wie dem Nickermuskel oder dem Brustmuskel der vorderen Achselfalte eingesetzt werden (Chin Na Techniken siehe Band III).

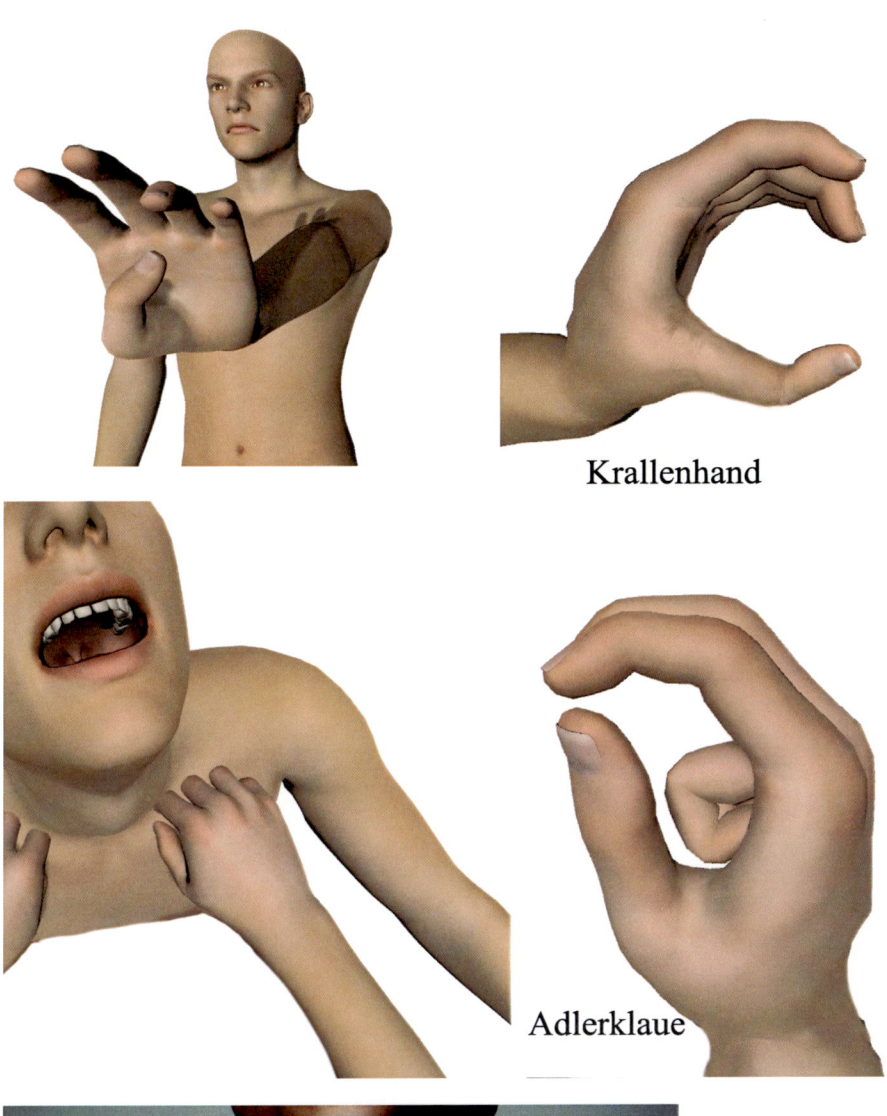

Krallenhand

Adlerklaue

Ma 12   Ma 11

Die Attacke vorne kann entweder mit der typischen Krallenhand (eine der sechs Handformen des Rokkishu aus dem Bubishi) oder mit der Adler Klaue (Eagle Claw des Chin Na) erfolgen. Der Hauptteil der Kraft wird durch den Mittelfinger und den Daumen übertragen. Die Finger greifen wie die Spitzen einer Pinzette. Für Dragon Claw oder Eagle Claw Techniken ist eine vorherige Konditionierung der Finger notwendig, die im Goju Ryu beim Sanchin Gami Training und bei dem Arbeiten mit den Übungsgeräten Tesuwa und Ishi-Bukuro erreicht werden kann. Aus meiner Erfahrung ist auch Unkraut rupfen mit den bloßen Fingern eine hervorragende Übung. Links sind die Kyushopunkte (Ma 11 u. 12) innerhalb der Schlüsselbeingrube dargestellt.

Eine andere Variante ist, wie vorher erwähnt der Einsatz von Fingerhebeln, bei denen es zahlreiche unterschiedliche Eingänge und in der Ausführung etliche Varianten gibt (siehe Buch über Okinawa Torite vom selben Autor).

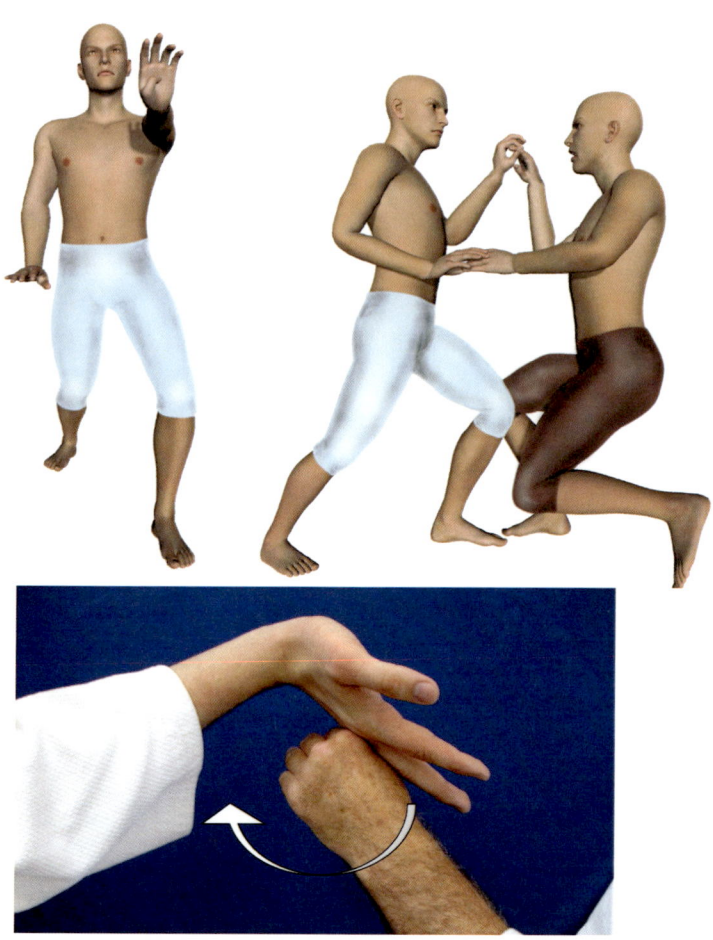

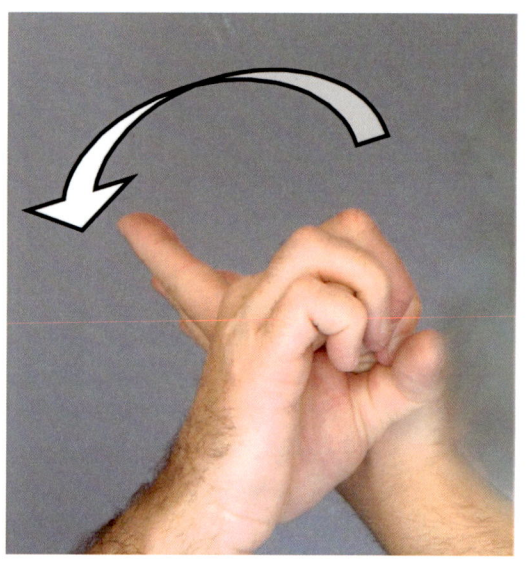

Im Folgenden werden zahlreiche Kyusho-Angriffspunkte am Kopf dargestellt, die in der Kata Shisochin im Rahmen der dargestellten Kombination angewandt werden können (siehe auch im Buch "Kata Bunkai Kyusho Jutsu).

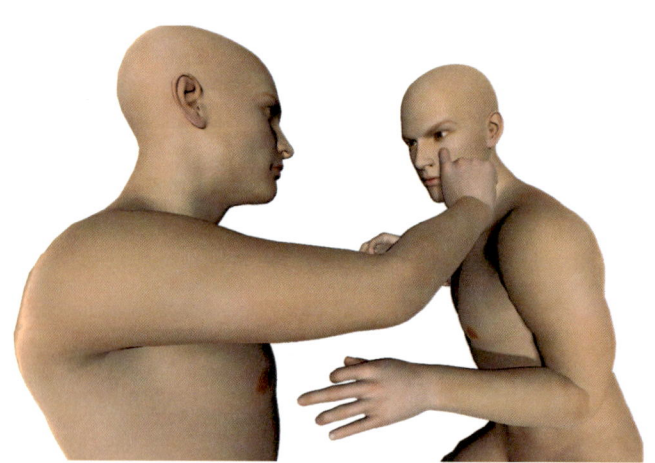

Bunkai

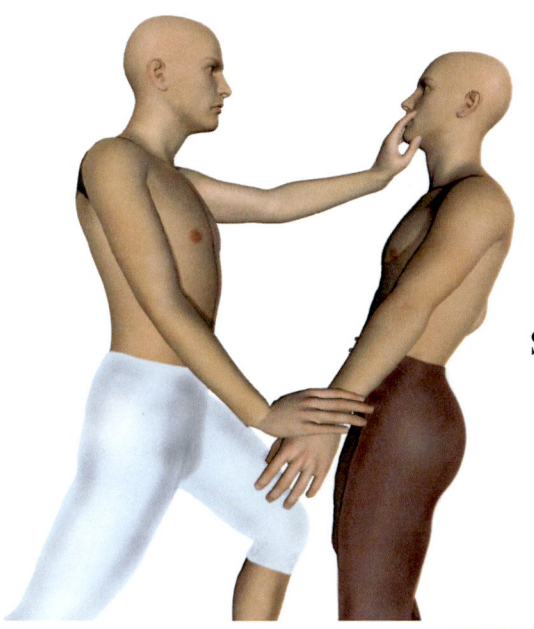

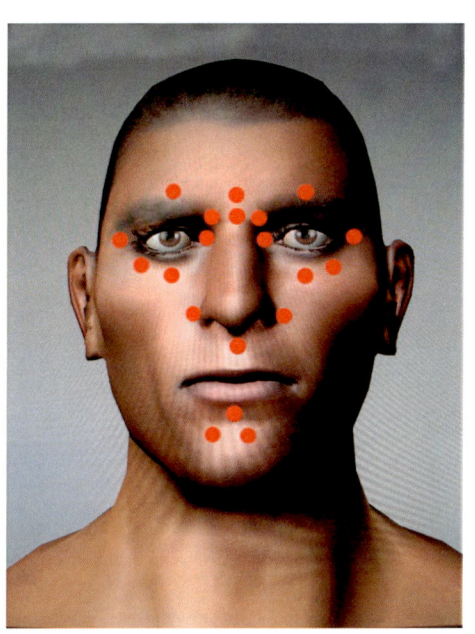

Sensible Punkte im Gesicht

In der Kombination oben und in der Abbildung rechts zweiter Trigeminus-Ast

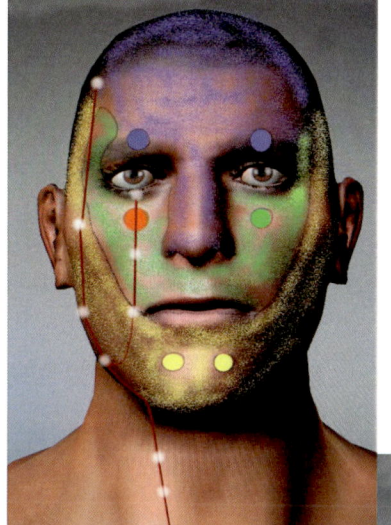

Angriffe zum Auge

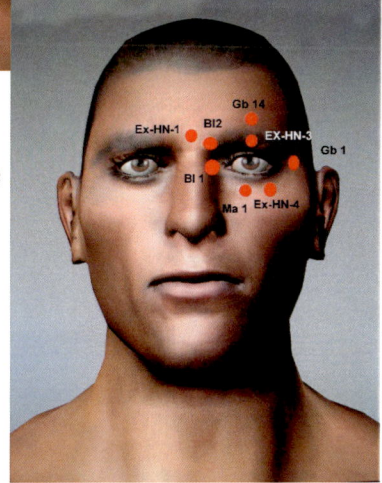

Bunkai

Bubishi:
Ergreife die Hoden hinter dir /
der Tiger krümmt sich hinten

Bei der Kombination Nr. 27 (Bubishi) handelt es sich um eine Umklammerung von hinten, für die es in verschiedenen Katas unterschiedliche Befreiungsaktionen gibt. In diesem Fall wird eine sehr einfache und effektive Gegenwehr vorgeschlagen, nämlich der Griff zu den Hoden. Dadurch wird nicht nur die Umklammerung gelöst, sondern auch die Möglichkeit für einen Wurf eröffnet. In der Regel wird der Gegner (braune Hose) sich ein wenig nach hinten krümmen und sich anheben. Diese Reaktion ist vorhersehbar und erleichtert damit den Eingang in einen Wurf wie rechts auf der Seite dargestellt.

Wie bei anderen Katas können weitere Aktionen des Verteidigers (blaue Hose) den Eingang zum Wurf erleichtern. Dazu gehören der Stoß mit dem Hinterteil und mit dem Hinterkopf ins Gesicht des Angreifers. Ein Beispiel hierzu findet sich in der Kata Seienchin.

Bunkai

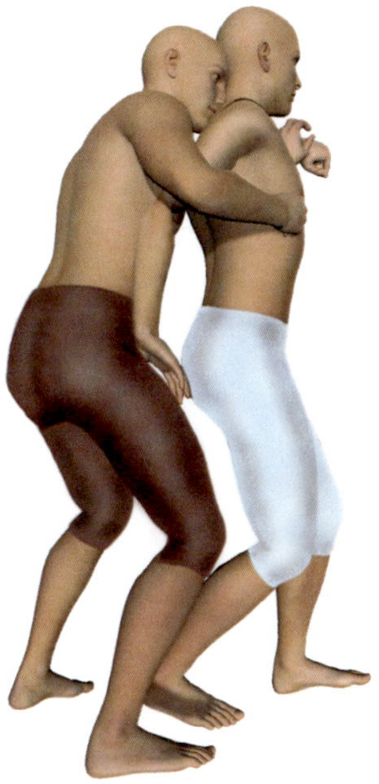

Eine andere Variante ergibt den Eingang in einen Wurf wie wir es hier dargestellt haben. Nach einem Griff zu den Hoden und nach Lösen der Umklammerung von hinten kann der Gegner durch Ziehen am linken Arm und Schieben des Körpers mit der rechten Hand über die Hüfte geworfen werden (modifizierter Tsuri Goshi). Auch andere Wurfvarianten sind möglich (Seoi Nage, Tai Otoshi u.a.).

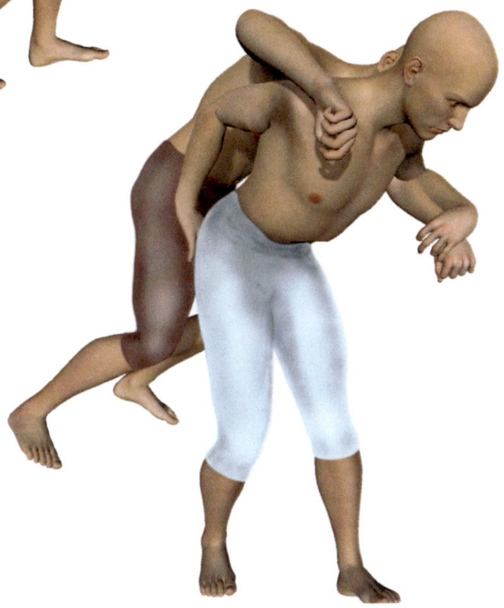

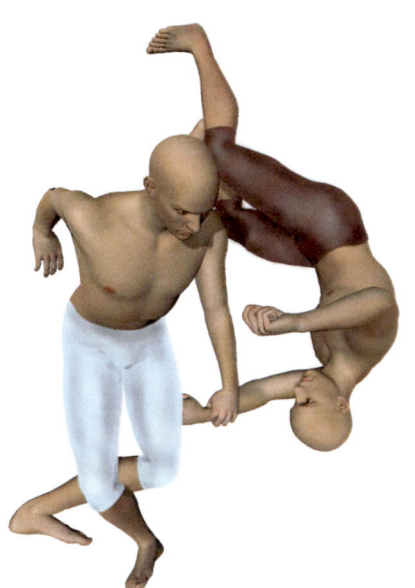

Am Boden können danach Finger-, Handgelenks- oder auch Armhebel eingesetzt werden.

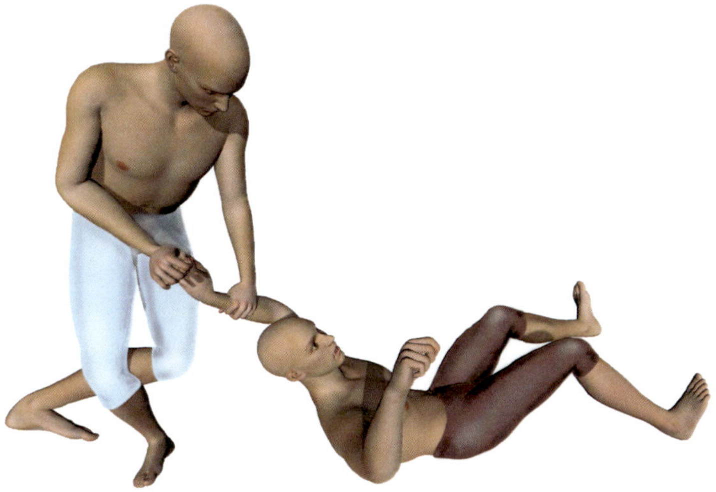

Die folgenden Kombinationen sind typisch für Nahkampf-Situationen wie sie auf der rechten Seite dargestellt werden. Mit geradem Fußtritt, Mae Geri (Kin Geri) kann man auch größere Distanzen überwinden.

Die Konteraktionen mit Age Empi werden an anderer Stelle mehrfach ausführlich beschrieben. Sie gehören zu den wichtigsten Techniken beim Infight. Auch das Knie kann wie auf der rechten Seite im Rahmen der dargestellten Kombination eingesetzt werden.

Bunkai

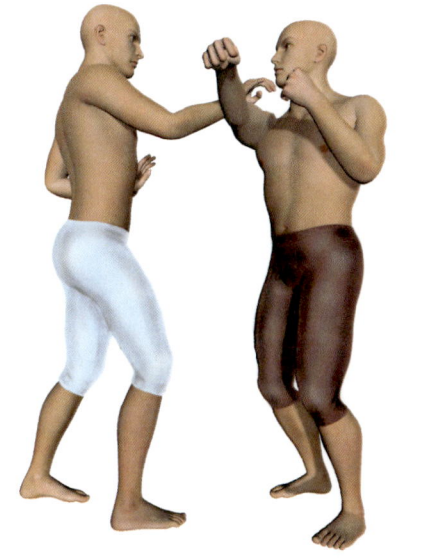

Hier erfolgt eine Abwehrbewegung mit weichem Block zur toten Seite des Angreifers. Die schneidende Hand trifft z.B. den Kyusho-Punkt Dickdarm (DI) 7.

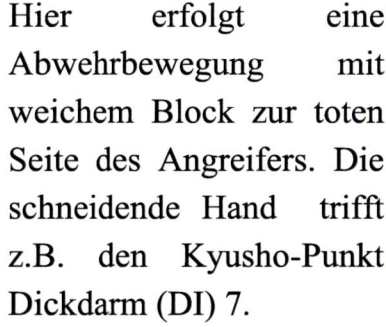

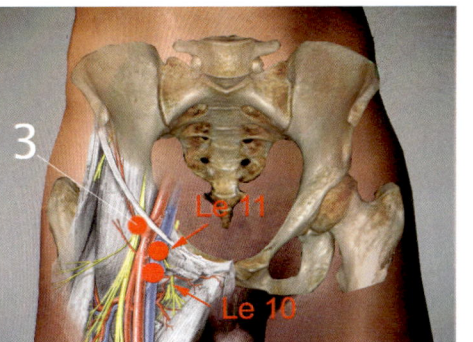

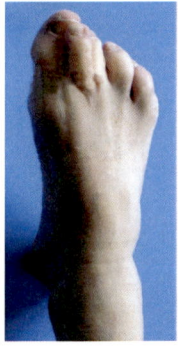

Links dargestellt ist ein Kin Geri in die Genitalregion. Es sind jedoch auch Treffer mit dem Zehenstachel (Tsumasaki) zur Leiste möglich (Leber 10, 11, Mi 12), die sehr schmerzhaft sind und den Gegner ebenfalls unmittelbar außer Gefecht setzen können.

Age Empi aus der Kata wird ausführlich an anderer Stelle beschrieben (siehe dort).

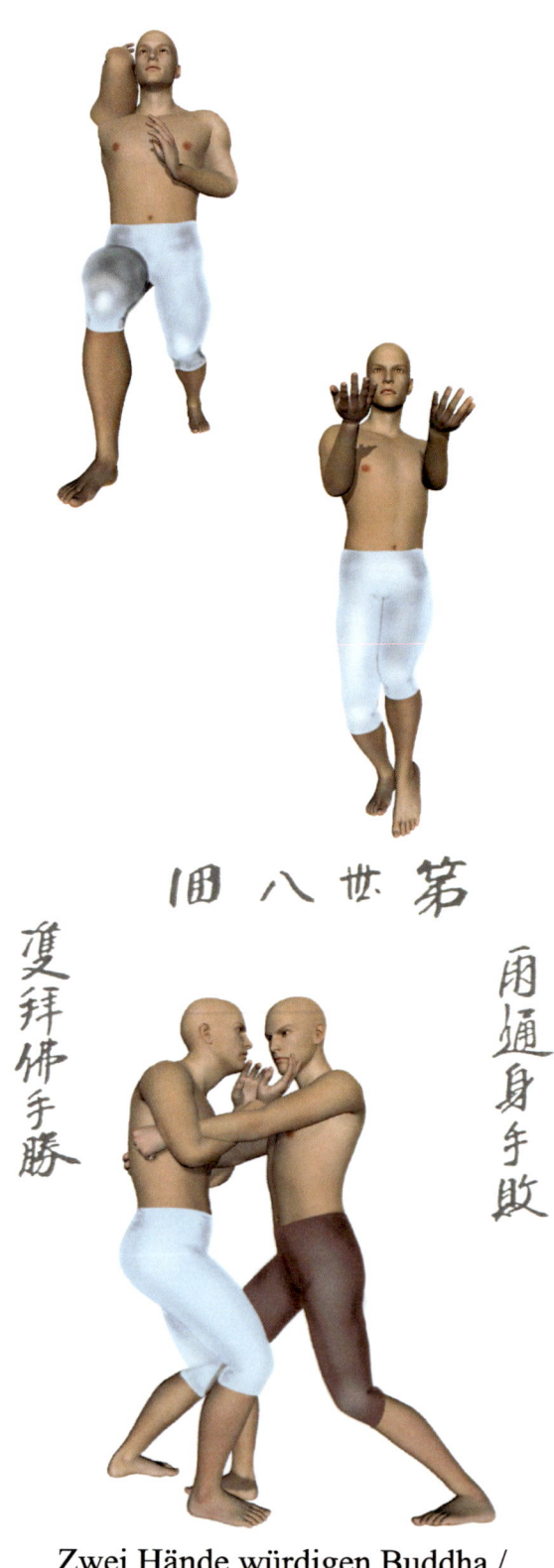

Die Wiederholungen zahlreicher Empi Techniken in der Kata Shisochin weisen immer wieder auf deren Bedeutung für den Nahkampf hin. Mal wird der Empi mit der offenen Hand, ein anderes Mal mit der geschlossenen Faust ausgeführt. Einmal stehen wir in Zenkutsu Dachi, ein anderes Mal mal in Heisuku Dachi. Die zahlreichen Varianten stehen für unterschiedliche Selbstverteidigungssituationen.

In der folgenden Sequenz wird in Nekoashi Dachi (Ausweichreaktion auf einen Angriff durch zurückziehen des vorderen Fußes) eine Abwehrbewegung mit zwei offenen Händen durchgeführt (Prinzip: weich gegen hart). Damit ergibt sich wieder eine Variante der Anfangssequenz in abgeänderter Grundstellung (statt Sanchin Dachi Nekoashi). Wir erinnern uns auch an die 38. Form aus dem Bubishi.

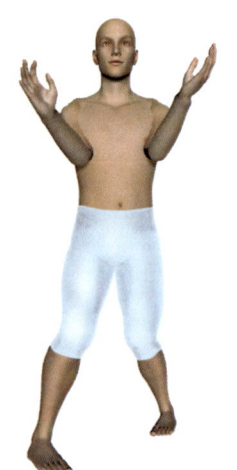

Zwei Hände würdigen Buddha / Nasser Regen zieht durch den Körper

Bunkai

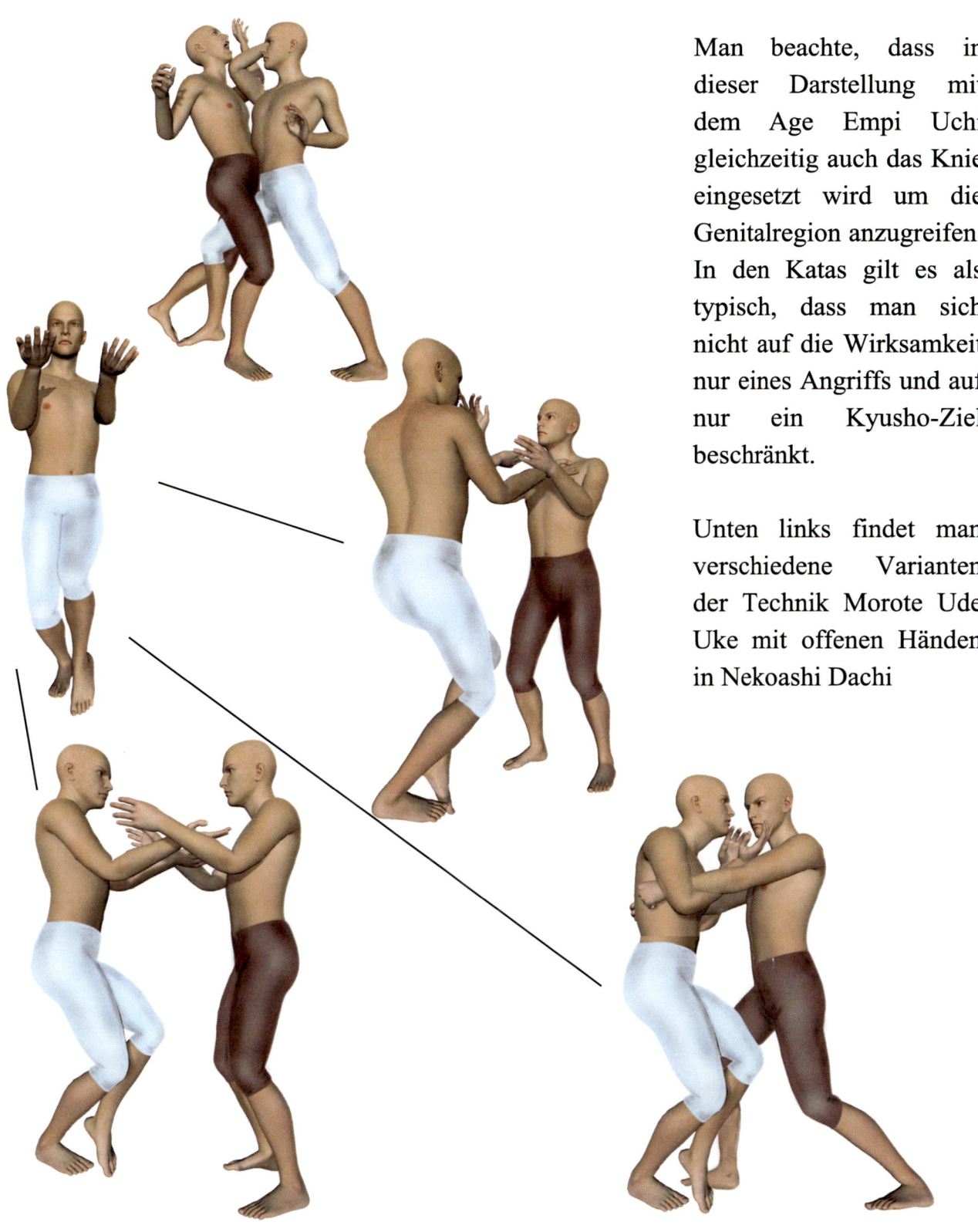

Man beachte, dass in dieser Darstellung mit dem Age Empi Uchi gleichzeitig auch das Knie eingesetzt wird um die Genitalregion anzugreifen. In den Katas gilt es als typisch, dass man sich nicht auf die Wirksamkeit nur eines Angriffs und auf nur ein Kyusho-Ziel beschränkt.

Unten links findet man verschiedene Varianten der Technik Morote Ude Uke mit offenen Händen in Nekoashi Dachi

Der beidseitige Ellbogenstoß (Morote Age Empi Uchi) wird meist als frontaler Angriff wie rechts auf der Seite dargestellt interpretiert. Morio Higoanna zeigt in seinem Buch eine andere interessante Variante, die auf dieser Seite unten gezeigt wird. Hierbei wird der Verteidiger vom Angreifer von hinten umklammert. Uke macht einen ruckartigen Schritt nach vorne in Zenkutsu Dachi und bringt dadurch den Angreifer aus der Balance (Kuzushi). Gleichzeitig erfolgt ein Angriff mit beiden Fäusten oder offene Händen (Fingern) nach hinten in Richtung Gesicht des Kontrahenten. Hierbei handelt es sich um eine ähnliche Taktik, die auch am Ende der Kata Pinan (Heian) Sandan verfolgt wird. Bei dieser Technik können zahlreiche sensible Kyusho-Punkte am Kopf getroffen werden. Die rein mechanische Wirkung ist jedoch auch ohne sensitive Punkte schon effektiv genug. Auf der folgenden Seite werden die Frontalangriffe des Uke z.B. bei Greifen der Handgelenke von vorne oder greifen eines Revers durch den Angreifer dargestellt. Stöße mit dem Ellbogen zum Unterkiefer beidseits oder zur Schlüsselbeingrube führen nahezu sicher zum KO.

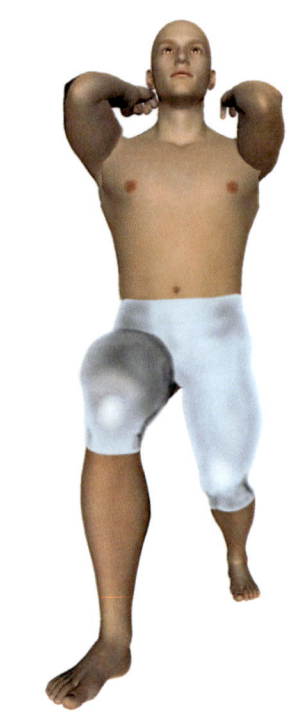

Bunkai

Bunkai

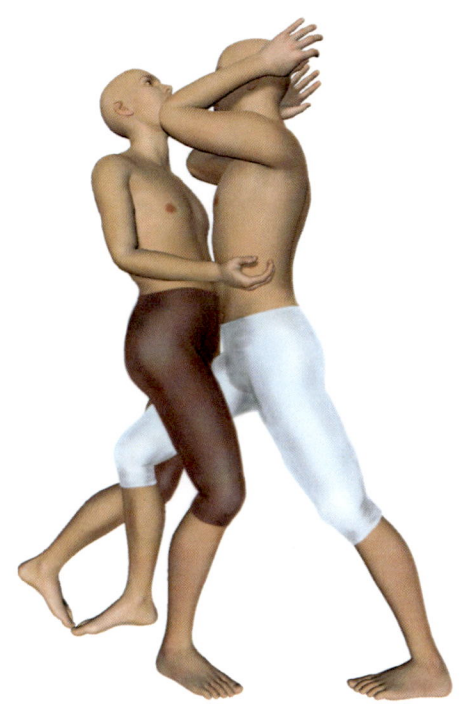

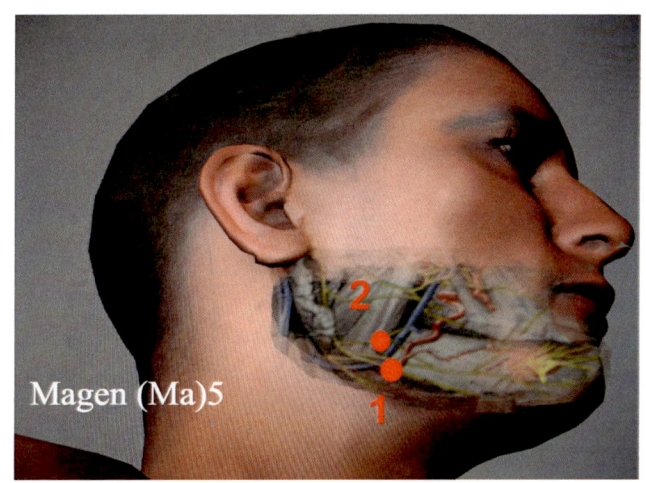

Magen (Ma)5

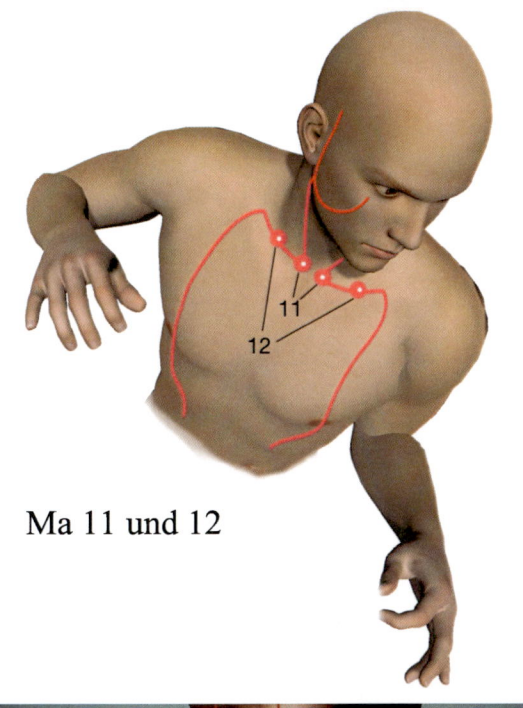

Ma 11 und 12

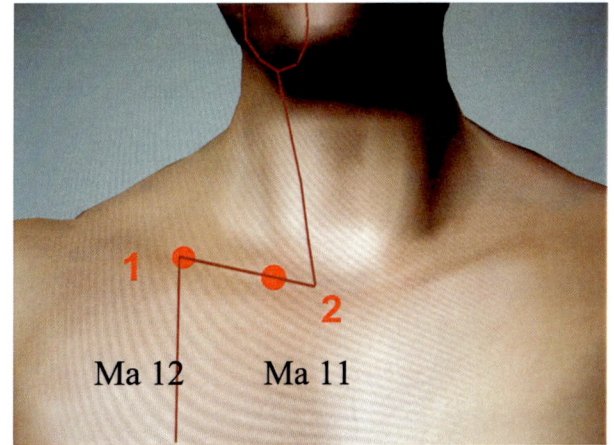

Ma 12   Ma 11

In der folgenden Sequenz der Kata wiederholt sich der Armstreckhebel (Ude Osae), den wir schon zu Beginn der Kata kennengelernt haben. Danach erfolgt ein Age Empi Uchi mit offener Hand.

Die Abschlussbewegung besteht in einem Block auf oberer (Jodan) und auf unterer Stufe (Gedan). Die Stellung ist Nekoashi Dachi, also keine statisch starke Stellung. Daraus ergibt sich nur eine begrenzte Anzahl von Anwendungen. Die sogenannte Katzenstellung (Nekoashi Dachi) kann hierbei als ein minimales Zurückgleiten aus dem Focus eines Angriffs verstanden werden. Es eine taktische Variante, die mit Sen no Sen bezeichnet wird, also Angriff nach rückwärts gleiten mit Tsuri Ashi.

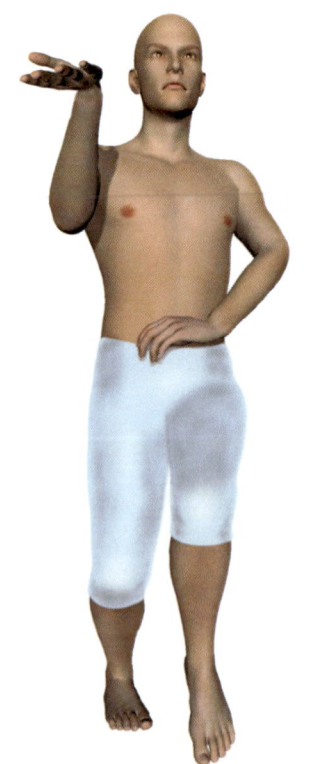

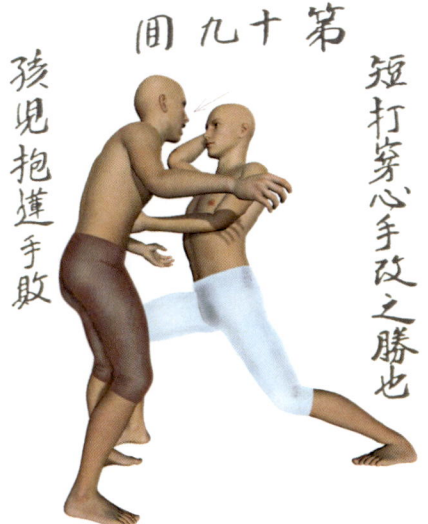

第十九間

孩兒抱蓮手敗

短打穿心手改之勝也

Der Angriff mit Age Empi zielt auf Kyusho-Punkte der frontalen Mittellinie, die am Kopf bis unter die Oberlippe zum Lenker-Gefäß (-Meridian, DU Mai) und darunter zum Konzeptionsgefäß (-Meridian, Ren Mai) gehört. Am Kopf versucht man Nasenspitze oder Kinnspitze zu treffen, am Hals das Zungenbein (sehr gefährlich, nicht damit experimentieren!). Wenn der Empi zusätzlich nach unten gezogen wird, so wie in der Kombination 19 aus den Aufzeichnungen des Bubishi, so können Luftröhre (KG 22) oder ein Herzpunkt in Höhe der Brustwarzen (KG 18) getroffen werden. Auch diese sensitiven Punkte sind sehr gefährlich (bitte nicht beim Partner benutzen!).

Das Kind hält eine Lotusblüte / kurzer Treffer durch das Herz

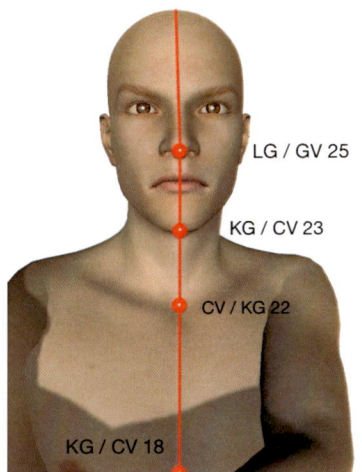

LG / GV 25

KG / CV 23

CV / KG 22

KG / CV 18

Die Abbildungen links zeigen die Doppelabwehr, die gegen gleichzeitige Angriffe mit Fuß und Arm oder mit beiden Armen möglich ist. Gleichzeitige Doppelangriffe sind Techniken, die im Kempo oft üblich waren und die den Verteidiger in seiner Reaktion besonders fordern.

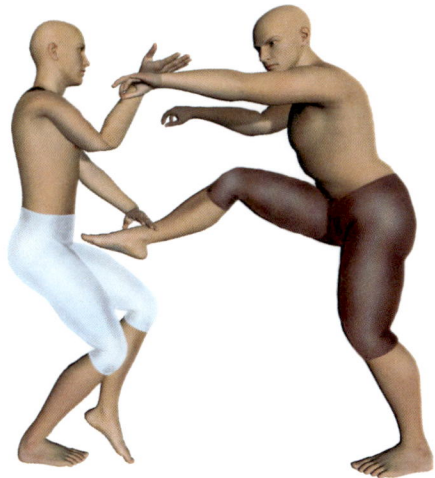

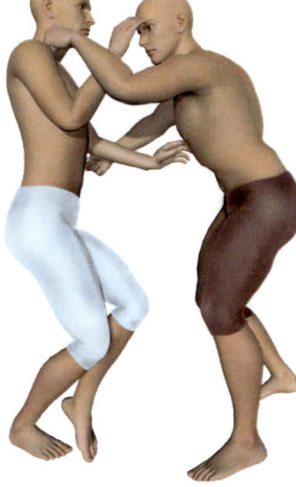

Seisan

Geschichtliches

Seisan (十三) bedeutet 13. Die Bedeutung der Zahl 13 wird zum Teil unterschiedlich interpretiert als 13 Hände, 13 Techniken oder besser 13 Varianten. Die Anfangssequenzen erinnern an die Kata Hangetsu (Seishan), die im Shotokan Karate Eingang fand. Ein anderer Name der Kata soll Jusan sein. Unterschiedliche Katas mit dem gleichen Namen Seisan findet man um Uechi Ryu, im Isshin Ryu, im Seibukan Shorin Ryu oder als Aragaki no Seisan, die der Kata Hangetsu gleicht. Der chinesische Namen der Kata Seisan lautet Shi San Shi (d.h. 13 Energien wie im Buch der Wandlungen "I Ging" erklärt). Higaonna Kanryo (1853-1916) erlernte die im Goju Ryu übliche umfangreiche Version angeblich von dem Okinawa Meister Aragaki Tsuji Peichin Seisho (Niigaki) oder mit anderem Namen Nakamoto Kamadeunchu (1840-1920) in Kumemura, der den Stil Shiba Luohan Quan (Stil der 18 Buddha Schüler) praktizierte. Er lernte weiterhin unter Waichinzan auf Okinawa, später in China. Als Hauptquelle kann jedoch möglicherweise der chinesische Meister Ryu Ryu Ku (1852-1930) genannt werden, bei dem Higaonna zahlreiche Formen kennenlernte. Ryu Ryu Ko praktizierte den Stil des "Weißen Kranichs." Die Zahl 13 kann auch symbolisch mit den Lebensregeln im Buddhismus zu tun haben (die 8 edlen Pfade der Erkenntnis und die fünf sittlichen Gebote). Auch diese Kata stammt aus dem südlichen China.

Besonderheiten der Kata

Seisan ist eine sehr kraftvolle Kata mit zahlreichen Hand und Fausttechniken. Die tiefen Tritte sollen den Gegner von den Beinen holen, also seine Standfestigkeit und Kampffähigkeit zerstören. Es finden sich viele Angriffe zu vitalen Punkten. Auch Seisan ist eine typische Kata mit effektiven Techniken für den Nahkampf. Sie scheint eine besondere Bedeutung zu haben, denn die Kata findet sich unter gleichem Namen aber mit unterschiedlichen Techniken in verschiedenen Stilrichtungen (s.o.).

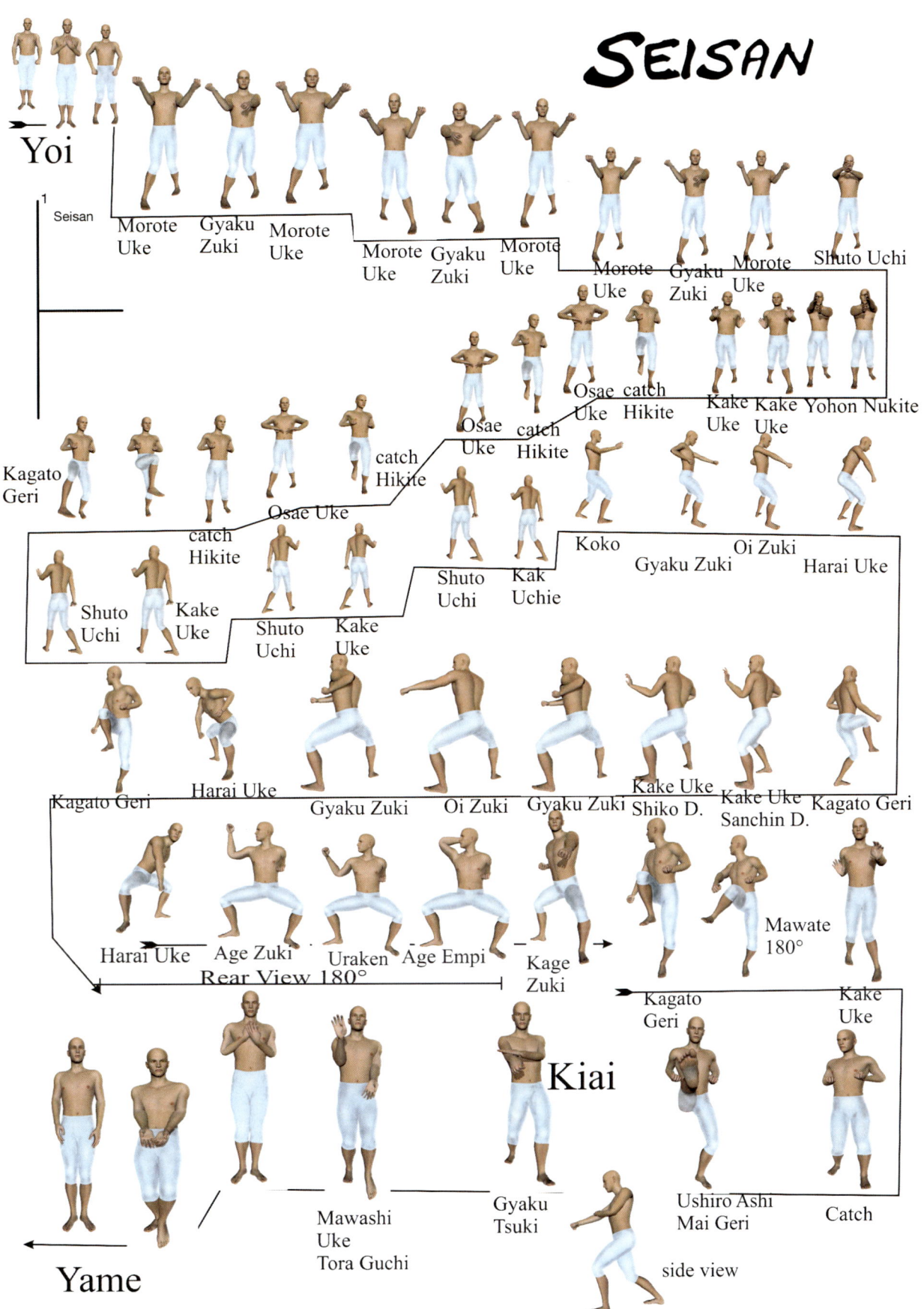

Seisan

Yoi

1 Seisan

Morote Uke

Gyaku Zuki

Morote Uke

Morote Uke

Gyaku Zuki

Morote Uke

Morote Uke

Gyaku Zuki

Morote Uke

Shuto Uchi

Osae Uke

catch Hikite

Kake Uke

Kake Uke

Yohon Nukite

Kagato Geri

catch Hikite

Osae Uke

Osae Uke

catch Hikite

Koko

Gyaku Zuki

Oi Zuki

Harai Uke

catch Hikite

Shuto Uchi

Kake Uke

Shuto Uchi

Kake Uke

Shuto Uchi

Kak Uchie

Kagato Geri

Harai Uke

Gyaku Zuki

Oi Zuki

Gyaku Zuki

Kake Uke
Shiko D.

Kake Uke
Sanchin D.

Kagato Geri

Mawate 180°

Harai Uke

Age Zuki

Uraken

Age Empi

Kage Zuki

Rear View 180°

Kiai

Kagato Geri

Kake Uke

Mawashi Uke
Tora Guchi

Gyaku Tsuki

Ushiro Ashi
Mai Geri

Catch

side view

Yame

109

Der Beginn der Kata entspricht den ersten Bewegungen der Goju Ryu Form Sanchin. Die Kombinationen werden in der Rechts- und in der Linksversion geübt. Die üblichen Anwendungen haben wir bereits bei der Kata Sanchin kennen gelernt.

Bunkai

Durch die Anspannung des Körpers (Eisenhemd-Training) soll die Schmerzempfindung gegen Angriffe deutlich reduziert werden (siehe im Abschnitt zur Kata Sanchin).

Kata

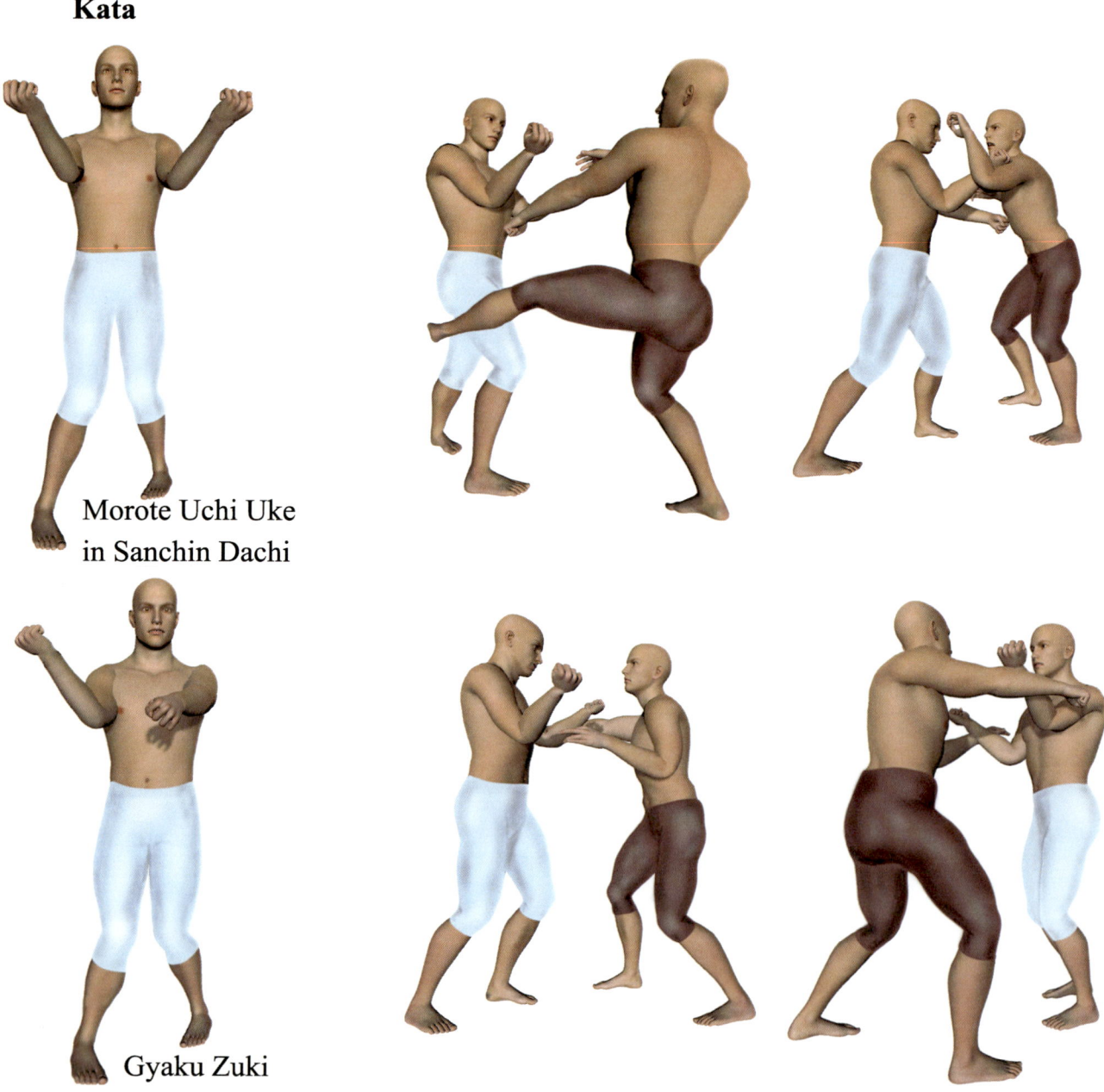

Morote Uchi Uke
in Sanchin Dachi

Gyaku Zuki

In der folgenden Sequenz werden Nukite
(Speerhand)- Techniken ausgeführt. Die
Bunkai zeigt die verschiedenen
Angriffsziele.

Bunkai

Kata

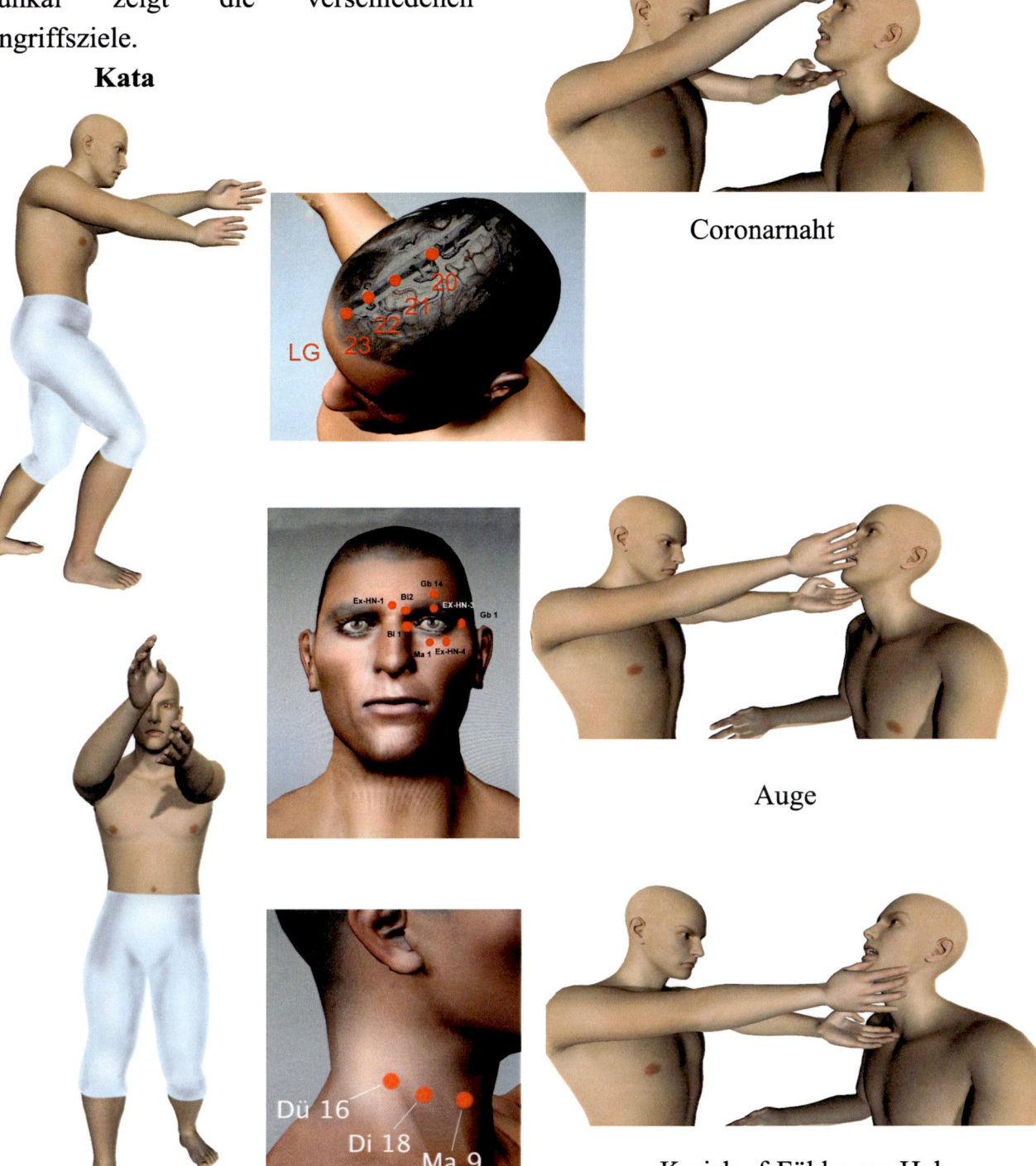

Coronarnaht

Auge

Kreislauf-Fühler am Hals

Danach wird dreimal hintereinander Sukui Uke und Osae Uke ausgeführt. Als Bunkai kann zum Einen eine Befreiung aus einem beidseitigen Griff zum Handgelenk angewandt werden (1-3), zum anderen ein Fingerhebel (4).

Kata

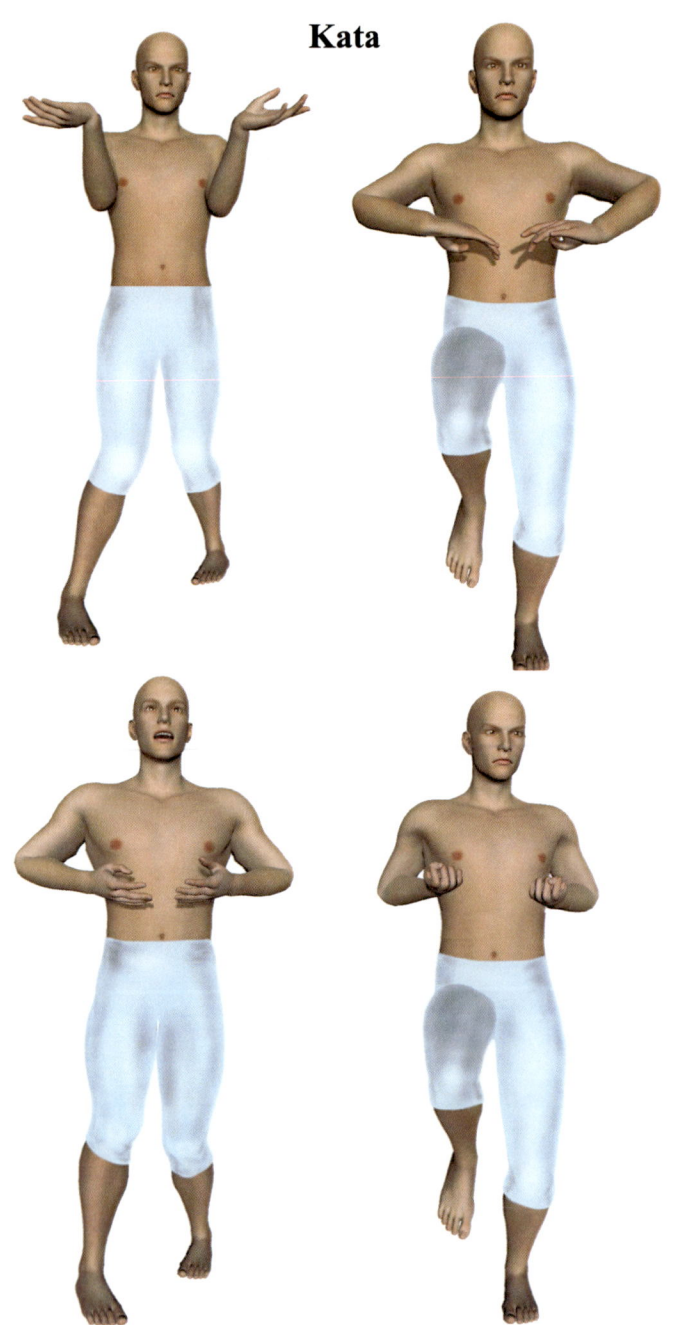

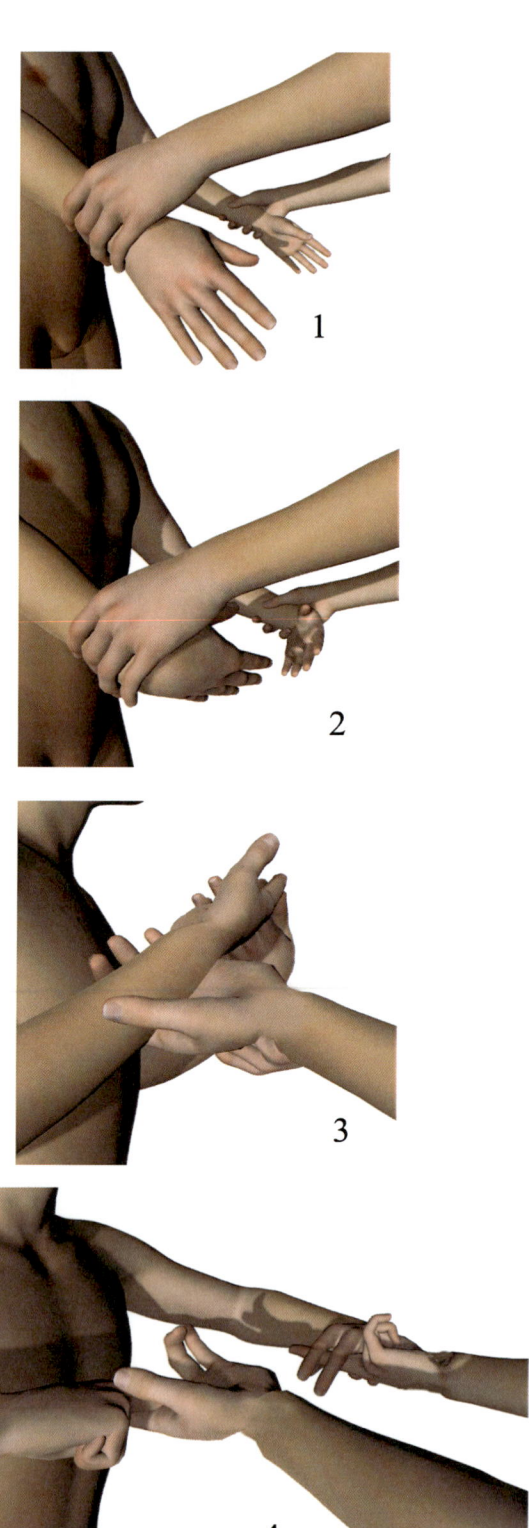

Kata

Bunkai
Fingerhebel

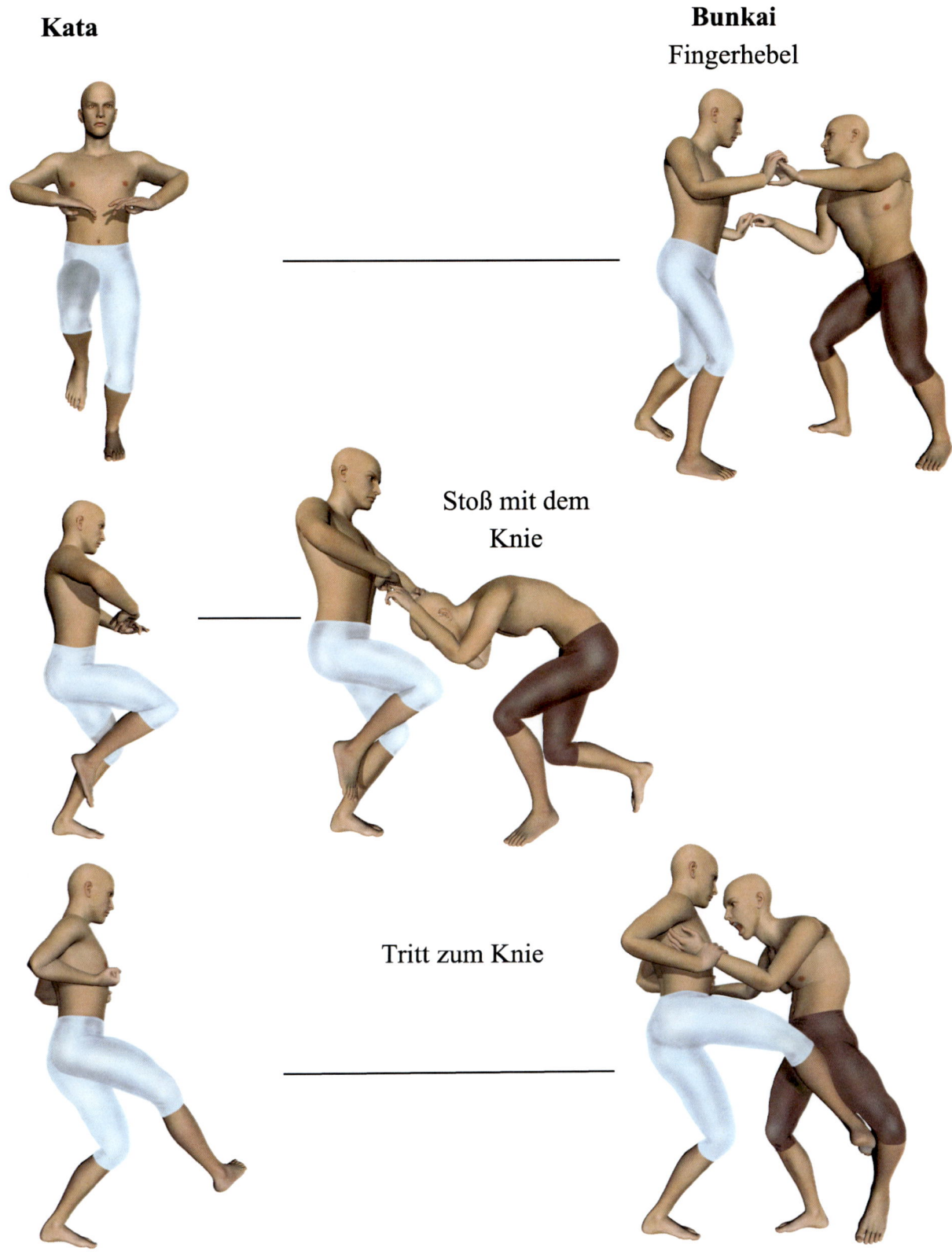

Stoß mit dem
Knie

Tritt zum Knie

113

Die folgende Technik besteht aus Kake Uke und Teisho Uke Gedan. Bei der Kata Tensho haben wir die Technik bereits als Abwehr kennengelernt. Hier wird jetzt eine andere Bunkai dargestellt.

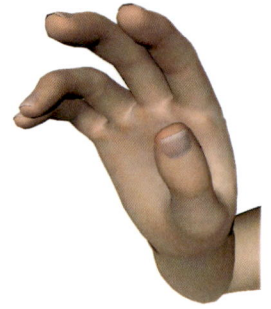

Die Handform: Krallenhand
Angriff auf Nervenpunkte oder Auge

Kata

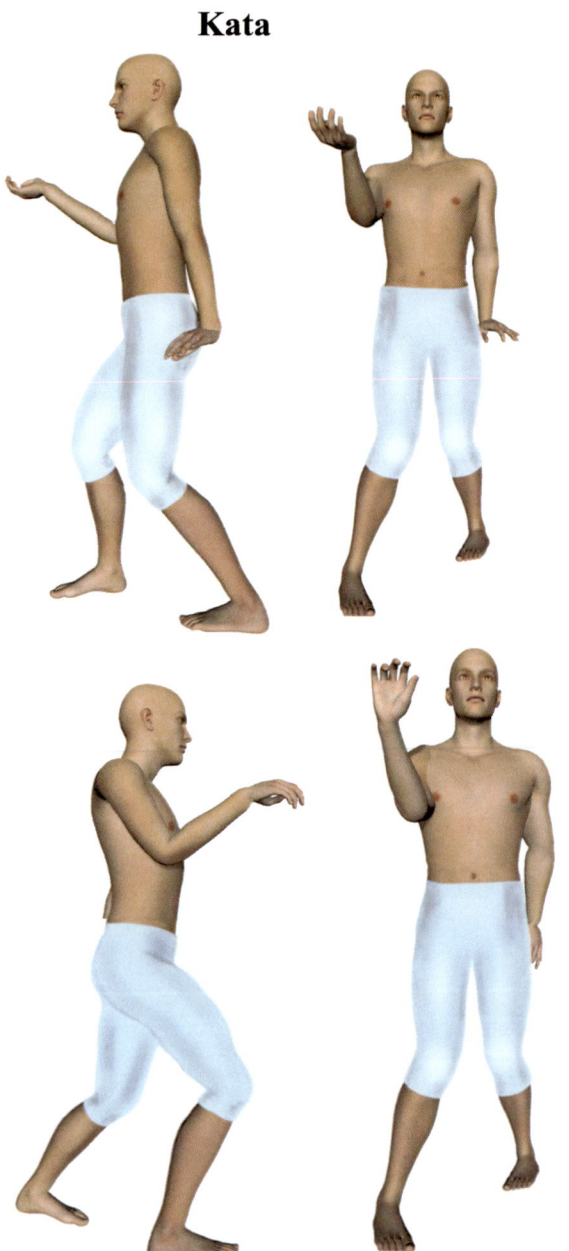

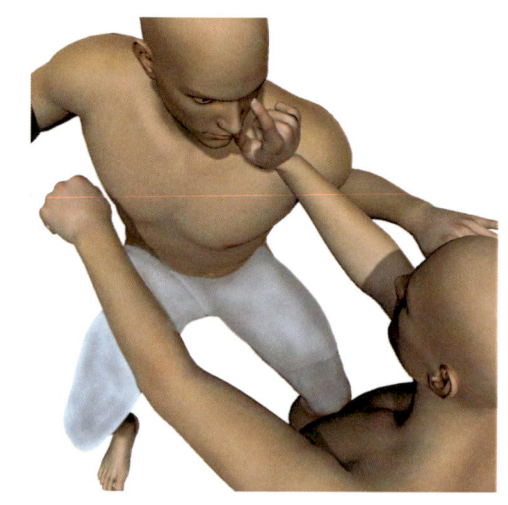

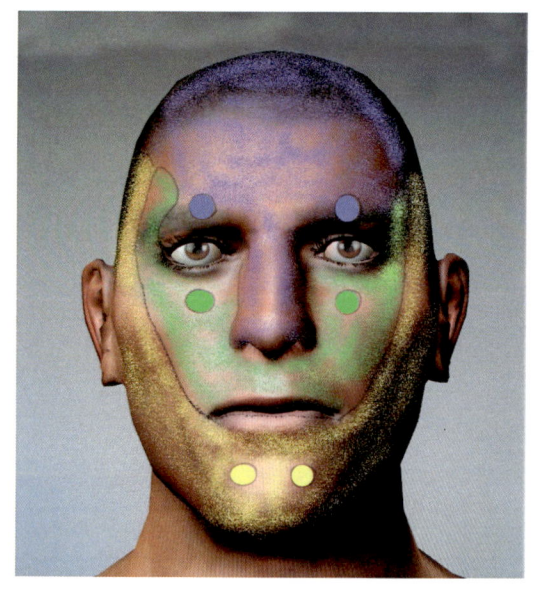

Weitere Anwendungen:

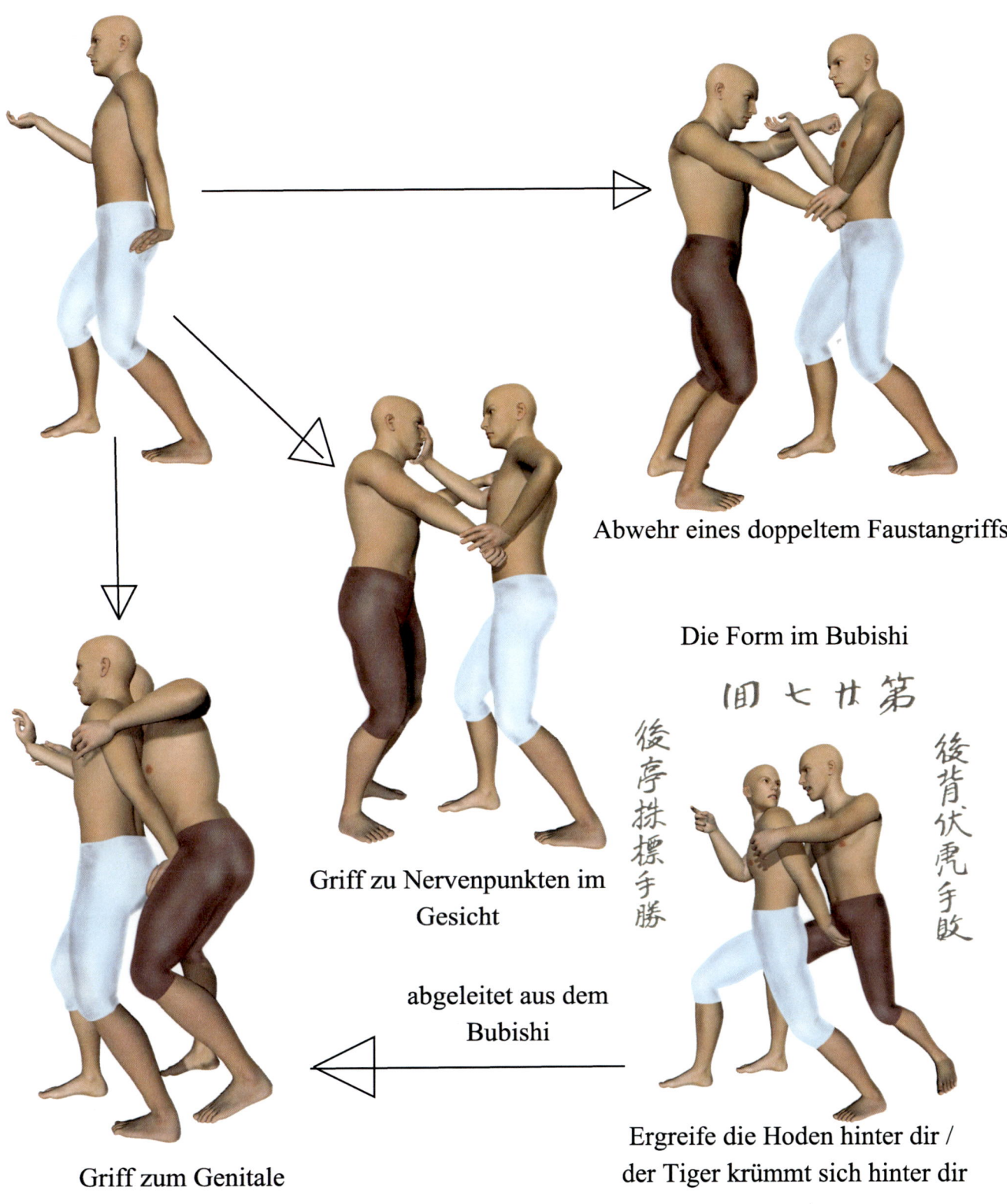

Abwehr eines doppeltem Faustangriffs

Die Form im Bubishi

第廿七圖

後亭抹標手勝

後背伏虎手敗

Griff zu Nervenpunkten im Gesicht

abgeleitet aus dem Bubishi

Ergreife die Hoden hinter dir / der Tiger krümmt sich hinter dir

Griff zum Genitale

Koto Tsukamo, der Griff zum Kehlkopf erfolgt in der nächste Sequenz der Kata. Dies geschieht offenbar in Anlehnung an die 13. Kombination aus dem Bubishi.

Bunkai

Kata

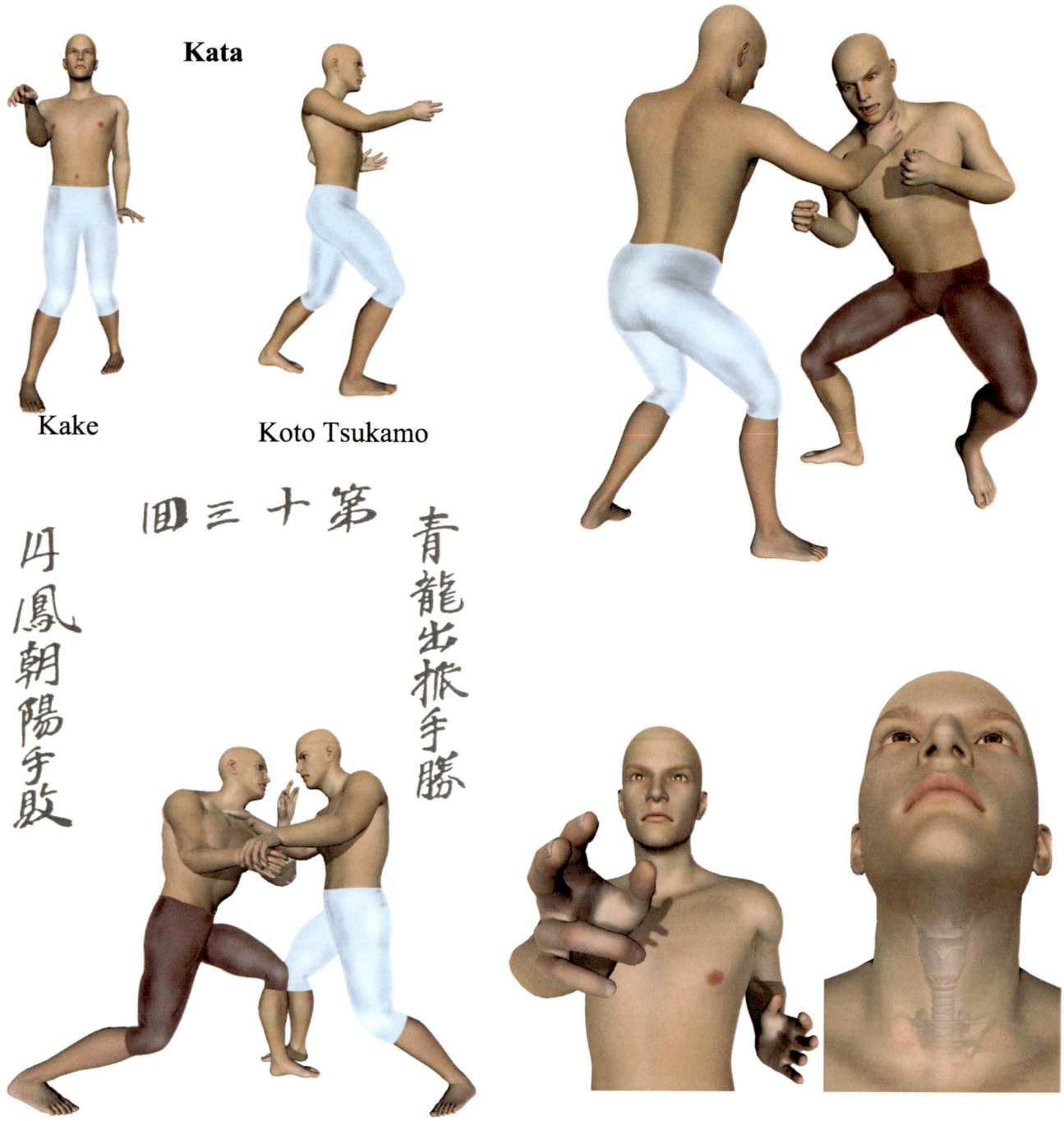

Kake

Koto Tsukamo

Phönix schaut zur Sonne /
der Blaue Drache löst sich aus dem Griff

Danach erfolgen Nihon Zuki, Harai Uke
und Kansetsu Geri

Bunkai

Kata

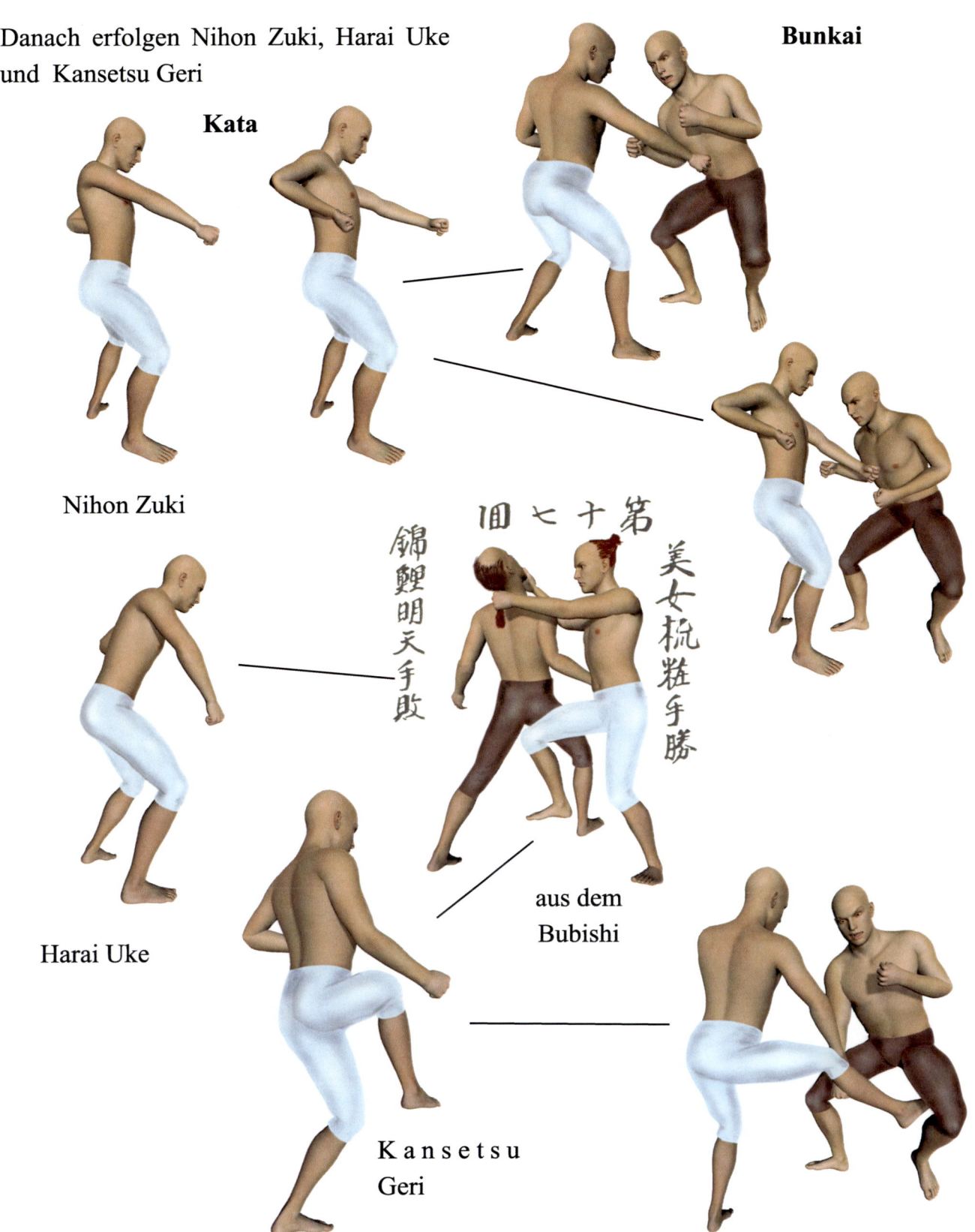

Nihon Zuki

錦鯉明天手敗　美女梳粧手勝

第十七個

aus dem
Bubishi

Harai Uke

K a n s e t s u
Geri

Kata　　　　　　　　　　**Bunkai**

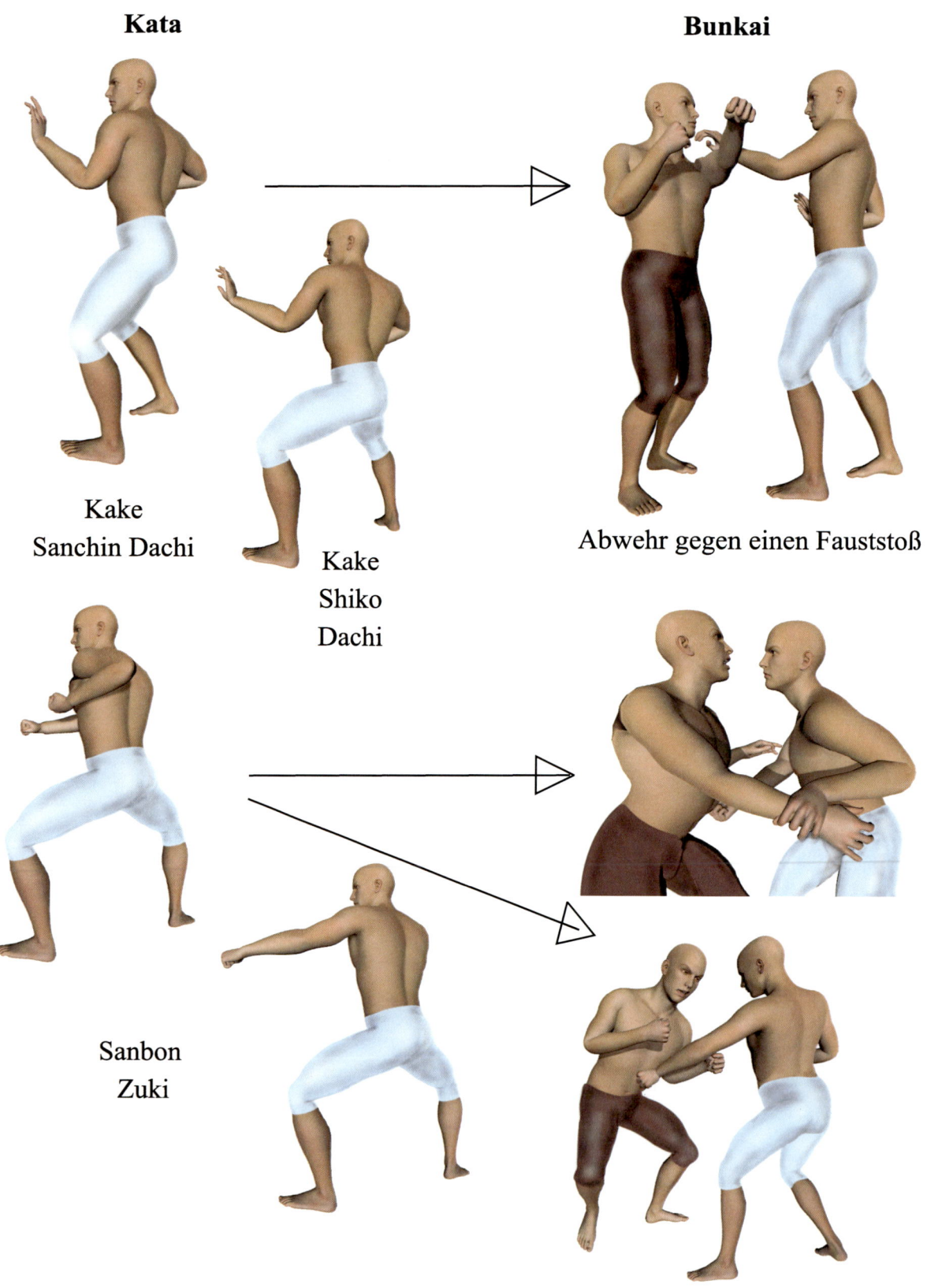

Kake
Sanchin Dachi

Kake
Shiko
Dachi

Abwehr gegen einen Fauststoß

Sanbon
Zuki

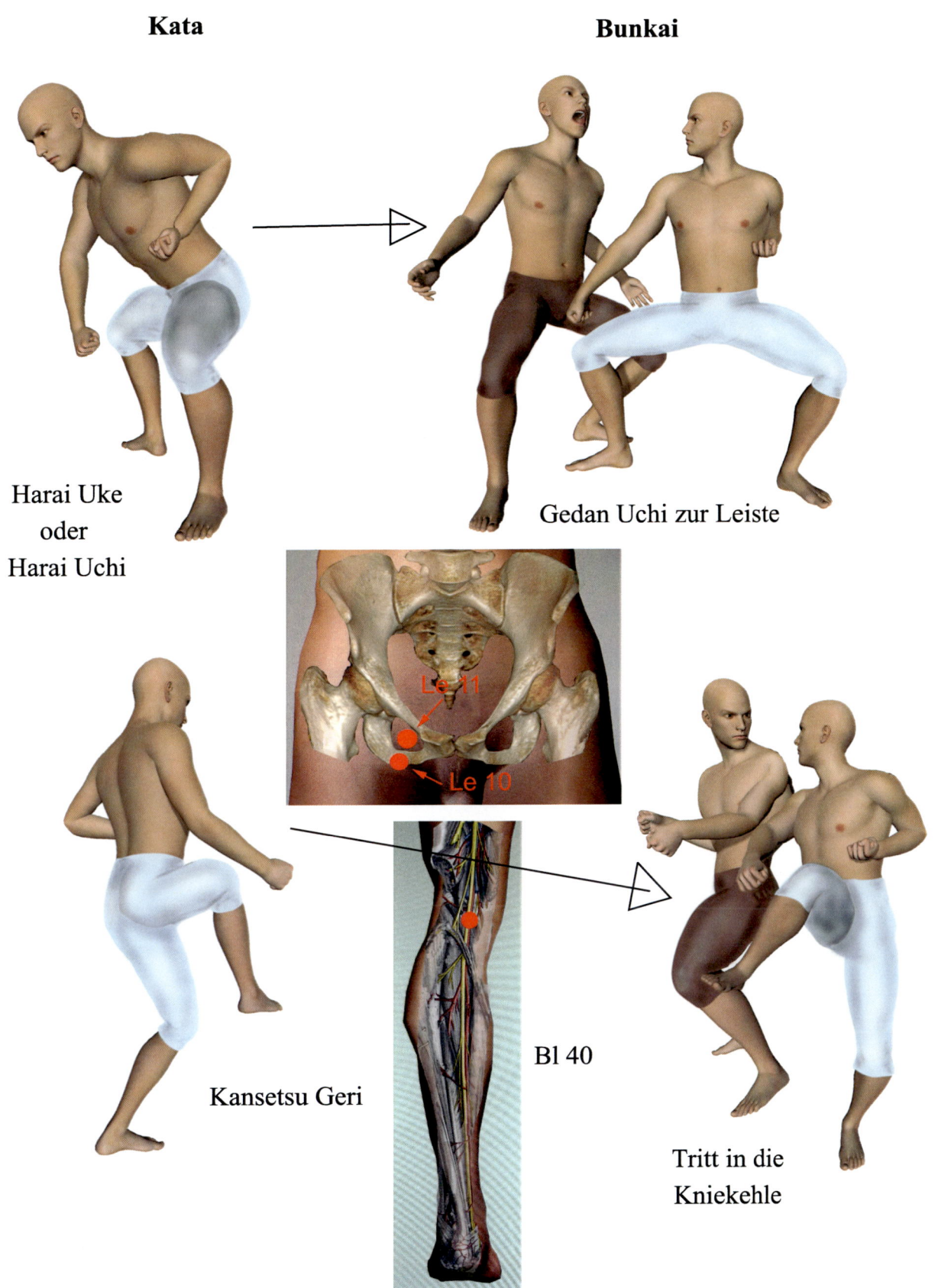

Kata

Bunkai

Harai Uke
oder
Harai Uchi

Gedan Uchi zur Leiste

Le 11

Le 10

Kansetsu Geri

Bl 40

Tritt in die
Kniekehle

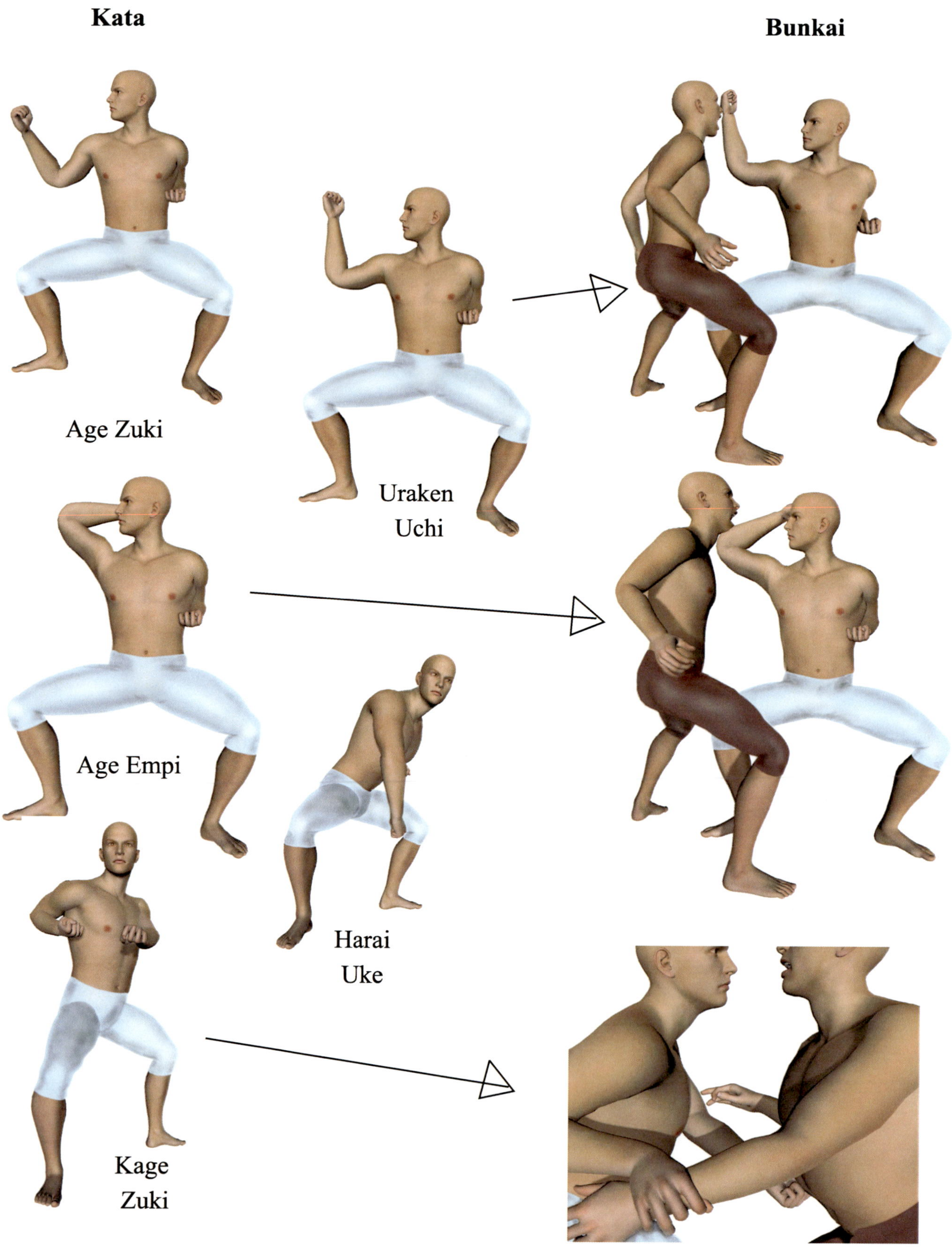

Kata

Bunkai

Age Zuki

Uraken
Uchi

Age Empi

Harai
Uke

Kage
Zuki

120

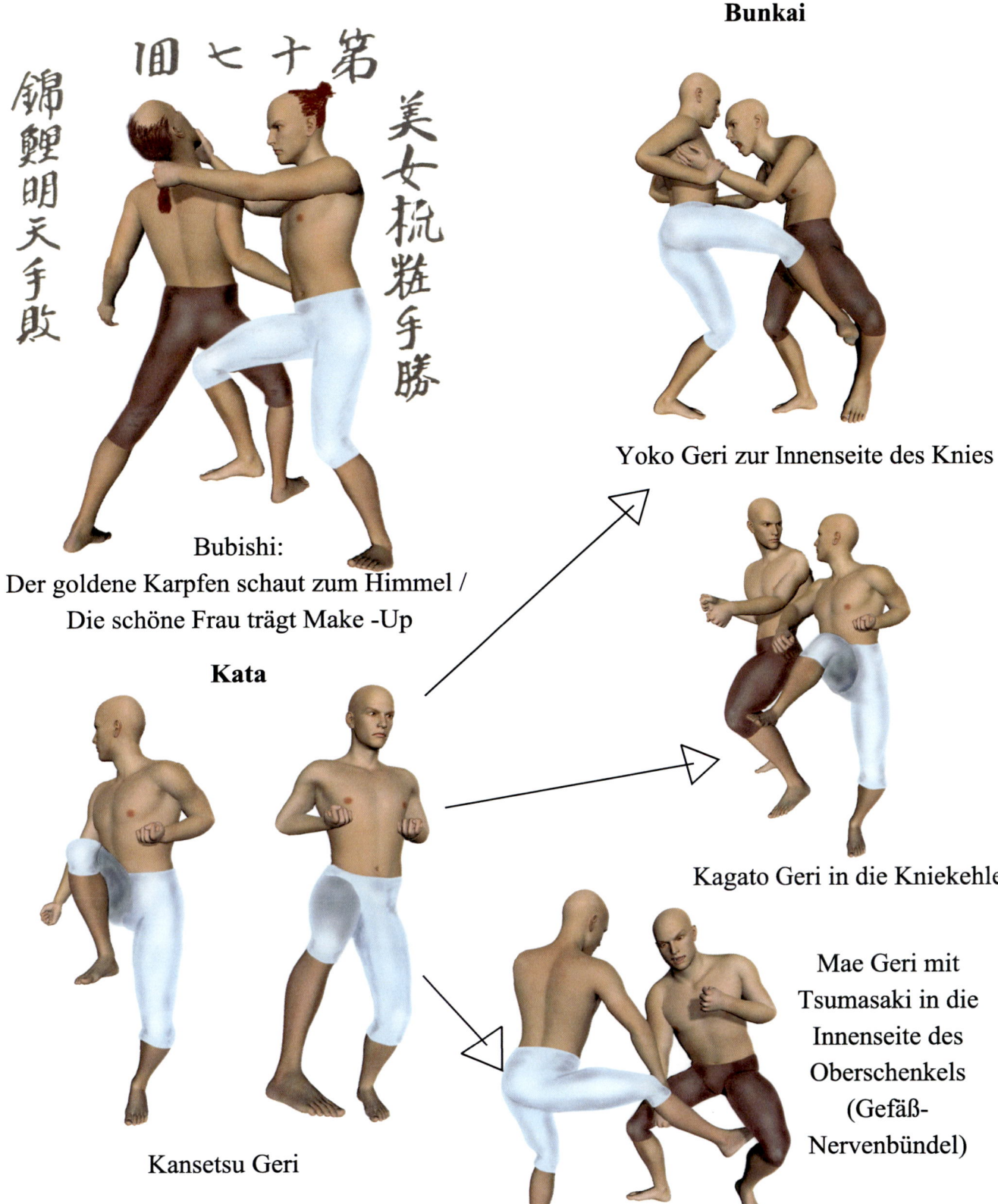

錦鯉明天手敗 美女扮粧手勝 第 十 七 個

Bunkai

Yoko Geri zur Innenseite des Knies

Bubishi:
Der goldene Karpfen schaut zum Himmel /
Die schöne Frau trägt Make -Up

Kagato Geri in die Kniekehle

Kata

Mae Geri mit
Tsumasaki in die
Innenseite des
Oberschenkels
(Gefäß-
Nervenbündel)

Kansetsu Geri

Kata

Bunkai

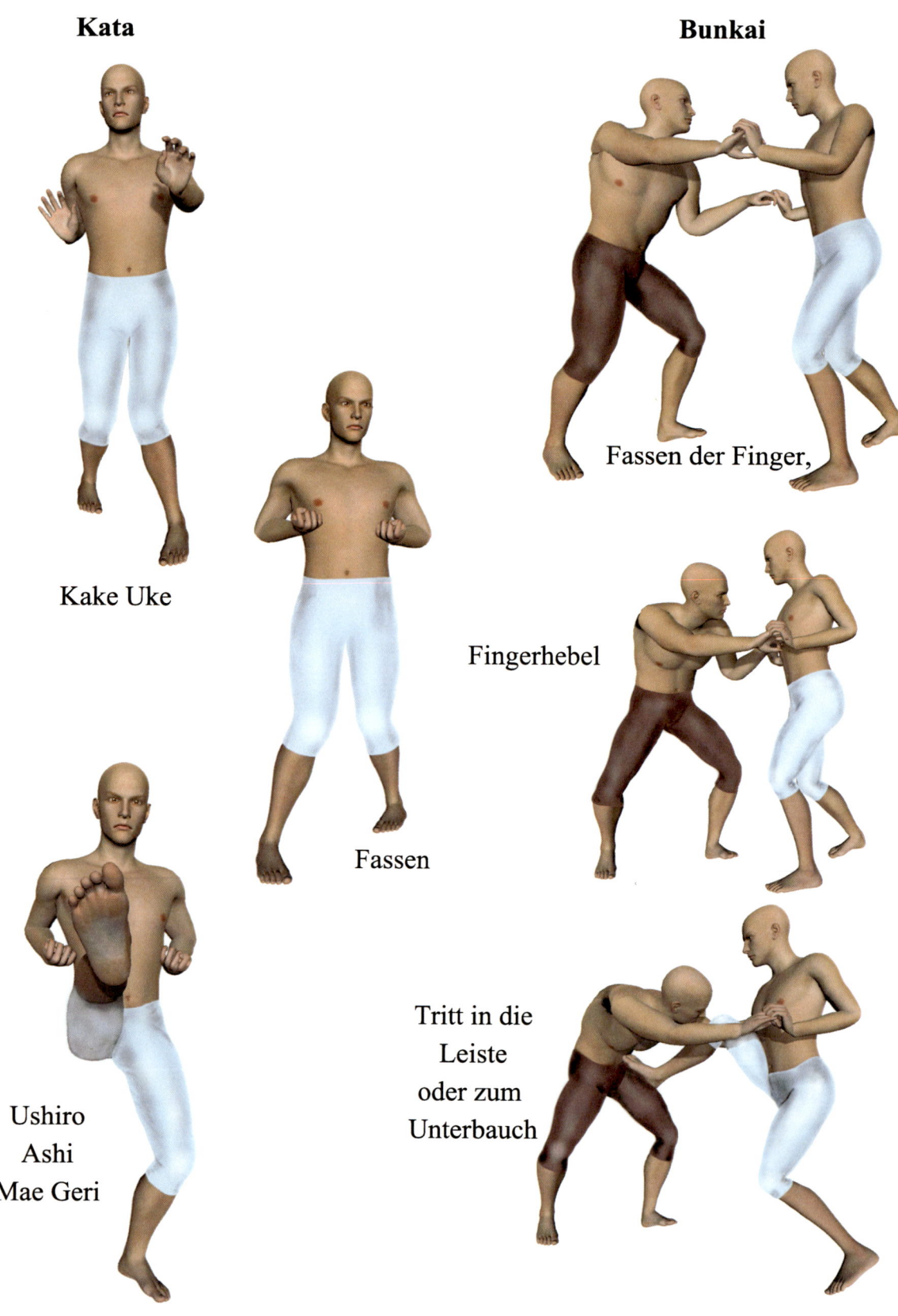

Kake Uke

Fassen

Ushiro
Ashi
Mae Geri

Fassen der Finger,

Fingerhebel

Tritt in die
Leiste
oder zum
Unterbauch

Kata

Bunkai

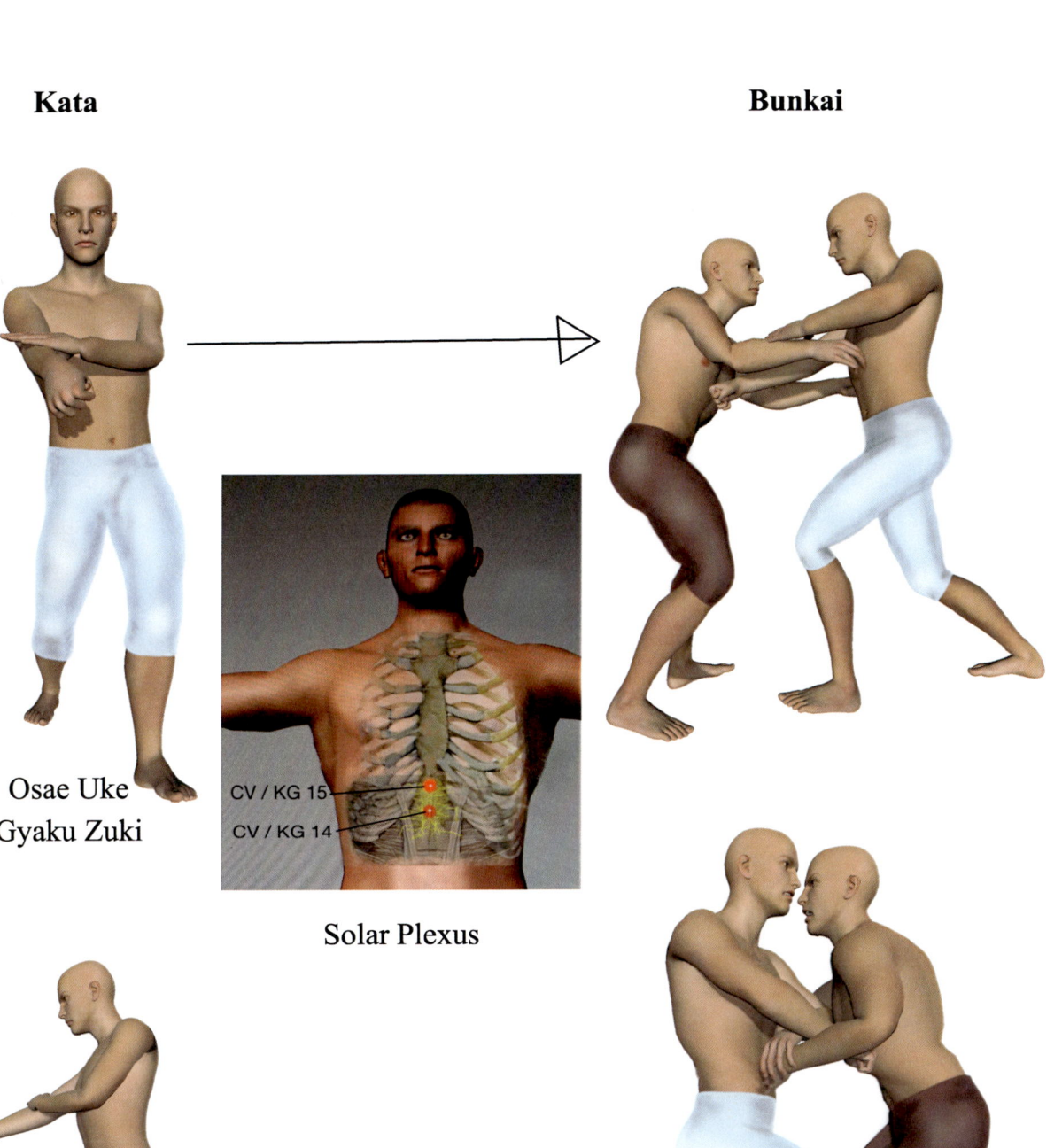

Osae Uke
Gyaku Zuki

CV / KG 15
CV / KG 14

Solar Plexus

Kata

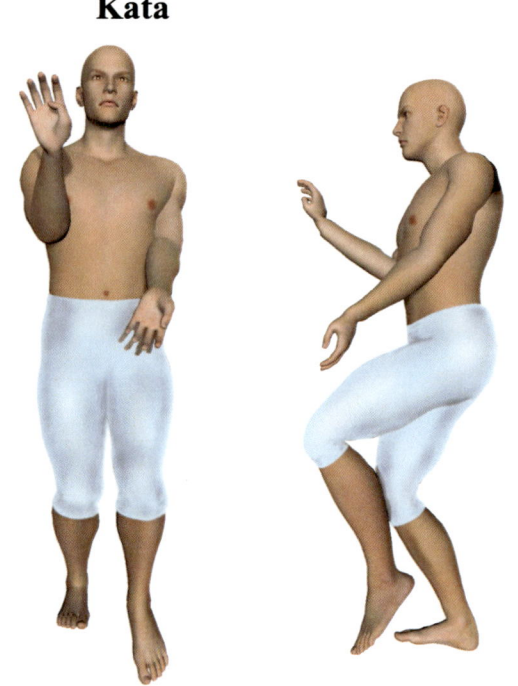

Mawashi Uke oder Tora Guchi
in Nekoashi Dachi

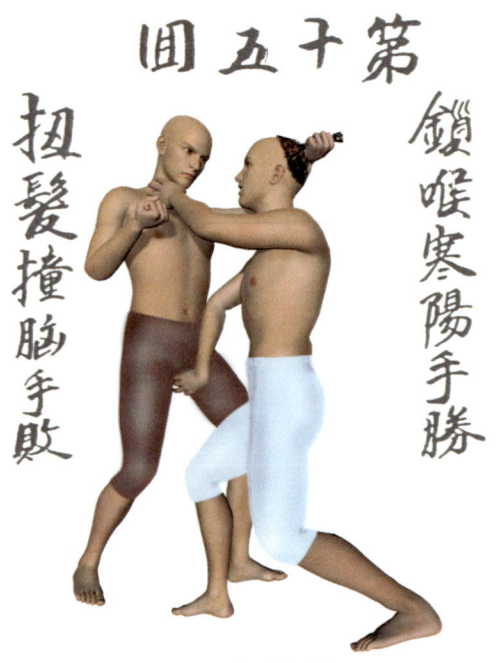

Bubishi:
Fasse das Haar um zu schieben /
Ergreife Kehle und Hoden

In der letzten Sequenz der Kata sieht man die Technik Mawashi Uke, bzw. je nach Interpretation Tora Guchi.

Anwendungen für Tora Guchi haben wir bereits kennengelernt. Sie entsprechen z.B. der Darstellung 15 in den Selbstverteidigungskombinationen des Bubishi wie unten gezeigt. Auf der rechten Seite habe ich eine Kombination für Mawashi Uke aufgeführt, bei der es zum Eingang in einen Wurf kommt. Hierbei werden die Arme des Gegners gekreuzt und dadurch blockiert. So gelingt es relativ leicht einen Ude Higishi Seoi Nage durchzuführen. Wenn der Gegner am Boden liegt, kann man mit weiteren Techniken einen Abschluss machen, zum Beispiel mit Fingerhebeln.

Mawashi Uke ist eine Technik, die sehr oft im Bubishi dargestellt wird. Funktionell ist Mawashi Uke die "Mutter" vieler Abwehrtechniken so z.B für Age Uke, Gedan Barai, Soto Ude Uke und Uchi Ude Uke. Die genannten Blocks verwenden Segmente der Kreises, der bei Mawashi Uke als Ganzes ausgeführt wird.

Rechts wird aus "Mawashi Uke" ein Wurf als Bunkai abgeleitet.

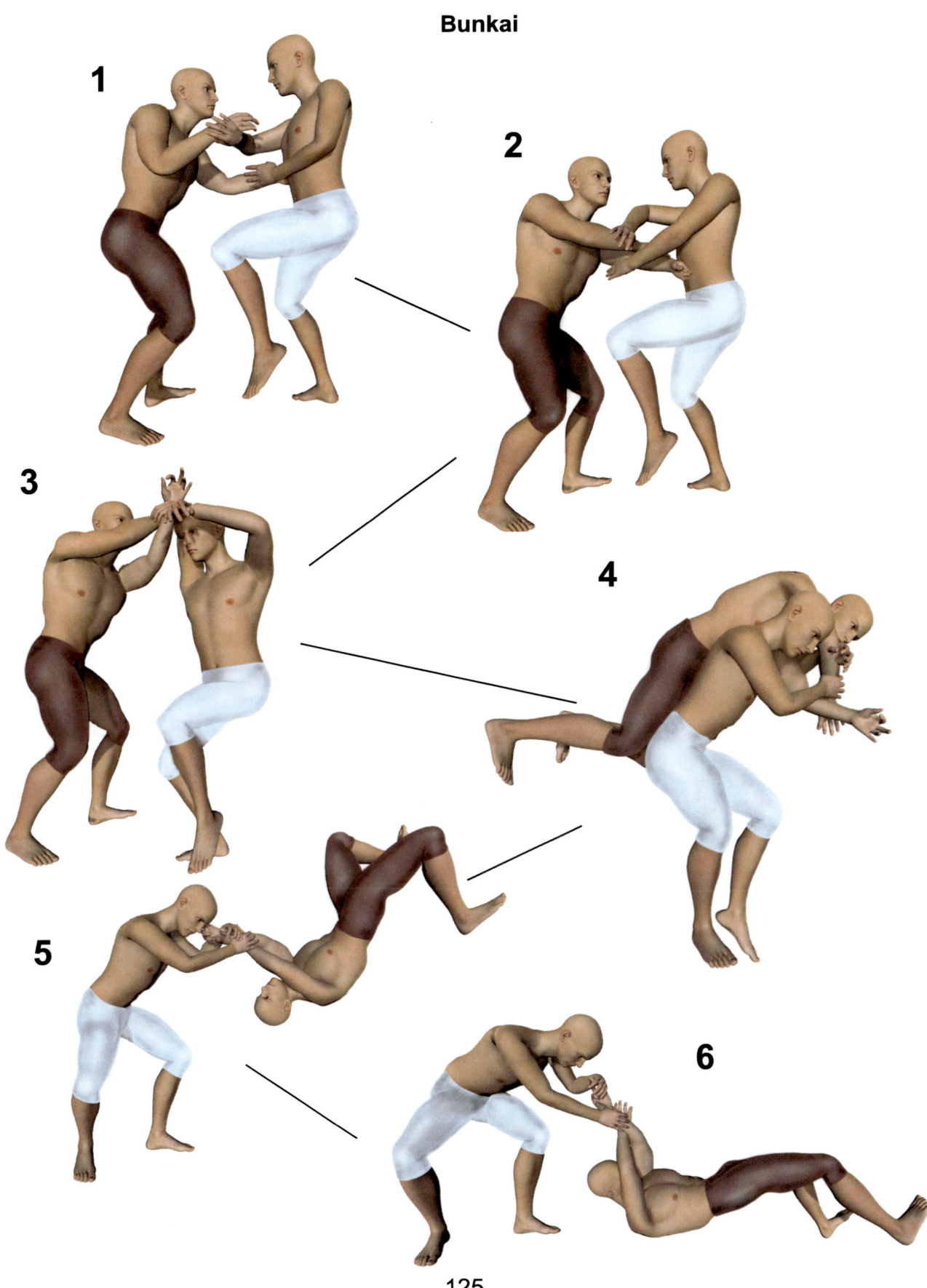

Literatur:

1. Abernethy Iain (2006), Bunkai Jutsu, Neth Publishing

2. Beissner Florian (2010), Vital Points in the Martial Arts, VDM Verlag Dr.Müller

3. Gravelle Jay (2013), Tuite „It`s all about body physics", Hakatsuru Publishing

4. Habersetzer Roland (2005), Koshiki Kata, die klassische Kata des Karate Do, Palisanderverlag

5. Heubeck Alfred (2014), Der Bunkai Code, Schlatt Books Verlags OHG

6. Hokama Tetsuhiro (1984), Okinawa Karatedo no Ayumi, Okinawa

7. Hokama Tetsuhiro (2009), Okinawa Karate, Masters Publication Hamilton, Ontario, Canada 1996, Reprint by Rising Sun Productions

8. Hokama Tetsuhiro (2018), Classical Okinawan Goju-Ryu Karate-Jutsu, Lulu Press

9. Hokama Tetsuhiro (2007 and 2008), Classical Okinawa Goju-Ryu Karate-jutsu, Vol I and II, Bushido Press

10. Hokama Tetsuhiro (1996), History and Traditions of Okinawan Karate, Masters Publication Canada

11. Hokama Tetsuhiro (2007), Timeline of Karate history, Self Publishing

12. Hokama Tetsuhiro (2005), 100 Masters of Okinawan Karate, Self Publishing. Azato Print Co.

13. Kane Lawrence A., Wilder Chris (2005), The Way of Kata, YMAA Publication Center Boston, Mass.USA

14. Keller, G. (2006). Bubishi, Handbuch der Karate-Kampfkunst. Frankfurt : Angkor Verlag

15. Kogel Helmut (2001), The secret Karate Techniques, Kata Bunkai, Meyer & Meyer Verlag

16. Kogel Helmut, Hokama Tetsuhiro (2018), Kata Bunkai, Okinawa Torite, Selbstverlag Lippstadt , Blurb

17. Mc Carthy Patrick (1999), Ancient Okinawan Martial Arts, Koryu Uchinadi Tuttle Publishing, Boston, Rutland VT, Tokyo

18. McCarthy, P. (1995). The Bible of Karate. Bubishi. Boston : Tuttle Publishing

19. Mabuni Kenei (2007), Leere Hand, vom Wesen des Budo-Karate, Hrsg Carlos Molina, Palisander Verlag

20. Martinez Javier, Okinawa Karate, Th secret Art of Tuite, published by J.E.Marinez 2001

21. Matsuo Kanenori Sokon, The secret Royal Martial Arts of Ryukyu. Published by Books on Demand Norderstedt 2005

22. Merz Scott (2014), Ryukyu Den Bubishi, Ryuhokan Publishing

23. Morris Vince (1995), Trimble Aidian, Karate Kata and Applications, Stanley Paul

24. Motobu Choki (1995), Okinawan Kempo, Masters Publicaton Hamiton, Ontario, Canada

25. Yang Jwing-Ming (1989), Muscle/ Tendon Changing and Marrow/ Brain Washing Chi Kung- The Secret of Youth-, YMAA Publication Center

26. Yang, Jwing-Ming Dr., the Essence of Shaolin White Crane, YMMA Publication Center 1996
27. Yang, Jwing-Ming Dr-, Analysis of Shaolin Chin Na, YMMA Publication Center 2004

Z.B. zum Thema Kata-Ablauf:
1.Espeloer H., Heckhuis U., Nehm H. (1997), Goju-Ryu Karate- Do, Eigenverlag
2.Hahnemann G. (2003), Goju Ryu Karate-Do, Kata und Bunkai, Eigenverlag
3.Higoanna M. (1990) Traditional Karatedo, Applications of the Kata, Part 1, 2 und 3, Japan Publications Trading
4 Hokama Tetsuhiro (2018), Classical Okinawan Goju-Ryu Karate-Jutsu, Lulu Press
5. Hokama Tetsuhiro (2007 and 2008), Classical Okinawa Goju-Ryu Karate-jutsu, Vol I and II, Bushido Press

Meridiane

Die Meridiane, auf denen sich in Analogie zu den Akupunkturpunkten die Kyusho Punkte befinden, werden auf den nächsten Seiten dargestellt um das Verständnis für sensiblen Punkten zu erleichtern. Nur hin und wieder weicht die Lokalisation der Kyusho Punkte minimal von denjenigen in den Akupunktur Tafeln ab. Wer die Meridiane genauer studieren möchte, kann sich in den Büchern des Autors zum Thema "Qigong" oder "Kata Bunkai, Kyusho Jutsu, die wichtigsten Punkte" genauer informieren oder in einem Akupunkturatlas nachschlagen.

Es existieren 12 Hauptmeridiane (Jing Mai) auf beiden Körperhälften, 8 Extra- oder Wundermeridiane (Qi Jing Mai), 12 Sehnen-Kanäle oder Sehnen-Leitbahnen (Jing Jin, s.Kapitel im ersten Band). Darüber hinaus gibt es 15 horizontale Verbindungskanäle (Luo Mai) sowie 12 divergierende Leitbahnen, sogenannte Sondermeridiane (Jing Bie). Die Meridiane leiten das Qi (andere Schreibweise je nach Sprache: Ki oder Chi).

Alle Meridiane, Vorder- und Rückansicht

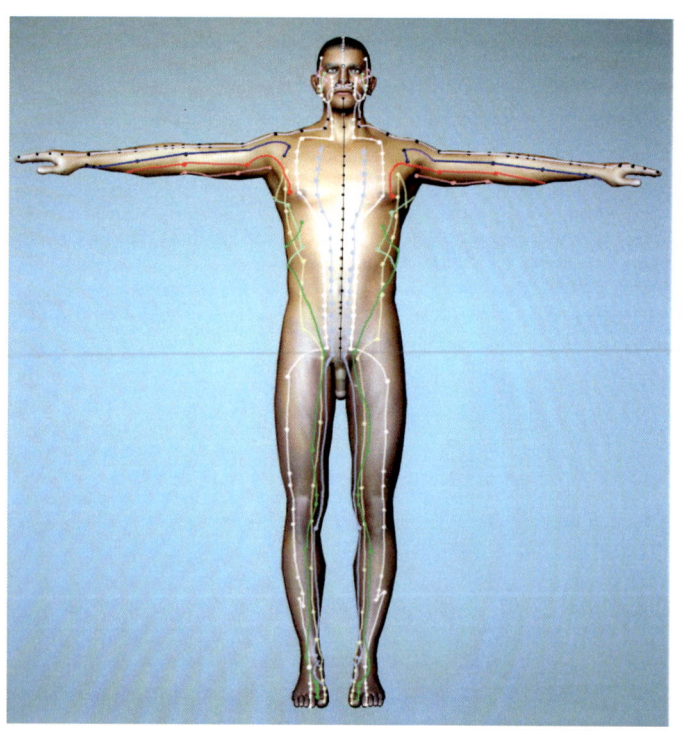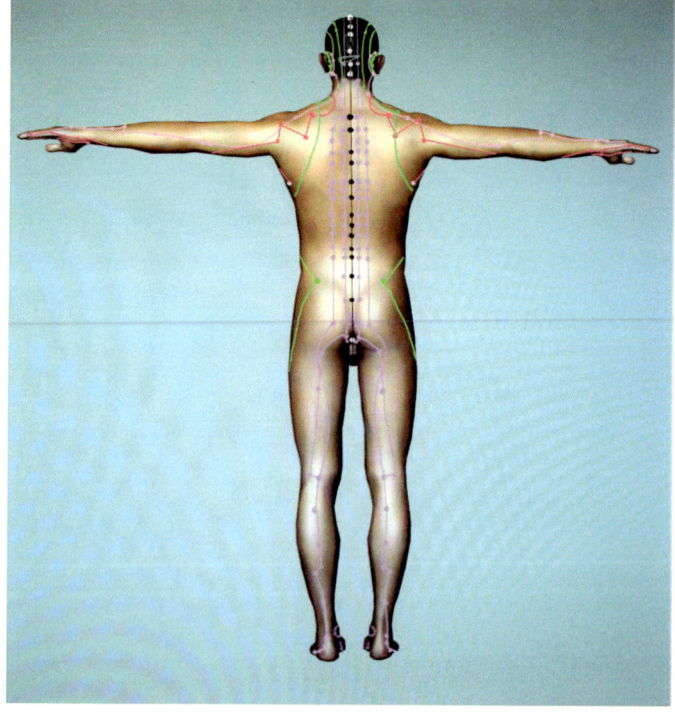

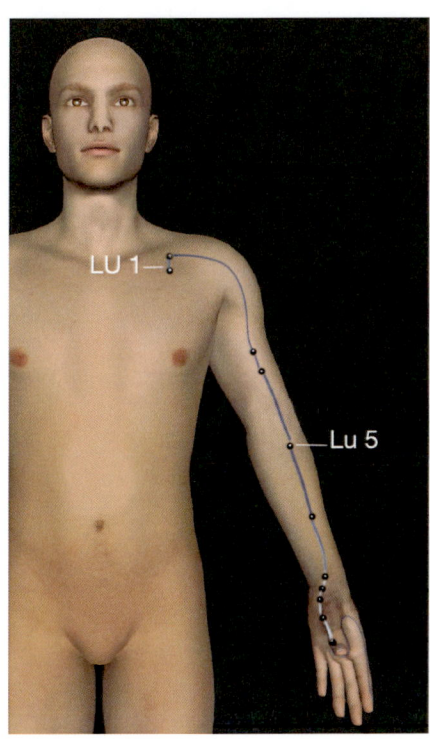

Lungen-Meridian (11 Punkte bds.)

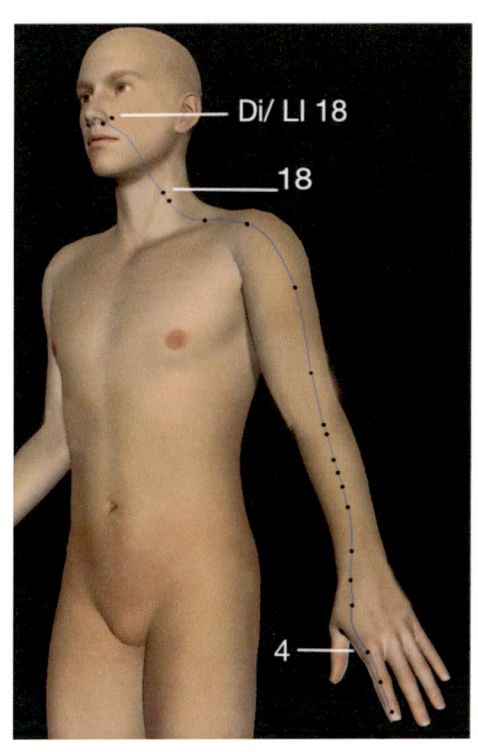

Dickdarm-Meridian (20 Punkte bds.)

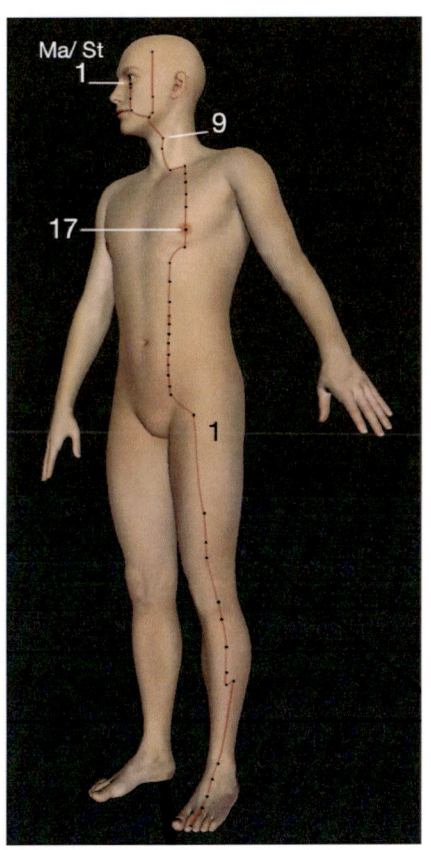

Magen-Meridian (45 Punkte bds.)

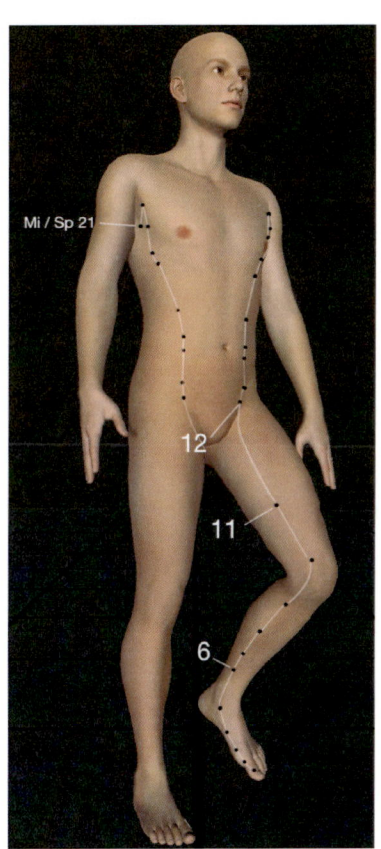

Milz-Meridian (21 Punkte bds.)

129

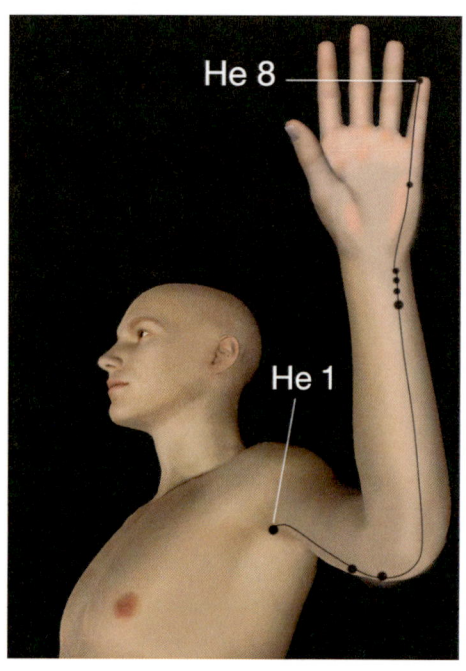

Herz-Meridian (9 Punkte bds.)

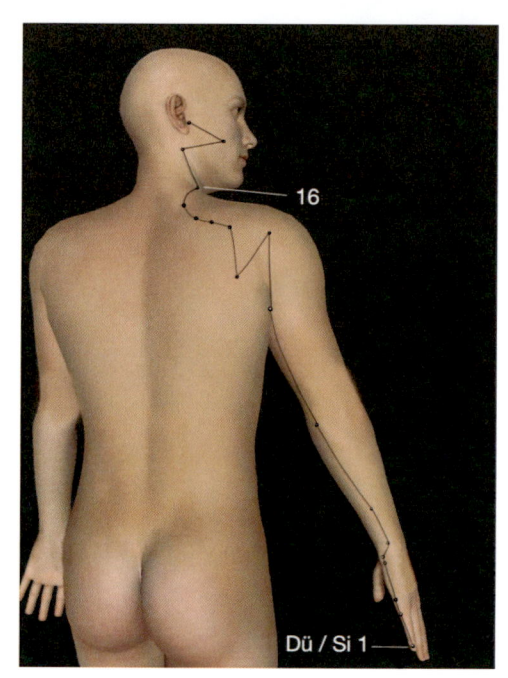

Dünndarm-Meridian (19 Punkte bds.)

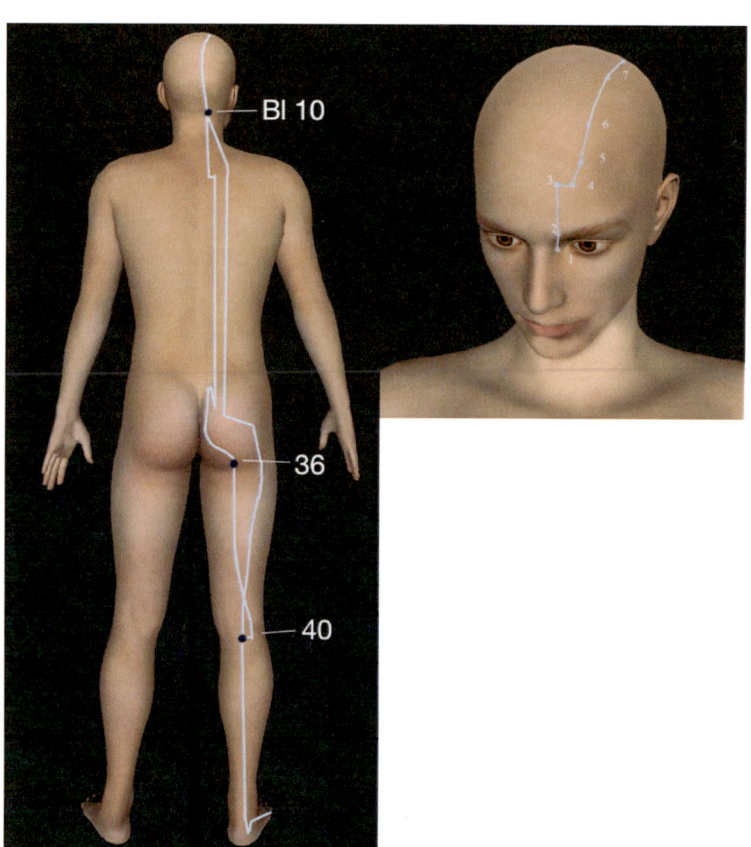

Blasen-Meridian (67 Punkte bds.)

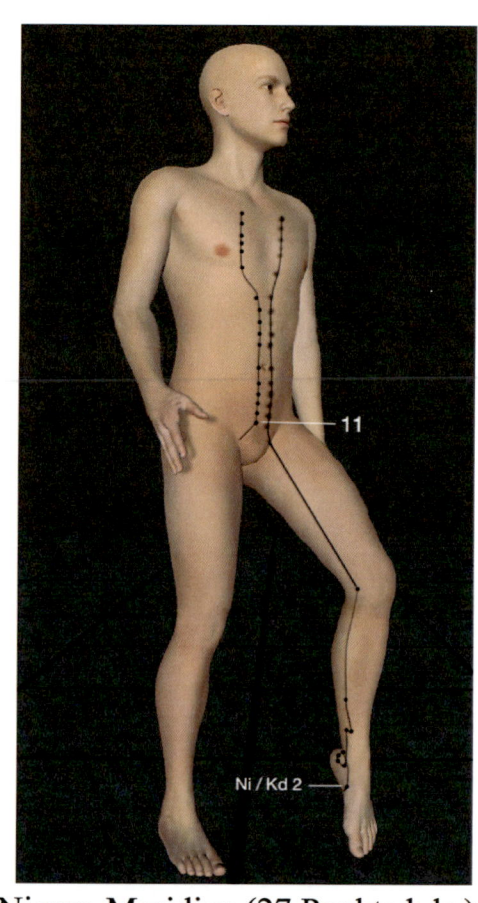

Nieren-Meridian (27 Punkte bds.)

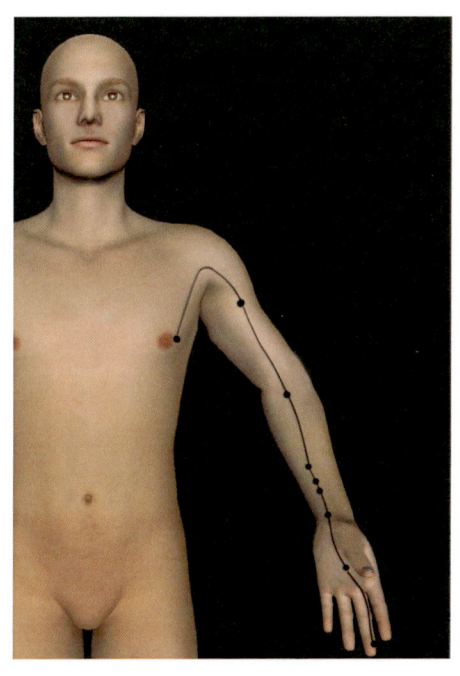

Pericard-Meridian (9 Punkte bds.)

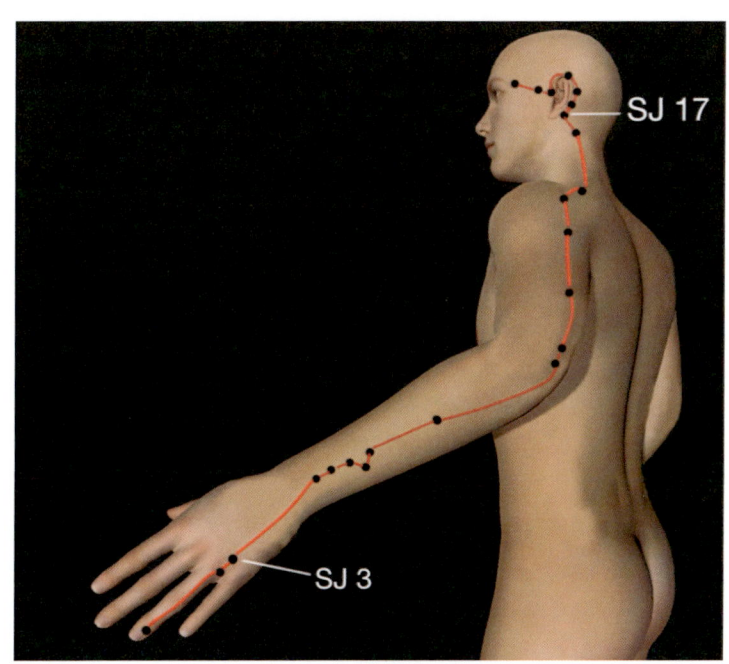

Dreifacherwärmer / San Jiao (23 Punkte bds.)

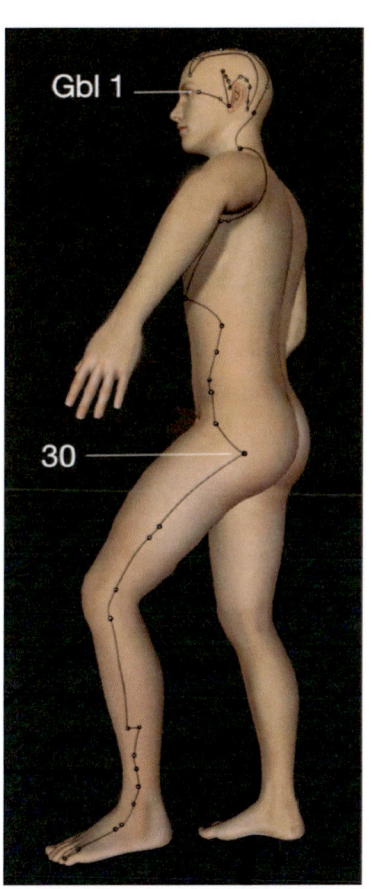

Gallenblasen-Meridian
(44 Punkte bds.)

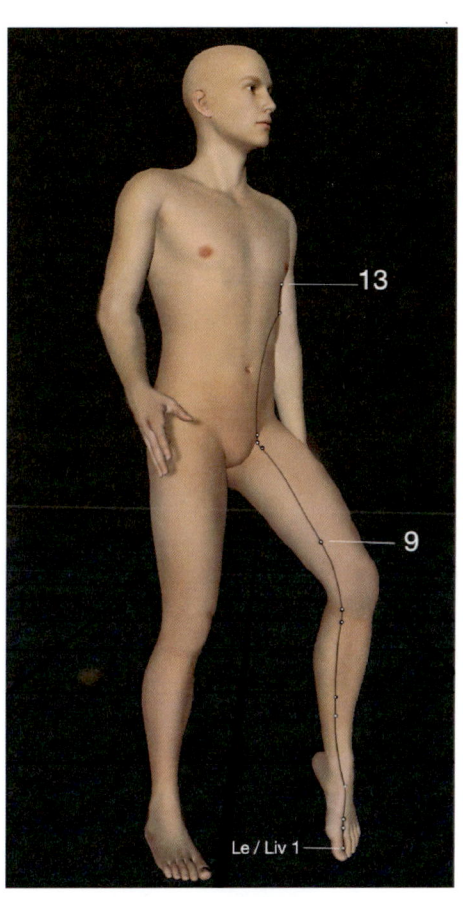

Leber-Meridian
(14 Punkte bds.)

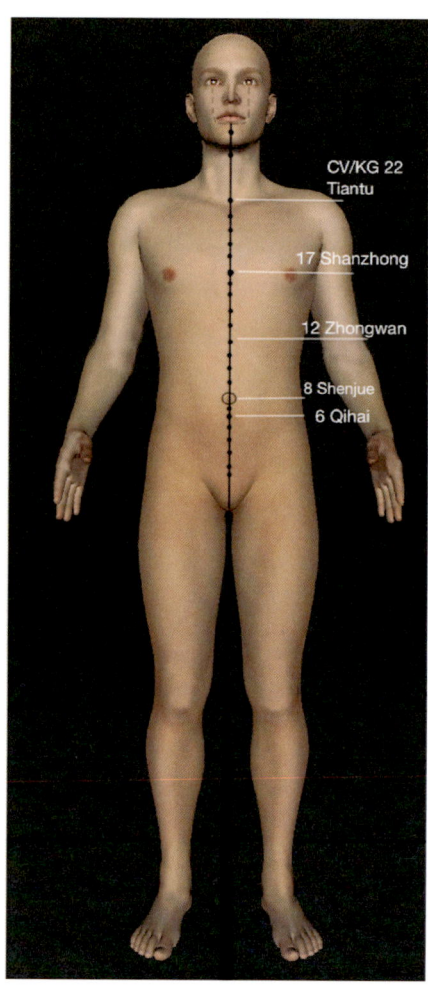

CV/KG 22
Tiantu

17 Shanzhong

12 Zhongwan

8 Shenjue

6 Qihai

Konzeptionsgefäß
(24 Punkte)

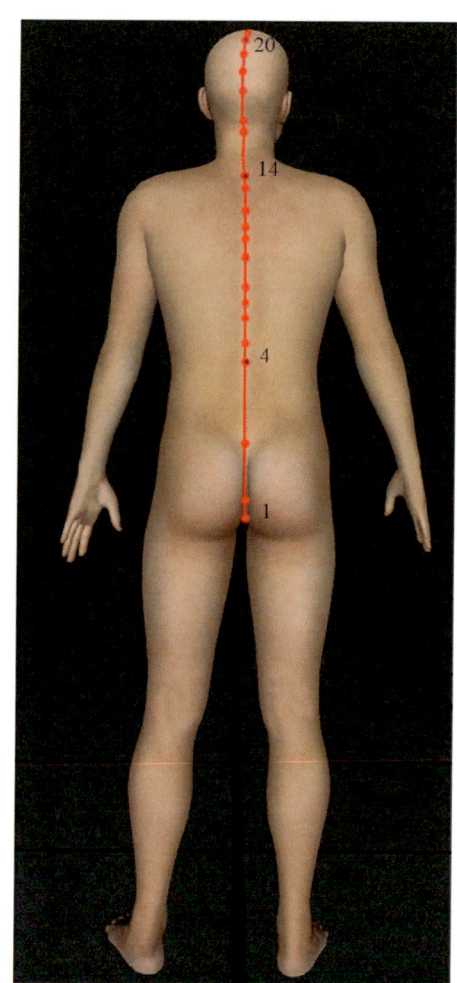

20

14

4

1

Lenkergefäß
(28 Punkte)

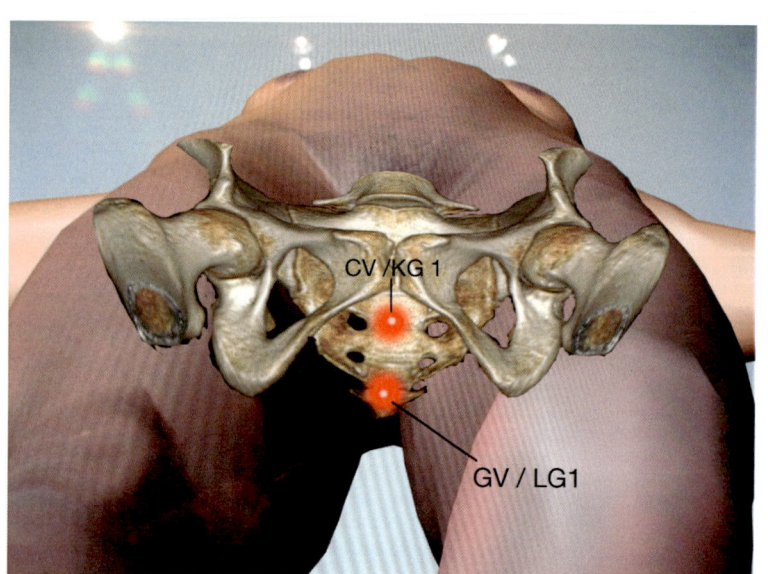

CV / KG 1

GV / LG1

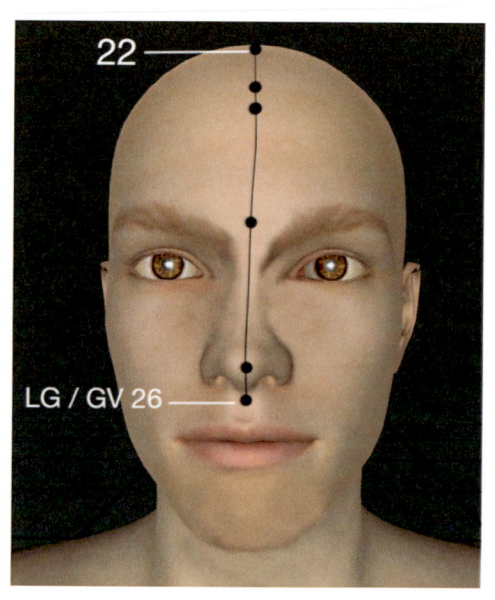

22

LG / GV 26

Literatur:

1. Bschaden J. et al., (2001), Shen Akupunkturatlas, Springer Verl.

2. Kogel H. (2001), The secret Karate Techniques, Kata Bunkai, Meyer & Meyer Verlag

3. Kogel H. (2018), Kyusho Jutsu, Grundlagen, die wichtigsten Punkte, Blurb

4. Kogel H. (2018), Kata Bunkai, Okinawa Torite, Selbstverlag Lippstadt (deutsche und englische Auflage), Blurb

5. Kogel H. (2019), Qigong, Quelle der Energie, medizinische Aspekte, Blurb

Abkürzungen:

Lu : Lungen-Meridian

Di: Dickdarm-Meridian

Ma: Magen-Meridian

Mi: Milzmeridian

He: Herz-Meridian

Dü: Dünndarm-Meridian

Bl: Blasen-Meridian

Ni: Nieren-Meridian

Pe: Pericard-Meridian

3E: Dreifacherwärmer, San Jiao

Gb: Gallenblasen-Meridian

Le: Leber-Meridian

KG: Konzeptionsgefäß

LG: Lenkergefäß

Helmut Kogel
Kata Bunkai
Die geheimen Techniken im Karate
German Edition
247 pages, full-color print
Paperback 16,5 x 24 cm
ISBN 978-3-89899-533-7
€ 19,95

Helmut Kogel
Kobudo Sai Jutsu
engl.Edition
127 pages, full-color print, more than 500 photos
Paperback 16,5 x 24 cm
ISBN 978-1-84126-245-1
€ 19,95

Helmut Kogel
Kobudo Bo Jutsu
German Edition
171 pages, full-color print
Paperback 15 x 241cm
ISBN 978-3-89899-082-0
ISBN 3-89899-082-6
€ 17,95

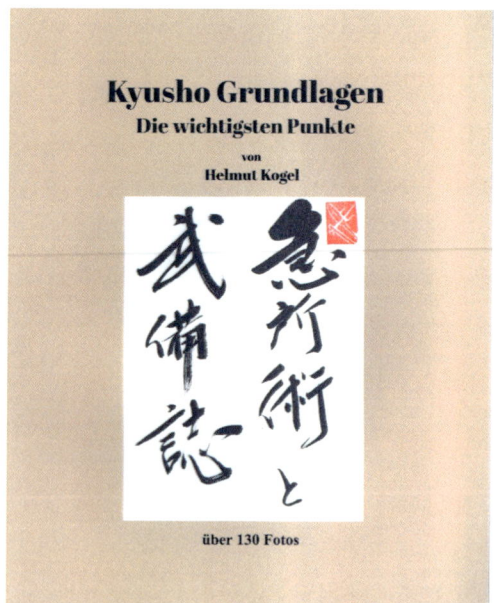

Helmut Kogel
Kyusho Grundlagen
Die wichtigsten Punkte
German.Edition
106 pages, full-color print
Paperback 21 x 26 cm
ISBN 978-1-38-882261-1
€ 23,00

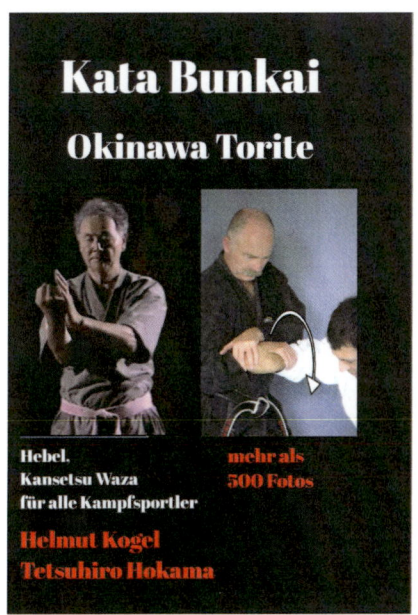

Helmut Kogel
Kata Bunkai
Okinawa Torite
German.Edition
183 pages, full-color print, more than
500 photos
Paperback 15 x 23cm
ISBN 978-1-38-825373-8
€ 25,00

Helmut Kogel
Qigong, Quelle der Energie
deutsche Ausgabe
222 Seiten, full colour print, über 400 farbige
Abbildungen
Paperback 21 x 26 cm
ISBN softcover9780368784095
€ 28,00
hardcover 9780368784088
€ 32,00

Milton Keynes UK
Ingram Content Group UK Ltd.
UKRC030836300824
447553UK00006B/20

* 9 7 8 1 7 1 5 0 7 1 5 7 8 *